LE CRIME DE LA MOMIE

LES ENQUÊTES DE L'INSPECTEUR HIGGINS

Déjà parus

1. Le Crime de la momie
2. L'Assassin de la Tour de Londres
3. Les Trois Crimes de Noël
4. Le Profil de l'assassin
5. Meurtre sur invitation
6. Crime Academy
7. L'Énigme du pendu
8. Mourir pour Léonard
9. Qui a tué l'astrologue ?
10. Le Crime de Confucius
11. Le Secret des Mac Gordon
12. L'Assassin du pôle Nord
13. La Disparue de Cambridge
14. La Vengeance d'Anubis
15. L'Assassinat de Don Juan
16. Crime dans la Vallée des Rois
17. Un assassin au Touquet
18. Le Crime du sphinx
19. Le Tueur du vendredi 13
20. Justice est faite
21. Assassinat chez les druides
22. La Malédiction de Toutânkhamon
23. L'École du crime
24. Le Démon de Kensington
25. L'Aiguille de Cléopâtre
26. Brexit oblige
27. Crime sur le lac Léman
28. Comédien, assassin ?
29. Sauvez la reine !
30. L'Énigme XXL
31. Le Marchand de sable
32. Jack l'Éventreur : le retour
33. Un crime pour l'éternité
34. Les Sept Merveilles du crime
35. Crime niçois
36. L'Empreinte carbone
37. Que le diable l'emporte !
38. L'Ennemi invisible
39. Le Monstre du loch Ness
40. Le Crime d'une nuit d'été

À paraître en septembre 2021

41. Le Masque de l'assassin

CHRISTIAN JACQ

LE CRIME DE LA MOMIE

LES ENQUÊTES DE L'INSPECTEUR HIGGINS

XO EDITIONS
J ÉDITIONS

www.inspecteurhiggins.com
www.xoeditions.com

ISBN : 978-2-37448-359-7

En 1984, sous le pseudonyme de J.B. Livingstone, j'ai publié une première version de cette enquête, aujourd'hui obsolète. Voici la seule version autorisée.

L'Égypte menant à tout, j'ai eu la chance, lors d'un séjour de recherche au British Museum, de rencontrer un personnage extraordinaire. Aimant se faire appeler Higgins, en dépit de ses titres de noblesse, cet inspecteur de Scotland Yard avait été chargé d'un grand nombre d'enquêtes spéciales, particulièrement complexes ou « sensibles ».

Entre nous, le courant est immédiatement passé. D'une vaste culture, Higgins m'a accordé un privilège rare en m'invitant dans sa demeure familiale, une superbe propriété au cœur de la campagne anglaise. Et il m'a montré un trésor : ses carnets relatant les affaires qu'il avait résolues.

J'ai vécu des heures passionnantes en l'écoutant et obtenu un second privilège : écrire le déroulement de ces enquêtes criminelles, fertiles en mystères et en rebondissements.

Voici l'une d'entre elles.

— 1 —

La brume tombait sur Londres, en ce soir d'automne. Dans l'étroite Park Street, au cœur du luxueux quartier résidentiel de Mayfair, l'hôtel particulier des Mortimer se tapissait derrière de hauts murs. Cet austère bâtiment du plus pur style victorien était entouré d'une petite pelouse soigneusement entretenue.

Le vaste hall d'entrée était éclairé par une lanterne en fer forgé. Elle diffusait une faible lumière. Philipp Mortimer en profita pour se cacher derrière une authentique armoire *georgian* en acajou qui avait la détestable manie de grincer plusieurs fois par nuit.

Fils unique de Sir John Arthur Mortimer, directeur du département égyptologique du British Museum, Philipp était un garçon sportif, alerte, paraissant beaucoup plus que ses dix-sept ans.

Il ne voulait rater à aucun prix le spectacle qui allait se produire d'un instant à l'autre, d'après les bruits de porte qui provenaient de l'aile gauche du premier étage, là où étaient situées les chambres. De sa position stratégique, Philipp Mortimer pourrait voir sans être vu.

Frances Mortimer apparut au sommet de l'escalier de marbre. Elle n'avait jamais été aussi belle. Blonde, aérienne, rayonnante comme un soleil capable de percer les brouillards de Londres, elle portait un fourreau noir relevé d'un jabot de dentelle blanche mettant en valeur son long cou qui lui donnait une apparence de fragilité. Une lumière chaude, comme celle des tableaux de Turner, habitait son regard. Philipp était fasciné par Frances, par sa manière de marcher comme si elle dansait sur un rythme connu d'elle seule, par sa façon de parler d'une voix si mélodieuse qu'on était aussitôt charmé.

À vingt-huit ans, Frances Mortimer, héritière d'une riche famille de notaires du Sussex, était l'incarnation de la beauté.

Philipp ne la quitta pas des yeux tandis qu'elle descendait l'escalier marche après marche, effleurant le marbre. Elle s'arrêta sur le seuil du salon d'honneur. Pour Philipp, le moment était venu de disparaître discrètement. Mais, cette fois, il fut pris au piège. L'armoire grinça, Frances se retourna trop vite, le jeune homme se figea.

Frances fixa Philipp d'un regard dont la douceur habituelle se teintait d'un soupçon de reproche. Elle dissimula la peur qu'elle avait éprouvée, reprit le contrôle d'elle-même.

– Mais… vous vous cachiez ?

Philipp était incapable de parler. Frances aurait dû remplacer sa mère, morte accidentellement trois ans plus tôt. Mais comment demander à une femme aussi jeune de jouer un pareil rôle ? En se remariant, voilà presque deux ans, le professeur Mortimer n'avait guère songé à son fils.

– C'est un jeu stupide, Philipp. Ne recommencez pas.

Frances savait aussi être autoritaire, sans sécheresse. Cette union du charme et d'un caractère décidé était fascinante.

– Votre père n'est pas descendu ?

Le jeune homme retrouva l'usage de la parole.

– Je n'en sais rien. Je ne m'occupe pas de ses affaires.

Vexé, mal à l'aise, Philipp quitta le grand hall. Frances ne songeait déjà plus à l'incident. Un instant hésitante, elle se décida à remonter au premier. Le professeur Mortimer était plus exact qu'une horloge. Il avait peut-être été victime d'un malaise. Ces derniers jours, il ne se sentait pas au mieux. La jeune femme, rapide, grimpa l'escalier de marbre, traversa le palier où trônaient deux porte-candélabre vénitiens en bronze doré, puis emprunta le long couloir aux tentures en velours de Gênes qui aboutissait au bureau de son mari. Elle frappa.

Personne ne répondit.

Frances hésita. Ouvrir sans y avoir été invitée aurait été inconvenant. Sir John Arthur n'aurait pas apprécié ce genre d'intrusion. Elle insista. Cette fois, une voix assourdie répondit.

– Qui est-ce ?

– C'est moi, Frances. Puis-je entrer ?

– Je vous en prie.

Elle ouvrit la lourde porte de chêne massif. John Arthur était assis à son bureau, couvert de dossiers. Grand, hautain, les cheveux argentés, cet aristocrate de cinquante-deux ans savait jouer de son charme prenant et d'une intelligence acérée qui avaient fait de lui une haute personnalité scientifique, de réputation internationale.

Frances pénétrait rarement dans le bureau de son époux, véritable musée d'égyptologie où s'accumulaient quelques-uns des trésors trouvés par le professeur lors de ses fouilles. Les *Trustees* du British Museum les lui avaient offerts ou lui avaient permis d'en acquérir pour services rendus à l'Angleterre. Tout autour de la vaste pièce, des armoires contenant des *ouchebtis*, figurines magiques travaillant à la place du mort dans l'autre monde, une collection d'amulettes où figuraient babouins rieurs, crocodiles menaçants, lionnes agressives, trois masques de momies ptolémaïques au regard inquiétant, deux papyrus déroulés placés sous verre, des fragments de stèles de pierre. Seule note de modernisme : une chaîne hi-fi avec magnétophone incorporé, cachée derrière de gros volumes reliés consacrés à l'art et à la religion de l'ancienne Égypte.

Frances n'aimait pas cette atmosphère étouffante où le passé régnait en maître. Cette fois, elle n'y prêta guère attention. Figée sur le seuil, elle remarqua aussitôt un détail insolite. À 19 h passées, son mari était toujours vêtu de sa robe de chambre en satin vert.

– Chéri... avez-vous oublié le théâtre ?

– Je suis souffrant, Frances. La grippe.

– Avez-vous consulté le docteur Matthews ?

– Cet après-midi. Il me conseille de garder la chambre quelques jours.

Une ombre ternit le regard de Frances.

– Je suis désolée... Je me faisais une telle joie ! Voilà bien longtemps que nous ne sommes pas sortis ensemble. Vous travaillez trop, chéri.

– Je suis également désolé. Cette représentation sera certainement remarquable.

La nouvelle mise en scène d'*Othello* de Shakespeare, au National Theatre, faisait courir tout Londres. Les meilleures places étaient louées depuis trois mois. Même avec les relations que comptaient les Mortimer, il avait fallu réserver quinze jours à l'avance.

– C'est trop triste de me distraire seule, dit-elle. Je préfère rester ici.

– Pourquoi donc ? Emmenez Philipp. Un peu de vraie et grande culture lui fera le plus grand bien. Ce serait dommage de perdre ces places.

Sir John Arthur se moucha avec élégance, puis avala le contenu d'un verre où pétillaient les bulles d'une aspirine effervescente.

– C'est une bonne idée, mais…

– Je sais que vous avez grande envie de voir cette pièce, Frances. Et j'ai un service à vous demander.

Une lueur de joie anima le visage de la jeune femme. Elle aimait que son seigneur et maître ait besoin d'elle.

– Je ne me rendrai pas à mon bureau ces jours prochains. J'ai absolument besoin d'un dossier. Il se trouve dans une chemise cartonnée rouge, rangée sur le premier rayon de mon armoire privée. Auriez-vous l'obligeance de passer au British Museum en sortant du théâtre ?

Le sourire de Frances disparut. Elle détestait le bureau laboratoire du British Museum, un lieu sinistre et austère. Le professeur sortit un trousseau de clés d'un tiroir, se leva et le tendit à son épouse.

– Voici, ma chère. La plus petite clé est le passe pour ouvrir la porte de l'immeuble, la plus grosse celle du bureau. Merci pour la peine que vous vous donnez, et pardonnez-moi cette déception. Nous sortirons bientôt ensemble, je vous le promets.

Frances prit les clés et s'approcha de son mari pour l'embrasser.

– Ce serait imprudent, dit-il en la repoussant avec douceur ; je suis contagieux.

Elle fut touchée par cette attention.

– J'irai me coucher de bonne heure, ajouta-t-il. Je vous souhaite une excellente soirée.

— 2 —

Barry, le chauffeur des Mortimer depuis plus de dix ans, sortit du garage la Rolls grenat. Sa soirée serait payée double. Frances Mortimer et Philipp attendaient à la grille d'entrée que Barry avait pris soin d'ouvrir. Le lourd et puissant véhicule s'ébranla en souplesse, faisant crisser les graviers de l'allée. Des nuages chargés d'eau obscurcissaient la lune.

Un taxi s'arrêta devant l'hôtel particulier. En descendit un jeune homme aux cheveux en bataille, habillé d'un costume prince de Galles un peu fripé. Il ne portait pas de cravate et tenait, sous son bras gauche, un épais dossier. Il paya la course sans attendre sa monnaie, fit quatre ou cinq enjambées nerveuses et s'arrêta devant Frances qui avait jeté sur ses épaules une étole de vison.

– Eliot ? s'étonna-t-elle. Vous aviez rendez-vous avec Sir John Arthur ?

– Non. Mais je dois absolument m'entretenir avec lui.

Il la regarda avec une intensité particulière, comme s'il découvrait sa beauté pour la première fois. Frances en fut presque gênée.

– Mon mari est souffrant. Je ne crois pas…

– Venez, Frances, intervint Philipp en la prenant par le bras. Nous allons être en retard.

Eliot Tumberfast n'eut pas le temps d'intervenir. Frances et Philipp s'installèrent à l'arrière de la Rolls ; Barry, pressé par Philipp, démarra aussitôt. La voiture disparut bientôt aux yeux d'Eliot, alors que les premières gouttes de pluie brillaient dans la lumière des lampadaires.

– Vous désirez quelque chose, monsieur Tumberfast ?

Sur le perron de l'hôtel particulier, Agatha Lillby, femme de chambre des Mortimer, interpellait l'égyptologue. Agatha était une assez jolie personne d'une quarantaine d'années, à la chevelure serrée en un chignon austère. D'un charme indéniable, elle forçait son allure de domestique, cachant mal, parfois, un tempérament plutôt volcanique. Elle avait voué un culte à la première Mme Mortimer et veillait avec un soin jaloux sur le confort de Sir John Arthur. Eliot Tumberfast, pour s'attirer ses bonnes grâces et marquer sa détermination, referma la grille et s'avança vers le perron.

– Je viens voir le professeur, articula-t-il de manière saccadée.

– Il n'en est pas question, rétorqua Agatha. Sir Mortimer est souffrant. Il ne doit être importuné sous aucun prétexte.

Une chape de pluie fine s'étendait sur Londres. Peu à peu, elle noierait les silhouettes des passants dans une grisaille uniforme. Eliot Tumberfast se mordilla les lèvres de dépit.

– C'est très important pour moi comme pour lui. Laissez-moi entrer, je vous prie.

– Les consignes du professeur Mortimer ne souffrent aucune exception.

Agatha prit un air buté qui en disait long sur son inflexibilité. Elle n'appréciait nullement la conduite de ce garçon qui se croyait tout permis. Quinze jours auparavant, il avait forcé la porte de l'égyptologue et une discussion orageuse s'était poursuivie plus de deux heures avant qu'il ne soit éconduit. Ce soir, Agatha ne permettrait pas que pareil scandale se reproduise. Eliot Tumberfast devrait lui passer sur le corps.

– Je vous préviens, Agatha, insista-t-il en haussant le ton, je suis décidé à tout pour voir mon patron. Je téléphonerai la nuit durant, s'il le faut. Et je lui signalerai votre conduite inqualifiable. Dites-lui simplement que j'ai progressé dans le dossier Imhotep[1]. Il me recevra immédiatement.

Agatha ne connaissait pas cet Imhotep et ne souhaitait pas en savoir davantage sur son compte. Mais elle craignait un reproche éventuel de la part du savant. Redoutant que l'argument technique avancé par Eliot Tumberfast ait quelque valeur, elle préféra prendre ses précautions.

– Attendez-moi ici.

– Dépêchez-vous. Je vais être trempé.

L'attente n'excéda pas quelques minutes. Agatha réapparut sur le perron, encore plus pincée.

– Le professeur Mortimer vous attend dans son bureau.

Agatha tourna aussitôt le dos à Eliot Tumberfast, non sans avoir décelé une lueur de satisfaction dans son regard. Emboîtant le pas de la femme de chambre, Eliot emprunta le chemin qu'avait naguère suivi Frances. Agatha frappa.

– Votre visiteur.

— Faites entrer.

Agatha introduisit Eliot Tumberfast. Le professeur était debout, examinant une amulette. Il se tourna vers son assistant, le visage sévère.

---

1. Imhotep était le plus grand sage de l'Ancien Empire égyptien. Premier ministre du pharaon Djeser (3e dynastie, 2624 à 2605 av. J.C.), c'est lui qui construisit la célèbre pyramide à degrés de Saqqarah. Son tombeau n'a pas encore été découvert.

– Qu'est-ce qu'il y a encore, Tumberfast ?

– Une découverte capitale, s'enthousiasma Eliot.

– Je commence à en avoir assez de vos prétendues trouvailles. Vous m'importunez, Tumberfast. Cette fois, nous allons régler nos comptes.

Les deux hommes se défièrent du regard ; la tension monta brusquement. Agatha intervint, d'une voix légèrement tremblante.

– Désirez-vous du thé… une infusion…

Le professeur eut un geste sec de la main droite, comme s'il chassait une mouche. Agatha s'éclipsa, referma la porte, sachant ce qu'elle avait à faire. Cette visite inattendue tombait bien mal. Elle avait espéré que Sir John Arthur refuserait de recevoir cet impertinent doublé d'une sorte d'anarchiste au tempérament excessif.

Lorsqu'elle revint, porteuse d'un plateau où trônaient deux tasses en porcelaine et une théière en argent massif, culottée depuis plusieurs générations, les éclats de la querelle parvenaient jusqu'au couloir. Elle entra.

– Vous travaillez comme un sagouin, affirmait l'égyptologue. Vous avez la prétention d'être un nouveau Champollion et ne serez jamais qu'un pauvre type !

Eliot Tumberfast serrait les poings. Son visage était congestionné. Agatha jugea bon d'opérer une diversion.

– Le thé, Sir John Arthur.

– Posez-le n'importe où et déguerpissez ! ordonna le savant, excédé.

Agatha s'exécuta.

– Je crois que j'ai attrapé la grippe, dit-elle. Je me sens très lasse. Puis-je demander l'autorisation d'aller me coucher ? Madame a ses clés, et…

– Bonne nuit, la coupa sèchement Sir John Arthur. Revenons à votre dernière idiotie, Tumberfast…

Agatha se retira. N'existant plus aux yeux des deux hommes, absorbés par leur duel oratoire, elle referma la porte du bureau, y plaqua son oreille droite pendant plus de cinq minutes. Elle entendit plusieurs injures difficilement imaginables dans la bouche de scientifiques. Mais Eliot Tumberfast était un individu mal élevé, irrécupérable. Sir John Arthur était bien bon de lui donner audience. Comme la dernière fois, les deux adversaires en découdraient jusqu'à plus soif.

Agatha, au lieu de grimper jusqu'au troisième étage où se trouvait sa chambre, descendit l'escalier de marbre. Elle traversa l'office où elle revêtit un imperméable vert prune. Ce soir, elle devait sortir. C'était une question d'honneur. Elle passerait par la petite porte donnant sur une ruelle, derrière l'hôtel particulier, réglerait son problème aussi vite que possible et rentrerait avec précautions. Grâce à la pluie, elle se faufilerait comme une ombre.

— 3 —

À l'entracte, Frances Mortimer et Philipp quittèrent la catégorie A des « stalls » du Lyttelton Theatre, l'une des salles du National Theatre où se donnait la représentation d'*Othello*.

– Je boirais bien quelque chose, dit Philipp.

– Si vous voulez, mais je dois d'abord téléphoner.

– À qui ?

– À mon mari. Je l'ai trouvé fatigué et je crains que la visite d'Eliot Tumberfast ne lui fasse passer une fort mauvaise soirée.

Philipp ne voyait pas l'utilité d'une pareille corvée, mais il ne quitta pas Frances, qui eut aisément Sir John Arthur au téléphone.

– Chéri ? Vous n'êtes pas couché ?

– Des ennuis, Frances. Excusez-moi un instant.

Frances perçut les échos d'une violente discussion entre son mari et Eliot Tumberfast. Il n'était question que de points techniques d'égyptologie. Tumberfast ne voulait céder sur aucun point. Le professeur Mortimer lui ordonna de se taire.

– Frances ?

– Ce n'est pas raisonnable, gronda-t-elle d'une voix douce. Vous devriez renvoyer votre assistant et vous reposer.

– C'est une campagne de fouilles de trois années qui est en jeu. Ce que je découvre est consternant. Pardonnez-moi…

Sir John Arthur se moucha. Philipp s'impatientait, estimant que cet intermède avait assez duré. Il passait une soirée avec Frances, pas avec son père. Il tapota de l'index sur sa montre de manière qu'elle le remarquât.

– La représentation est-elle satisfaisante ? demanda le professeur.

– Excellente. Je regrette d'autant plus votre absence, et je n'oublie pas le service que vous m'avez demandé.

– Je sais que je peux compter sur vous, Frances. Comme le téléphone ne transmet pas la grippe, je me permets de vous embrasser.

– Moi aussi, chéri. À tout à l'heure.

Elle raccrocha, soucieuse.

– Qu'est-ce qu'il y a ? interrogea Philipp.

– C'est bien ce que je craignais. Une nouvelle querelle avec son assistant.

– Laissez ces vieilles barbes s'entre-déchirer. Nous avons mieux à faire.

Le visage de Frances s'empourpra.

– Ne vous exprimez plus jamais de la sorte, Philipp, ou je ne vous adresse plus la parole.

*

* *

À la sortie du National Theatre, vers vingt-trois heures, la Rolls des Mortimer était coincée dans un embouteillage.

– Complètement idiote, cette pièce de Shakespeare, pestait Philipp. Cet Othello est un imbécile. On ne tue pas la femme qu'on aime.

– Mais c'est Shakespeare..., protesta Frances.

– Et alors ! Ce n'est pas une raison.

Frances était à la fois choquée et amusée. Elle avait pris soin de s'asseoir suffisamment loin du jeune homme. Le chauffeur avança difficilement dans Waterloo Street et s'engagea sur Waterloo Bridge, traversant la Tamise. Il tourna à gauche en direction de Mayfair.

– Nous ne rentrons pas directement, Barry, intervint Frances. Je dois passer par le British Museum. Mon mari m'a demandé de lui rapporter un dossier.

Le chauffeur passa Trafalgar Square et remonta vers le nord, en direction de Tottenham Court Road. Il aviserait sur le parcours pour choisir le chemin le plus court. Chaque jour, il conduisait Sir Mortimer à son bureau, installé dans une annexe administrative jouxtant le British Museum.

– Acceptez-vous de m'accompagner, Philipp ? Vous savez combien peu j'apprécie cet endroit.

– Ah non, protesta le fils du professeur. Je ne veux plus entendre parler de ce bureau.

– Vous avez commis une bêtise, dit Frances d'une voix rassurante, plus personne n'y pense. Quelle imprudence de voler une statuette égyptienne... Vous n'aviez guère de chance de passer inaperçu ! Et à quoi cela vous servait-il ?

– Qui peut être sûr de bien connaître la vie d'autrui ? Je ne mettrai plus les pieds dans ce maudit bureau.

– Je ne vous le demande pas, protesta-t-elle. J'ai formellement promis à mon mari de vous en interdire l'accès. J'aimerais simplement ne pas monter seule à l'étage. Il vous suffirait de m'attendre sur le palier, j'en aurai pour une minute.

Philipp se rapprocha d'elle.

– Vous avez peur ?

– Oui, avoua-t-elle sans fausse honte. Ces sarcophages, ces morts qu'on a dérangés dans leur dernier sommeil… Cela m'impressionne. Surtout depuis la disparition de cette momie !

Frances était toujours sincère. Elle ne cachait pas ses faiblesses, son âme était aussi limpide que son regard. Philipp avança sa main vers celle de la jeune femme. Elle s'en aperçut et retira la sienne aussitôt.

– Vous viendrez avec moi, Philipp ?

Boudeur, il se tassa dans son coin. La Rolls tourna dans Great Russel Street, approchant de sa destination.

*

* *

Une clé s'introduisit dans la serrure de la petite porte donnant sur la ruelle que dominait de toute sa masse l'hôtel particulier des Mortimer. L'ombre, après avoir vérifié que personne ne l'observait, pénétra dans la propriété, évita l'allée de graviers et longea la façade arrière. Agatha Lillby atteignit l'office sans avoir fait le moindre bruit. Elle ôta son imperméable et ses chaussures trempées. Ainsi, elle gravirait silencieusement l'escalier de marbre et regagnerait sa chambre.

Un éclat de voix la fit tressaillir. Comme elle l'avait supposé, le professeur et Eliot Tumberfast continuaient à se quereller. Presque malgré elle, Agatha prit la direction du bureau. Elle devait s'assurer qu'il ne s'était rien produit de fâcheux.

La porte s'ouvrit brusquement. Agatha se plaqua contre les tentures rouges du couloir. Sir John Arthur apparut de dos, comme s'il barrait la route à son visiteur.

« Pas question de vous en aller maintenant, dit-il. Vous ne vous en tirerez pas comme ça, Tumberfast. Vos explications ne me suffisent pas. Quand ma femme reviendra du British Museum, j'aurai la preuve de vos mensonges. Asseyez-vous. »

Le professeur se moucha et claqua la porte. Agatha resta immobile un long moment, reprenant sa respiration. Elle avait eu une peur bleue et monta à sa chambre où elle était censée dormir depuis plus de deux heures.

— 4 —

La Rolls grenat s'arrêta devant le petit immeuble abritant des services administratifs du British Museum.

– J'en ai pour quelques instants, dit Frances au chauffeur. Vous venez, Philipp ?

Le jeune homme boudait toujours, faisant mine de ne pas entendre.

– Tant pis, j'irai seule. Au fond, vous n'avez pas beaucoup de courage.

Frances ouvrit elle-même la portière, prenant Barry au dépourvu. Mme Mortimer était bien nerveuse, ce soir.

Serrant les clés dans sa main droite, elle se dirigea vers une porte ressemblant à celle du 10, Downing Street, la résidence du Premier ministre britannique. La pluie formait un rideau de plus en plus opaque. Frances engagea le passe dans la serrure. Une silhouette se matérialisa à ses côtés.

– Attendez-moi, Frances !

La jeune femme eut un haut-le-corps. Ce n'était que Philipp.

– Il était temps, observa-t-elle.

Son sourire se voulait détendu, mais Philipp la sentait inquiète, mal à l'aise, pressée d'en finir avec une tâche qui ne lui plaisait pas. La porte d'entrée donnait sur un couloir dont les murs étaient couverts de panneaux administratifs.

Frances referma derrière elle. Ils s'engagèrent dans l'étroit boyau faiblement éclairé, qui conduisait à un escalier donnant accès aux étages. Au pied de l'escalier, une sorte de guérite habitée par le veilleur de nuit, J. J. Battiscombe. Le front posé sur la dernière édition du *Daily Telegraph*, entre sa casquette réglementaire et une bouteille thermos, J. J. Battiscombe dormait d'un sommeil bienheureux. Cela ennuyait Frances de le réveiller, mais il y avait des formalités à accomplir.

– Monsieur Battiscombe...

Le veilleur de nuit ne se réveilla pas. Militaire à la retraite, il éprouvait une passion inextinguible pour le sommeil, après trop de nuits blanches passées sous des bombardements. Philipp n'eut pas la délicatesse de Frances et secoua le vieux bonhomme. Ce dernier ouvrit un œil affolé, chercha sa casquette, la posa sur sa tête et ouvrit machinalement son registre.

– Madame Mortimer...

Voir Frances si belle, si charmante, lui fit oublier sa panique passagère. Reprenant ses esprits, J. J. Battiscombe redevint un fonctionnaire modèle.

– Je suis obligé de vous faire signer le registre. Ainsi qu'à monsieur...

– Philipp est le fils du professeur Mortimer, indiqua Frances.

J. J. Battiscombe n'avait pas la mémoire des visages et n'éprouvait que peu de sympathie pour un fils qui ne marchait pas dans les traces de son père. Le veilleur de nuit inscrivit l'heure, 23 h 31, tendit un stylo et le registre à ses hôtes. Frances et Philipp le paraphèrent.

– Le professeur a oublié quelque chose ?

– Non, répondit Frances, il est souffrant. Il ne viendra pas au bureau ces prochains jours et a besoin d'un dossier.

C'était la seconde fois que Frances Mortimer se rendait à l'annexe administrative du British Museum en moins d'un mois. La première, elle était venue chercher des notes pour une conférence. Sir John Arthur, retenu par un séminaire, avait été obligé de lui demander ce service.

– Vous ne serez pas seule au premier, madame Mortimer. Il y a une équipe de nettoyage. Des Indiens. On ne trouve plus d'Anglais, même de Whitechapel[1]. Alors, on prend n'importe qui.

Frances ne remarqua pas la mine dégoûtée de J. J. Battiscombe. Elle se tourna vers Philipp.

– Vous me suivez ?

À contrecœur, le jeune homme s'engagea dans l'escalier. Moquette bon marché, murs peints en beige, atmosphère confinée au point d'en devenir étouffante… Ce médiocre décor s'estompa en une seconde. Philipp fut captivé par le léger déhanchement de Frances montant marche après marche avec une grâce inimitable. Voulant profiter de l'étroitesse des lieux, il tenta de se porter à la hauteur de la jeune femme, de la frôler. Mais il s'y était pris trop tard. Elle était déjà sur le palier du premier étage, éclairé par la lumière crue d'une rangée de fluos.

Le bureau du professeur Mortimer était le second sur la droite, précédé d'un renfoncement. Le premier, lui aussi précédé d'un semblable renfoncement, était celui des spécialistes en numismatique ancienne. Il abritait un lot de pièces hellénistiques d'une grande valeur qui venaient d'être découvertes en Égypte. En face, le bureau d'Eliot Tumberfast, l'assistant du professeur Mortimer. Le long du mur, des armoires grillagées contenaient de lourds volumes reliés, dictionnaires, recueils de revues spécialisées, archives.

1. Quartier populaire de Londres.

Une femme surgit du premier renfoncement. Elle et Frances furent aussi étonnées l'une que l'autre. La femme était une Indienne. Elle tenait un seau dans la main droite et une serpillière dans la gauche. Un peu d'eau s'échappa du seau. Elle s'accroupit aussitôt, plaquant sa serpillière au sol, comme si elle tentait de dissimuler quelque chose.

– Dépêchons-nous, exigea Philipp.

Il avait espéré que le premier étage serait encore moins éclairé que l'escalier. À cause de ces Indiens qui travaillaient à des heures impossibles, il ne bénéficierait pas d'un tête-à-tête avec Frances.

Cette dernière pénétra dans le second renfoncement où étaient entassées des caisses, utilisa sa clé et ouvrit la porte du bureau. Philipp demeura dans le couloir, regardant d'un œil distrait l'Indienne qui continuait son travail de nettoyage devant le bureau des numismates. Elle portait des chaussons qui rendaient sa démarche silencieuse.

Frances alluma. Sa gorge se serra. Dans la première partie du vaste bureau laboratoire, il y avait deux sarcophages dressés contre le mur. Elle ne supportait pas cette vision. Elle avança droit devant elle, traversa la deuxième partie du local où était installé le laboratoire proprement dit, avec ses paillasses et ses flacons de produits chimiques rangés sur des étagères. Dans la troisième partie, tout au fond, le bureau de Sir John Arthur Mortimer. C'est là que le grand patron de l'égyptologie britannique recevait ses meilleurs étudiants de thèse, ceux qu'il destinait à la carrière ; c'est là qu'il examinait les objets découverts sur les chantiers de l'Egypt Exploration Society, dont il était le directeur. Il y classait sa documentation personnelle, nécessaire aux expertises, mettait au point ses dossiers de recherches. Son armoire de rangement était dressée sur la gauche d'une bibliothèque d'acajou, dans un angle de la pièce. Après en avoir ouvert les deux battants, Frances chercha la chemise cartonnée rouge sur le premier rayon. Elle ne la vit pas, souleva les autres dossiers, puis inspecta la seconde étagère, et découvrit enfin la chemise rouge. Occupée par sa tâche, les doigts rendus malhabiles par l'énervement, Frances n'entendit pas un bruit presque imperceptible. Celui d'une porte qui se ferme, suivi du léger déclic d'une clé tournant dans une serrure bien huilée.

Au moment où elle s'apprêtait à prendre le dossier, la jeune femme eut la désagréable sensation d'une présence derrière elle. Incrédule, elle se retourna. Frances fut horrifiée, ses yeux se figèrent. Elle fut incapable de crier.

Deux coups de feu claquèrent.

— 5 —

Dans le silence feutré de l'annexe du British Museum, les deux détonations résonnèrent comme des coups de tonnerre. J. J. Battiscombe, le veilleur de nuit, sursauta. Il ne s'était pas complètement rendormi. Et, quoi qu'il arrivât, ces sons-là l'arrachaient toujours au plus profond sommeil. Ils lui rappelaient de bien mauvais souvenirs de guerre. S'extrayant de sa guérite, il n'eut pas le temps d'élaborer une stratégie.

Dévalant l'escalier, une épaisse silhouette le percuta de plein fouet. Un homme, dont le visage était masqué d'un foulard laissant apparaître un front basané. Il portait quelque chose de lourd rendant des sons métalliques. Ébranlé par le choc, J. J. Battiscombe ne distingua rien d'autre qu'un costume de velours de confection vulgaire. L'homme ouvrait déjà la porte d'entrée de l'annexe et s'enfuyait. Encore groggy, le veilleur de nuit s'aperçut que sa veste était trempée. Il avait reçu de l'eau.

Des « au secours ! ouvrez, à l'aide ! » provenaient du premier étage. Tout allait trop vite pour le vieux soldat. D'une démarche incertaine, il monta.

Philipp Mortimer tambourinait comme un forcené contre la porte du bureau de son père, hurlant « Frances !

Frances ! ». Quand il vit le veilleur de nuit, il se précipita vers lui et l'agrippa par la manche.

– Vous avez la clé ? On a tiré, là-dedans, et la porte est fermée ! J'ai entendu quelqu'un tomber... Frances ne répond pas !

– La clé, moi... non... elle est au tableau.

– Courez la chercher !

Deux femmes de ménage indiennes descendaient du second étage. La femme que Frances et Philipp Mortimer avaient croisée s'approchait, elle aussi. L'ensemble du personnel de nettoyage se rassemblait, ayant entendu les détonations. J. J. Battiscombe alla jusqu'au tableau de service qui se trouvait entre le bureau des numismates et celui de Sir Mortimer. Utilisant un passe, il ôta le cadenas fermant le tableau. D'une main tremblante, il prit la clé correspondant au bureau du professeur.

– Dépêchez-vous, insista Philipp.

De l'autre côté de la porte régnait un silence angoissant. Les femmes de ménage babillaient en hindi.

J. J. Battiscombe tourna aisément la clé dans la serrure. La porte s'ouvrit. Il n'y avait pas de lumière. Une odeur de poudre flottait dans l'air. Peut-être à cause de la présence des deux sarcophages, dressés près de l'entrée, l'endroit évoquait un sépulcre peuplé de forces maléfiques.

Un instant figé sur le seuil avec les autres, Philipp Mortimer entra, chercha l'interrupteur, alluma. D'abord, il n'aperçut rien de particulier. Puis, après avoir franchi la première partie du local et s'être avancé dans le laboratoire, il se figea, incapable de faire un pas de plus.

Ce qu'il voyait tout au fond du bureau dépassait le comble de l'horreur. Il aurait voulu hurler, mais ses cris moururent dans sa gorge.

Une momie au crâne défoncé, au dos en charpie, à moitié débandelettée, était couchée sur le corps de Frances, comme si elle l'avait agressée avant de tomber sur elle. La jeune femme avait un bras replié sous son côté droit. De son cœur coulaient deux filets de sang. L'étole de vison avait glissé sous sa nuque, formant un oreiller funèbre. Dans ses yeux grands ouverts se lisait une terreur indescriptible.

Le veilleur de nuit et les trois femmes de ménage avaient suivi Philipp Mortimer, intrigués et curieux. Quand ils découvrirent l'abominable spectacle, ils ne contrôlèrent plus leurs réactions. J. J. Battiscombe se voila la face, murmurant plusieurs fois : « *My Goodness, my Goodness* ! » Les trois Indiennes, pleurant et criant, se serrèrent les unes contre les autres. Philipp Mortimer demeurait figé, incapable d'esquisser le moindre mouvement. On aurait pu croire qu'il priait, qu'il rendait un culte à Frances, qu'il tentait de la faire revenir du néant.

Ce fut J. J. Battiscombe qui, le premier, après de longues minutes, parvint à prendre une décision.

– Je préviens Scotland Yard, annonça-t-il.

*

* *

Un quart d'heure plus tard, le superintendant Scott Marlow arriva sur les lieux du crime, accompagné de deux inspecteurs et de plusieurs bobbies. Le médecin légiste et une équipe de spécialistes ne tarderaient plus.

« Sale affaire », estima le superintendant dont l'intervention rapide ne devait rien au hasard, puisqu'il dormait dans son bureau. Prévenu de l'appel du veilleur de nuit, il avait aussitôt réagi au nom de « Sir John Arthur Mortimer », personnalité scientifique fort estimée.

Scott Marlow avait ordonné aux personnes présentes dans l'immeuble de ne pas quitter les lieux. Ses inspecteurs se chargeaient de relever les identités et de procéder aux premiers interrogatoires.

Bon vivant à l'embonpoint imposant, le superintendant ne parvenait pas à effacer de ses yeux l'incroyable vision du plus extraordinaire crime de sa carrière. La mise en scène macabre aurait pu faire croire que la momie était l'assassin et que Frances Mortimer s'était battue avec elle avant de succomber.

Un inspecteur s'approcha de Marlow.

– L'ambulance est arrivée.

– Parfait. Quand les techniciens et le médecin légiste auront terminé, emportez le cadavre et la momie. Fermez le bureau. Tous les témoins doivent rester à la disposition de la police.

Scott Marlow desserra sa ceinture d'un cran, signe de contrariété. Un meurtre au British Museum, une riche et puissante famille, le fils Mortimer prostré au point de ne pas pouvoir prononcer un mot, un veilleur de nuit hébété, des femmes de ménage indiennes craintives et affolées, un chauffeur de maître qui avait vu s'enfuir un homme, un seau à la main, corroborant le témoignage de J. J. Battiscombe qui avait été renversé et mouillé... Le superintendant disposait déjà d'un début de piste. Mais toute enquête concernant une famille aussi huppée et influente posait de délicats problèmes. Il ne fallait pas commettre de faux pas ; c'est pourquoi il avait donné l'ordre de ne pas prévenir Sir John Arthur Mortimer par téléphone. Il se chargerait de transmettre lui-même la triste nouvelle.

Soucieux, Scott Marlow ne sentit même pas la pluie lorsqu'il traversa la rue pour monter dans la voiture de police qui démarra en direction de Mayfair.

— 6 —

La sonnerie retentit pour la cinquième fois dans l'hôtel particulier des Mortimer. Agatha s'éveilla en sursaut, émergeant d'un début de cauchemar où elle ne parvenait pas à sortir d'un couloir fermé à ses deux extrémités. Elle revêtit en hâte une robe de chambre, et n'eut pas le temps de ramasser ses beaux cheveux noirs en un chignon. Son réveil indiquait minuit dix. Elle descendit l'escalier quatre à quatre. Sir John Arthur se tenait sur le seuil de son bureau. Derrière lui, Eliot Tumberfast.

– Allez voir ce qui se passe, Agatha. Madame a dû égarer ses clés.

Nouveau coup de sonnette. Agatha se pressa. Elle revint quelques minutes plus tard. Eliot Tumberfast était d'une pâleur alarmante. Le professeur achevait de lui démontrer une nouvelle faute professionnelle.

– Sir, dit Agatha, ce n'est pas Madame. C'est... un policier.

Le savant fronça les sourcils.

– Que désire-t-il ?

– Vous voir... en particulier.

– Qu'il revienne demain. Tumberfast m'a épuisé. Quelle heure...

Le professeur regarda sa montre.

– Seigneur ! Plus de minuit ! J'ai vu assez d'imbéciles pour ce soir.

Eliot Tumberfast, frappé au vif, se mit debout comme un coq sur ses ergots.

– Je ne vous permets pas…

– Tumberfast, je vous interdis d'élever la voix une fois de plus. Ce soir, mon jeune ami, vous avez brisé votre carrière. Permettez-moi de m'en réjouir. La science comptera un détraqué de moins. Mon rapport vous concernant sera détaillé, croyez-le bien. J'ai assez d'éléments pour vous chasser du British Museum. À présent, sortez.

Agatha ne savait plus où se mettre. Eliot Tumberfast s'empara de son dossier avec tant de rage que quelques feuillets s'éparpillèrent. Il les ramassa en les froissant.

– Je ne vous raccompagne pas.

Eliot Tumberfast sortit du bureau comme un ouragan et dévala l'escalier de marbre au risque de se rompre le cou. Agatha le suivit de loin. Elle le vit ouvrir la porte d'entrée et bousculer le gros policier auquel elle avait permis de séjourner sur le perron en attendant les ordres de Sir John Arthur.

Surpris par ce forcené, le superintendant Marlow fit presque un demi-tour sur lui-même tandis qu'Eliot Tumberfast quittait le domaine des Mortimer et disparaissait dans la nuit pluvieuse.

– Le professeur ne peut pas…, commença Agatha.

– Il doit absolument me recevoir, dit l'homme de Scotland Yard, irrité. Ce que j'ai à lui annoncer est de la plus haute importance.

C'était le deuxième visiteur inattendu qui exerçait sur Agatha la même forme de chantage en une seule soirée.

Cette fois, elle ne céderait pas. Ce ne serait pas un policier qui ferait la loi dans la maison dont elle avait la charge.

– Sir John Arthur est grippé. Il vient de subir une conversation de plus de quatre heures avec le fou qui vous a bousculé. Il a besoin de dormir.

– Bien que j'en sois désolé, j'ai de quoi lui ôter le sommeil, assena Scott Marlow, perdant patience. Introduisez-moi immédiatement auprès de lui. À moins que vous ne souhaitiez faire obstacle à Scotland Yard.

Agatha jugea qu'elle avait assez combattu. Son honneur était sauf.

– Suivez-moi, inspecteur.

– Pas inspecteur. Superintendant Scott Marlow.

Cette femme de chambre ne lui revenait pas. Elle avait l'air trop sûre d'elle.

Agatha le conduisit jusqu'au bureau, Scott Marlow n'attendit pas d'être annoncé. Dans ces moments-là, il fallait frapper fort et juste. L'heure n'était plus aux politesses. Visiblement épuisé, le professeur se préparait une nouvelle aspirine effervescente.

– Sir John Arthur Mortimer, déclama le policier avec un maximum de solennité, j'ai une très grave nouvelle à vous communiquer.

Le savant leva vers lui des yeux inquiets et fiévreux.

– On a cambriolé le British Museum ?

– Non, Sir. Votre femme... Il faut être courageux.

John Arthur Mortimer se leva lentement. Il prenait brusquement conscience de l'heure tardive, de l'absence de Frances et de son fils, émergeant à peine de l'interminable querelle qui l'avait durement opposé à Tumberfast.

– Frances ? Un accident ?

– Non, Sir. Un meurtre.

Devant le visage poignant du patron de l'égyptologie britannique, le superintendant pensa qu'il avait peut-être frappé trop fort.

Dans cette affaire-là, il lui faudrait décidément s'entourer de précautions indispensables ; l'une d'elles consisterait probablement à faire appel à un expert. Même si ce dernier s'appelait Higgins.

— 7 —

Higgins, dernier du nom d'une illustre lignée trop mal connue dont le Royaume-Uni et le reste du monde pouvaient être fiers, regagna son domaine au terme de sa promenade matinale. La demeure ancestrale des Higgins était sise dans un petit village du Gloucestershire, au nord de Londres. Il portait le nom délicat de *the Slaughterers*, les Assassins[1], ce qui aurait pu paraître à la limite des convenances pour un ancien inspecteur-chef de Scotland Yard. Mais il n'y avait plus de tueurs depuis longtemps dans ce charmant endroit.

Higgins avait pris une retraite anticipée pour d'impératives raisons : les week-ends ne lui suffisaient plus pour tailler ses rosiers, couper son bois à la scie, entretenir sa pelouse et lire les bons auteurs. La vie moderne, avec son excitation grandissante, ne lui convenait pas. N'étant pas un croyant fervent en la réincarnation, Higgins craignait que sa propre vie ne marquât les limites de son existence. Aussi avait-il décidé de savourer le temps qu'il lui restait à passer sur la terre de ses ancêtres.

Il franchit un minuscule pont de bois enjambant la petite rivière Eye qui coulait devant sa demeure, sans nul doute

1. Littéralement : « les bouchers ».

le plus beau fleuron architectural de Slaughter-le-bas. Comment ne pas être épris du mur de pierres blanches encadrant un porche soutenu par deux colonnes, des fenêtres XVIIIe à petits carreaux rythmant deux étages disposés selon le Nombre d'Or, du toit d'ardoises aux reflets grisés, des hautes cheminées de pierre ? Comment ne pas savourer la présence rassurante des chênes centenaires, le murmure du discret cours d'eau, les conversations des pies et des rouges-gorges, le crissement des feuilles mortes dansant au vent ? *The Slaughterers*, c'était le paradis pour Higgins.

Il entra chez lui sans faire de bruit, pour ne pas être surpris par Mary, sa gouvernante, une robuste personne de soixante-dix ans.

De taille moyenne, plutôt trapu, les cheveux noirs, la lèvre supérieure ornée d'une moustache poivre et sel, les tempes grisonnantes, l'air débonnaire, l'œil malicieux et inquisiteur, Higgins paraissait lent. Mais il avait le don de se déplacer sans qu'on l'entende. Né sous le signe du chat selon l'astrologie orientale, il possédait les qualités du félin.

Il ôta son trench-coat aux boutons de bois et s'installa confortablement dans un fauteuil de famille qui gémit avec discrétion. L'édition du *Times* était posée juste à côté, sur une table basse en bois de santal, aux pieds d'éléphant. Un souvenir des Indes. Higgins tâta le journal, consterné. Ce qu'il redoutait s'était produit une fois de plus. Mary avait encore ôté la bande qui fermait le quotidien pour le lire avant lui et l'avait ensuite remise en place, croyant qu'il ne s'en apercevrait pas. C'était pourtant lui, l'abonné, pas elle. Il payait pour avoir des nouvelles vierges.

Préférant oublier, Higgins parcourut le *Times*, sa seule source d'information. Il n'éprouvait aucune confiance dans ce qu'on nommait l'audiovisuel. Guerres, entretiens diplomatiques sans résultats, crise industrielle, l'Angleterre battue en football, le cacao en chute libre à la bourse... Tout allait mal.

La grande affaire qui avait agité le pays, voilà huit jours, faisait encore les gros titres. L'assassinat de Frances Mortimer passait déjà pour le crime le plus mystérieux du siècle. Les journaux, en raison de la présence plus qu'insolite d'une momie martyrisée, évoquaient un meurtre rituel. On reparlait de la vengeance des pharaons et des nombreuses victimes de la malédiction de Toutânkhamon. La beauté de la victime, la très séduisante Mme Mortimer, ne faisait qu'ajouter à l'émotion suscitée par ce crime odieux. À l'évidence, la profession de Sir John Arthur Mortimer, l'égyptologue bien connu, n'était pas étrangère à cet acte abominable. Mais quelle explication donner à cette étrange et macabre mise en scène ? Quel esprit dément avait poussé la cruauté jusque-là ? Pourquoi avait-on tué ? Par bonheur, Scotland Yard était sur la piste d'un suspect. Le superintendant Scott Marlow annonçait une conférence de presse pour le lendemain. L'arrestation du coupable était imminente. Higgins referma le *Times*, vaguement indigné. Même les momies n'avaient plus droit au repos éternel.

Higgins savoura le calme douillet de sa demeure, le moelleux des tapis d'Iran, la chaleur des boiseries, la lumière du feu dansant dans sa cheminée de pierre. Il n'aimait rien tant que la pluie et le brouillard qui incitaient à se retirer chez soi pour y jouir de son univers.

À neuf heures et dix-sept minutes, comme chaque matin, Mary apparut dans le salon, porteuse du nécessaire à thé. C'était son heure. Elle avait toujours refusé d'obtempérer aux appels de la sonnette à pied qu'elle jugeait avilissante. Une gouvernante n'est pas une domestique. Elle grommela quelque chose et remplit une tasse qu'elle déposa sur une table basse, puis regagna l'office.

À soixante-dix ans, Mary avait bon pied bon œil. Elle avait traversé deux guerres mondiales et menait la maisonnée tambour battant, traversant la vie avec l'imperturbable assurance des gens qui croient en Dieu et en l'Angleterre.

Higgins n'avait jamais osé avouer la vérité : il détestait le thé.

Tendant le cou, il vérifia que Mary ne rôdait pas à proximité. D'un geste prompt et précis, il versa le contenu de sa tasse dans un aucuba en pot. Il avait cette plante en horreur et ne comprenait pas pourquoi la gouvernante s'obstinait à la soigner.

Higgins gagna sa cuisine privée, aménagée dans l'aile nord de la maison. À l'intérieur du four mijotait une tourte au saumon émincé, l'une de ses spécialités. Une sonnerie discrète prévint Higgins que la cuisson était terminée. Il éteignit le four, ouvrit la porte vitrée et déposa le précieux mets sur une assiette en porcelaine, un authentique vieux Sèvres. Higgins n'eut pas besoin d'appeler. Passant par la chatière, un superbe siamois répondant au nom glorieux de Trafalgar, entra dignement. Après s'être frotté deux fois contre le mollet gauche de son maître et esclave, il attaqua la tourte d'un bel appétit. Higgins respira mieux. Il craignait que cette recette déplût à Trafalgar.

L'heure était venue d'inspecter de près Marie-Charlotte, une nouvelle espèce de rosier australien que Higgins comptait croiser avec une classique reine Victoria. Il espérait obtenir un jaune inédit. En sortant de sa cuisine, il aperçut Mary, un plumeau à la main.

– Téléphone, marmonna-t-elle.

Higgins avait résisté à l'invasion pernicieuse de la télévision, du téléphone portable, de l'ordinateur et d'autres engins destinés à briser la quiétude des foyers. Mary combattant cette attitude rétrograde, Higgins avait accepté un compromis ; le domaine serait relié au reste du monde par le téléphone, à condition que l'appareil fût installé dans la cuisine de la gouvernante.

– Pour moi ?

Mary ne répondit pas. Si elle avait aimablement prévenu l'ex-inspecteur-chef n'était-il pas évident que l'appel le concernait ? En ce cas, Higgins avait droit de visite dans la cuisine de Mary. Au passage, il vérifia la nature des produits employés. Le sel était toujours marin, non raffiné et le sucre de canne roux. Le bœuf à la menthe qui mijotait sur la cuisinière s'avérait plus inquiétant. Il empoigna le combiné.

– Higgins à l'appareil.

– Ici Scott Marlow. Je ne vous dérange pas ?

– Mes félicitations pour votre brillante enquête, superintendant.

Il y eut un bref silence.

– Je ne voudrais pas vous importuner, mais j'aimerais solliciter un conseil, avança le superintendant, à la voix embarrassée.

– Pas d'ordre professionnel, j'espère ?

– Justement… si.

– Vous savez que je suis à la retraite, mon cher Marlow.

– Désolé de vous importuner, Higgins ; votre avis serait pour moi de la plus haute importance.

À l'embarras s'ajoutait l'anxiété.

– C'est à titre personnel que je formule cette demande, précisa le superintendant.

– Un simple avis, nous sommes bien d'accord ?

– Merci d'avance, Higgins ! Quand comptez-vous venir à Londres ?

– Peut-être dans une quinzaine de jours.
Marlow toussota.
– Demain vous conviendrait-il ?
– Est-ce tellement urgent ?
– Je le crains.

— 8 —

Habillé d'un costume croisé bleu nuit qui lui allait à merveille, grâce à l'habileté de son tailleur personnel œuvrant chez Stovel and Mason, Higgins emprunta l'escalier qui conduisait au bureau du superintendant Scott Marlow. Refusant d'utiliser les ascenseurs de l'immeuble moderne de Scotland Yard, il préférait l'exercice.

Le bureau de Scott Marlow se trouvait au quatrième étage. Scotland Yard avait bien changé. Il n'était question que d'ordinateurs, de fichiers informatiques, de logiciels, de disques durs, d'enquêtes scientifiques. Bientôt, on programmerait des crimes avant de les commettre. La police de Sa Majesté entrait dans l'ère technologique, réservée à des inspecteurs bardés de diplômes, sans doute plus doués pour résoudre des équations que pour suivre la piste d'un meurtrier.

Plusieurs policiers reconnurent la silhouette familière de Higgins. On se salua d'une inclinaison de la tête.

Le bureau du superintendant Marlow n'était pas moins moderne que les autres. Meubles design new style, lampe profilée, cendrier en plastique orange, cloison opaque l'isolant de ses subordonnés. Sur la plaque de verre fumé lui servant de table de travail, un manuel d'informatique tourné vers son visiteur. Aucun papier apparent, ni gomme ni buvard. L'univers implacable de la police moderne. Dès qu'il aperçut Higgins, apparemment égaré dans ce nouveau décor, Scott Marlow se précipita vers lui.

– Merci d'être venu, Higgins.

– Désolé d'être en retard pour l'heure du thé.

– Aucune importance.

Scott Marlow aurait été fort ennuyé s'il lui avait fallu offrir une tasse de Darjeeling ou d'Earl Gray. Sa thermos ne contenait qu'un whisky écossais de qualité remarquable, mais provenant d'une distillerie clandestine où l'on travaillait à l'ancienne. Comme il passait l'essentiel de ses jours et de ses nuits au Yard, le superintendant avait besoin, assez fréquemment, d'un petit remontant.

Higgins et Marlow n'appartenaient pas au même monde, mais ils s'appréciaient. Et le superintendant regrettait que Higgins eût pris une retraite anticipée, en raison d'un conflit avec l'autorité supérieure ; chacun le considérait comme un enquêteur d'exception, même si ses méthodes ne paraissaient pas très orthodoxes.

– Mon cher Higgins, j'ai une surprise pour vous. Avant de vous asseoir, voudriez-vous regarder sur votre gauche, au-dessus de la rangée d'annuaires ?

De l'autre côté de la vitre, Higgins aperçut un décor réconfortant. Un cadre de travail normal, avec une bibliothèque et une armoire en bois, une lampe de marbre pourvue d'un abat-jour civilisé, posée sur un bureau en merisier.

– Excellente idée d'avoir conservé une trace de la tradition qui a fait la gloire du Yard. L'histoire vous en sera reconnaissante, superintendant. J'ai toujours eu un faible pour mon ancien bureau. Mais je ne voudrais pas vous prendre trop de temps.

– Je suis débordé. Trop de paperasses, trop de responsabilités, et cette affaire Mortimer... Sans oublier la déclaration à la presse !

– Vous allez donc arrêter l'assassin ?

– Une question d'heures, j'espère.

– Je m'aperçois avec satisfaction que Scotland Yard n'a rien perdu de son efficacité légendaire. Je suppose que les témoignages de Barry, le chauffeur des Mortimer, et de J. J. Battiscombe, le veilleur de nuit, ont été décisifs ?

Higgins ne disposait que des éléments fournis par le *Times*, sans compter les ragots et les hypothèses farfelues relatées par le journal populaire que Mary se procurait. Higgins ne s'autorisait qu'une lecture furtive de ce genre de publications, une fois Mary couchée.

– Exact. Observation et logique. L'une des femmes de ménage indiennes, Indira Li, a été incapable de présenter son seau à la surveillante. Incapable également de dire où il était passé. Or, l'homme qui a bousculé le veilleur de nuit et que le chauffeur a vu s'enfuir tenait un seau.

– D'où votre déduction...

– Quand l'équipe des numismates a constaté le vol d'un rarissime lot de pièces hellénistiques, j'ai compris. Le trésor était caché dans le seau. En examinant son proche passé, il a été facile de constater qu'Indira Li a été employée dans deux musées de province cambriolés l'année dernière.

– Et vous avez pensé au gang des antiquaires.

Scott Marlow ne dissimula pas sa satisfaction.

– Vous touchez juste ! Ce gang a rançonné plus de cinquante villas. J'ai montré la photo de cette Indira aux victimes. Beaucoup l'ont reconnue. Femme de ménage, bonne d'enfants, postière, ouvrière agricole, et j'en passe... Notre Indienne avait le don des métamorphoses. Elle préparait le terrain pour son patron. En choisissant le British Museum, ils comptaient réussir le coup le plus fabuleux de leur carrière. Il ne reste qu'un détail pour compléter le puzzle : le nom de l'homme en fuite. Indira refuse de parler, mais ce n'est qu'une question de temps.

– On n'est jamais assez patient, observa Higgins. À propos, avez-vous retrouvé la clé qu'a utilisée Mme Mortimer pour ouvrir la porte du bureau de son mari ?

– Non, elle ne l'avait pas sur elle. Nous avons fouillé les lieux sans succès. J'aimerais mieux mettre la main sur l'arme du crime.

– Il faudrait sans doute sonder la Tamise pendant quelques dizaines d'années.

– J'en ai peur, admit le superintendant.

– Les balles ?

– Banales et mortelles. Deux en plein cœur. Un beau tir groupé.

– Rien à espérer de ce côté, par conséquent. L'autopsie ?

– Elle n'a rien révélé de particulier. Mme Mortimer n'avait rien absorbé d'anormal.

– Sur un point plus délicat…

– Pas de rapports physiques dans les heures qui ont précédé sa mort, précisa Marlow.

– Et le rapport des experts ?

– Je l'attends. Des retards dus à des pannes informatiques.

– J'aimerais que Babkocks examine le cadavre.

– C'est malheureusement impossible ! Vous n'avez confiance qu'en ce légiste, je le sais, mais il est en cure de désintoxication à Bordeaux, sous l'égide de l'association « Les médecins amis du vin ». Ils lui conseilleront les crus adéquats pour ses diverses affections.

Dans l'affaire Mortimer, il y avait assez d'éléments concrets et de traces matérielles pour permettre à la logique policière de s'exprimer en toute sérénité.

Élément gênant : la momie ; mais que pouvait-on déduire d'un pareil indice ? Ce n'était qu'un détail rocambolesque, digne du plus mauvais théâtre d'horreur.

Mieux valait ne pas l'évoquer.

– Si vous me parliez un peu de la momie ? suggéra Higgins.

– Pas belle à voir. Presque en charpie, comme si on avait procédé à une dissection. C'est triste à dire, mais le cadavre de Mme Mortimer avait meilleure allure.

Scott Marlow n'avait pas été ébloui par la fascinante beauté de Frances. Une seule femme trouvait grâce à ses yeux : la reine Élisabeth II d'Angleterre. C'était pour elle qu'il était entré dans la police et qu'il avait grimpé avec régularité dans la hiérarchie. Un jour, peut-être, serait-il chargé de la protection rapprochée de Buckingham Palace.

– Il y a un élément capital qui n'est pas sorti du dossier, révéla Marlow. Comme d'habitude, j'ai fait examiner les objets personnels des témoins. Et j'ai la preuve que le vol était préparé de longue date.

– Ah oui ? s'étonna Higgins, tandis que le superintendant ménageait une plage de silence pour mieux mettre en valeur sa découverte.

– Le thermos du veilleur de nuit contenait du thé drogué.

Le superintendant était bien placé pour savoir qu'on peut dissimuler n'importe quel breuvage dans un thermos. Néanmoins, Higgins apprécia sa méticulosité. Le détail avait effectivement beaucoup d'importance.

– Des traces d'un somnifère léger, poursuivit Scott Marlow. J. J. Battiscombe affirme qu'il n'en prenait jamais. On l'a donc drogué, ce que confirme le témoignage du fils Mortimer. Enfin... si l'on peut appeler ça un témoignage.

– Pourquoi donc ?

– Philipp Mortimer se terre dans sa chambre. Il est prostré, en état de choc. Il ne prononce que des bribes de phrase.

– Astucieux pour ne pas répondre aux questions, murmura Higgins.

Le superintendant fronça les sourcils.

– Mon cher Higgins, j'ai le sentiment que tout ne vous paraît pas clair dans ma démonstration.

– D'après le peu que je sais, superintendant, il demeure en effet quelques zones d'ombre.

– J'en conviens, mais ce n'est pas étonnant ! Avec un pareil gang, on peut s'attendre à tout. Dès que nous aurons mis la main sur le voleur, nous aurons l'assassin. Est-ce bien votre avis ?

Higgins se palpa le menton.

– Curieux, dit-il.

– Quoi donc ? s'inquiéta Scott Marlow.

Higgins semblait ennuyé.

– Quelque chose ne va pas.

– Expliquez-vous, mon cher Higgins, le pria Scott Marlow d'une voix mal assurée.

– Je vois mal des voleurs s'emparer d'une momie et organiser une pareille mise en scène. Et pourquoi auraient-ils tué Mme Mortimer ?

– Eh bien... ils n'ont pas réussi à revendre la momie. Et ils ont été surpris par Frances Mortimer quand...

– La porte du bureau était fermée à clé. Philipp Mortimer, le veilleur de nuit et les femmes de ménage indiennes n'ont vu personne quand ils sont entrés. À se demander si cette momie...

– Ah non, pas vous, Higgins !

Toute la semaine passée, les journaux populaires avaient titré sur « le meurtre de la momie ». Les échotiers s'en étaient donné à cœur joie, allant de la malédiction des pharaons jusqu'à Jack l'éventreur, ressuscité sous bandelettes.

– Aucune hypothèse ne doit être écartée, superintendant.

Marlow blanchit d'inquiétude.

– Higgins, donnez-moi votre véritable sentiment.

– Je m'interroge. Outre la présence de la momie, je flaire quelque chose d'extraordinaire.

C'est bien ce que redoutait le superintendant dont la logique n'avait pu venir à bout de toutes les énigmes posées par ce meurtre si contrariant. C'était la véritable raison pour laquelle il avait convoqué Higgins.

– Cela vous ennuierait-il de travailler sur ce crime avec moi ?

– Avant de vous répondre, superintendant, j'aurais une requête à vous présenter.

Scott Marlow contint une bouffée d'angoisse.

– Je n'émets pas le moindre doute sur la compétence de vos services et sur la qualité de vos interrogatoires, superintendant. Néanmoins, m'accorderiez-vous l'autorisation de m'entretenir avec Indira Li ?

Marlow sourit largement. Higgins avait la réputation de faire parler les morts. Cette affaire serait peut-être résolue beaucoup plus vite qu'il ne le pensait et son communiqué à la presse aurait des allures de triomphe.

– C'est un peu délicat, se renfrogna-t-il pour faire bonne mesure. Mais je vais vous arranger ça.

— 9 —

Indira Li était plutôt jolie. Mince, petite, elle semblait effarouchée, telle une fillette coupable d'une grosse bêtise qu'elle n'ose pas avouer à ses parents.

Higgins s'installa en face d'elle, notant au passage le confort relatif des nouvelles cellules du Yard. Il avait l'air patelin d'un confesseur indulgent. À présent, il était en possession de tous les éléments de l'enquête menée par le superintendant. Ce dernier lui avait donné un dossier complet.

Il sortit de sa poche les trois instruments de travail indispensables : un carnet noir, un crayon et un canif.

Quelque peu étonnée, Indira Li regarda Higgins tailler scrupuleusement le crayon, puis ouvrir le carnet et commencer à prendre des notes alors qu'elle ne disait rien.

– Inutile de chercher à m'impressionner, je ne parlerai pas.

– C'est pourtant ce que vous venez de faire, mademoiselle Li.

Prise au dépourvu, la jeune fille se rétracta davantage. Elle incarnait à merveille la femme enfant, fragile, inadaptée aux rigueurs de l'existence.

– Ce n'est pas facile pour vous de vivre ici, loin de votre pays. Et votre situation n'a rien de reluisant.

Higgins ne ressemblait pas du tout à un inspecteur en train d'interroger une suspecte. Il rassurait comme un confident disposé à toutes les indulgences.

– Cette histoire de seau est fort ennuyeuse, mademoiselle. C'est à cause d'elle que le superintendant vous a arrêtée pour vol. Il ne faut pas lui en vouloir. C'est un homme intransigeant. Moi, je suis différent ; nous pourrons peut-être trouver un terrain d'entente.

Une petite lueur, plutôt malsaine, brilla dans les yeux d'Indira.

– Dans quel sens ?

– Dans celui que vous désirez.

– Si vous obtenez ce que vous souhaitez, vous me ferez sortir d'ici ? Vous en avez le pouvoir ?

Higgins hocha la tête.

Indira jeta un œil dans le couloir. Son regard, cette fois, n'était plus celui d'une honnête femme. Gourmande, elle se leva et s'approcha de Higgins. Il la prit par les poignets et l'obligea à se rasseoir.

– Cessons de jouer, mademoiselle Li. Votre numéro de femme enfant n'est pas parfaitement au point. Celui de vamp incendiaire non plus. Vous êtes une professionnelle du vol qui refusez de dénoncer votre complice. Peur des représailles, sans doute. Vous devriez craindre davantage votre prochain chef d'inculpation : complicité de meurtre.

Indira sursauta. Higgins avait mis beaucoup de poids dans ses paroles.

– Ça ne tient pas debout ! Vous ne pourrez rien prouver. La porte était fermée, il a fallu que la surveillante aille chercher sa clé, et…

– C'est ce que vous prétendez, la coupa Higgins. Nous n'avons qu'une seule certitude : le vol d'un lot de pièces hellénistiques d'une valeur inestimable. C'est vous qui les avez volées et cachées dans votre seau. Mes félicitations pour votre intuition. Dissimuler un trésor dans de l'eau sale, c'est une fameuse idée. Dommage pour vous, le superintendant Marlow est une fine mouche et a percé à jour votre stratégie. Ce seau, vous l'avez confié à l'homme qui s'est enfui après avoir bousculé le veilleur de nuit. Des professionnels de votre talent peuvent parfaitement avoir commis un meurtre.

Indira Li commençait à perdre pied. L'homme qui l'interrogeait était trop calme. Peu à peu, il lui fouillait l'âme. Ses paroles avaient moins d'importance que son regard inquisiteur. Elle se demanda s'il ne lisait pas en elle.

– Vous devriez réfléchir, mademoiselle. La victime, Frances Mortimer, était très aimée. On demande des résultats rapides au superintendant Marlow. Pourquoi protéger votre complice ?

La jeune femme se mordilla les lèvres.

– Il me tuerait, dit-elle dans un souffle.

– Je ne crois pas que nous lui parlerons de votre témoignage, mademoiselle. Il est probable que le portrait robot obtenu grâce au chauffeur et au veilleur de nuit suffira à l'identifier.

Ni l'un ni l'autre n'avaient été capables de fournir la moindre description utile du fuyard. Mais ce petit mensonge suscita un formidable espoir chez Indira.

– Si je parle, vous pourriez...

Il n'y avait plus de femme enfant ni de vamp. Simplement une jeune Indienne en exil, un visage couleur de miel aux traits creusés par la peur de la prison, d'années perdues, d'une existence gâchée.

– Je ne vous promets rien d'autre que la justice de mon pays. Mais je crois qu'elle pourrait être indulgente.

Indira Li entrecroisa les doigts, les serrant jusqu'à la douleur. Higgins ne tentait pas de l'influencer. Il se contentait de la contempler, comme un père accueillant sa fille après un long, trop long voyage.

– Il s'appelle William W. Dobelyou. Il est né à Sri Lanka. Quand je suis arrivée à Londres, voilà trois ans, je me suis sentie perdue. Je croyais trouver du travail. Je n'ai pas eu le choix. Ou me prostituer ou travailler pour Dobelyou. J'ai commencé à cambrioler, j'étais brillante. Alors, nous nous sommes attaqués à des villas somptueuses où j'aurais aimé vivre. Depuis six mois, Dobelyou est en cheville avec des antiquaires. Le coup du British Museum, ça représentait une fortune pour nous deux.

– Ce Dobelyou sait-il se servir d'une arme à feu ? demanda Higgins.

– Oui… il…

– Il a déjà tué ?

Indira n'osa pas répondre immédiatement. Higgins lui laissa prendre son temps.

– Il m'a juré que c'était pour se défendre. C'est pour ça qu'il avait été obligé de quitter Sri Lanka. Depuis, il a les armes à feu en horreur.

– Bien entendu, nota Higgins. Je suppose que vous habitiez au même endroit ?

La jeune fille rougit légèrement puis, comme pour se débarrasser d'un poids trop lourd, elle donna une adresse, dans l'est de Londres, qu'Higgins enregistra avec soin sur son carnet.

– Pendant que vous faisiez semblant de nettoyer au premier étage, vous n'auriez pas vu passer une momie ?

Indira ouvrit des yeux effarés. Higgins n'insista pas.

– Je vous remercie, Mademoiselle Li. Je puis vous assurer que vous ne serez pas accusée de meurtre. Pour le reste, le superintendant Marlow vous trouvera certainement des excuses.

*
* *

Higgins et Marlow déambulaient dans Bond Street où l'ex-inspecteur-chef léchait quelques vitrines, s'assurant que le bon goût britannique n'avait pas complètement disparu de la capitale. Il devait d'ailleurs se procurer une chemise sur mesure chez Harborow.

Le superintendant avait quelque peine à suivre la démarche régulière de Higgins. Ce dernier s'aperçut que Marlow s'essoufflait.

– Ces vêtements bariolés, quelle horreur ! s'exclama le superintendant en s'arrêtant devant une vitrine punk. On commence à pourrir la jeunesse par le vêtement, puis on s'attaque au reste.

Il reprit sa respiration.

– Enfin, Higgins, m'expliquerez-vous pourquoi vous m'avez fixé rendez-vous ici ? Je vous attendais au Yard !

– Je n'ai pas de conseil à vous donner, mais vous vivez dans un air trop confiné. Il est vrai que celui-ci…

– Avez-vous tiré quelque chose de cette Indira Li ?

Higgins espérait que Harborow avait renoncé à quelques modèles fantaisie qui, à court terme, risquaient de ternir le renom du temple de la chemiserie à l'ancienne. Constatant que Scott Marlow était de nouveau en jambes, il se remit en marche.

– Elle est gentille, cette voleuse. Je crois que nous sommes coupables, superintendant.

– Pardon ?

– Oui, coupables de l'avoir mal accueillie en Angleterre. Elle est devenue la proie d'un sinistre individu.

– Vous avez son nom ? saliva Scott Marlow.

– Indira a peur de vous, elle craint votre sévérité. Il y a bien des manières de présenter son cas. Je connais votre influence auprès des avocats, superintendant.

Scott Marlow pestait. Higgins avait encore l'une de ces faiblesses qui lui avaient valu des blâmes moraux de la part de ses supérieurs.

– C'est entendu, je…

– J'ai votre parole ?

Le superintendant remonta son pantalon tout en marchant.

– Vous l'avez, bougonna-t-il.

– Il s'appelle William W. Dobelyou. J'ai son adresse. Il n'y sera probablement pas, mais vous découvrirez sans doute des indices intéressants.

Scott Marlow héla un taxi.

– Vite, au Yard ! ordonna-t-il au chauffeur.

– À votre place, recommanda Higgins en s'installant, je resterais évasif lors de ma conférence de presse.

– Vous ne croyez pas ce Dobelyou coupable ?

– Bien sûr que si ! C'est un voleur. L'arrêter me paraît indispensable.

– S'il s'est enfui…

– S'il s'est enfui, c'est parce qu'il a eu peur.

Les subtilités de Higgins énervaient parfois Scott Marlow. William W. Dobelyou ne resterait pas longtemps dans la nature, Scotland Yard allait déployer toute sa puissance.

– Higgins ?

– Oui ?

– Je tiens à vous dire que vous avez accompli un excellent travail.

– Pour être sincère, superintendant, je n'en suis pas persuadé. À tel point que je compte dormir à Londres cette nuit pour être à pied d'œuvre demain matin.

– Mais… Que comptez-vous faire ?

– Aller à l'enterrement de Frances Mortimer.

— 10 —

Frances Mortimer n'avait pas rédigé de testament et nul ne connaissait ses dernières volontés. Son mari avait décidé qu'elle reposerait dans le caveau familial creusé à Romney Marsh, une petite localité du Kent, à l'est de Londres.

Bien que le cœur de l'automne approchât, il faisait beau. Le soleil était presque chaud, illuminant le vert tendre des prés où des moutons vaquaient à leurs paisibles occupations. Le village s'étonnait d'être envahi par de superbes automobiles, un corbillard flambant neuf et un cortège funéraire aussi luxueux que recueilli. L'ancienne église, trapue et tranquille, accueillit un office exceptionnel où le pasteur, venu de Cantorbery, déclama un long et vibrant hommage à la défunte.

Au fond, près du bénitier, Higgins cherchait vainement à se réchauffer. Surpris par la température extérieure, inconvenante pour l'époque, il l'avait été tout autant par la froidure régnant à l'intérieur de l'édifice.

La perquisition au domicile de Dobelyou, rondement menée par le superintendant Marlow, avait permis de découvrir bibelots et bijoux appartenant aux propriétaires des villas cambriolées. Scott Marlow pouvait se vanter d'avoir frappé à la tête du « gang des antiquaires ». Il n'y avait plus qu'à attendre l'arrestation de Dobelyou, qui devait se cacher chez quelque receleur.

Marlow avait véhiculé Higgins dans sa vieille Bentley, achetée d'occasion. Elle était ravie de quitter la capitale et de goûter une promenade campagnarde, tellement rafraîchissante pour ses articulations. L'ex-inspecteur-chef pria Marlow de se tenir à l'écart et d'observer.

Depuis le début de cette triste journée pour les Mortimer, Higgins regardait et écoutait. Personne ne faisait attention à lui. Aussi avait-il appris, en surprenant des conversations, qu'une bonne partie de la famille avait « oublié » de se rendre à l'enterrement, redoutant la malédiction de la momie dont l'Angleterre parlait de plus en plus. Higgins avait croisé des personnalités du British Museum, des hommes politiques, des représentants d'associations caritatives et les inévitables professionnels des cérémonies célébrées dans la plus stricte intimité, sans compter les journalistes aux appareils photo indiscrets.

Non loin de Higgins, Barry, le chauffeur des Mortimer, aux allures de séducteur, ne paraissait guère à son aise. Higgins s'approcha et lui parla à voix basse, pendant que résonnait une Ode de Purcell.

– Quel drame atroce, n'est-ce pas ? Mme Mortimer était une femme si merveilleuse.

– Vous êtes un ami de la famille ? demanda Barry, méfiant.

– Un ami éloigné. Frances Mortimer n'avait pas d'ennemis, à ma connaissance… Ce meurtre est incompréhensible.

– C'est ce qu'on dit, rétorqua Barry, sur ses gardes.

Une lady d'un âge notable se retourna et toussota, l'œil méchant. Higgins lui sourit et se promit d'interroger plus longuement le chauffeur sur les déplacements de Frances

Mortimer. Les gens dits de qualité ne prêtent pas toujours attention à la présence de leurs domestiques.

L'office terminé, l'assistance prit la direction du cimetière tout proche. Higgins remarqua une femme d'une quarantaine d'années, au visage anguleux et au regard sévère. Elle consultait sa montre, comme si le temps lui semblait long. Elle paraissait s'ennuyer et n'accordait guère d'intérêt à l'enterrement. Higgins s'effaça pour la laisser passer. De cette personne trop bien mise, avec un rien de vulgarité, se dégageait une impression de froideur. Il ne devait pas être prudent de s'opposer à elle.

Higgins consulta Barry en lui désignant la dame.

– Elle n'a pas l'air commode.

– Vous pouvez le dire ! Vous êtes vraiment un ami de la famille ?

– Je connaissais surtout Mme Mortimer, avança Higgins, sûr de n'être point contredit.

– Ah… je vous conseille de ne pas trop parler d'elle à cette dame. C'est la femme de chambre, Agatha Lillby. Elle aimait beaucoup la première Mme Mortimer.

– Pas la seconde ?

Barry se ferma comme une huître.

– En quoi cela vous intéresse-t-il, monsieur ?

– Nous en reparlerons sûrement, conclut Higgins, en s'éloignant pour assister à la fin de la cérémonie.

On s'apprêtait à mettre le cercueil en terre. Le pasteur déployait à nouveau ses talents oratoires.

Higgins n'était pas mécontent de son voyage. Il avait découvert au moins une personne qui n'aimait pas Frances Mortimer. Agatha Lillby n'avait sans doute aucun lien direct avec le meurtre, mais elle pouvait peut-être contribuer à en éclairer la cause.

Au premier rang de l'assistance, Sir John Arthur Mortimer et son fils Philipp. Higgins avait trouvé un endroit parfait – sur la gauche de la foule, derrière un platane – pour les observer à loisir. Marlow se tenait à l'opposé.

Sir John Arthur Mortimer, vêtu d'un costume sombre, portait un deuil d'une dignité sans égale. Grand, élégant, il était l'un des plus remarquables représentants de la vieille aristocratie britannique dont les membres apprenaient, au terme d'une rude éducation, à maîtriser leurs joies et leurs peines. Cet homme avait la gloire et la fortune. Mais sa première femme était morte dans un accident de voiture et la seconde avait été assassinée dans des conditions horribles et mystérieuses. Le fardeau était lourd à porter. Plus d'un aurait succombé sous le poids. Certes, depuis le décès de Frances, Sir Mortimer avait annulé des voyages, des conférences, des séminaires de thèse. Il se terrait dans le bureau de son hôtel particulier, tel un animal blessé au fond de son antre. Mais aujourd'hui, il faisait face et tenait son rang. Le premier, il mania le goupillon et bénit le cercueil de son épouse.

Philipp Mortimer avait fait l'effort de porter un costume sombre et une cravate, lui qui n'appréciait que les tenues sportives. Ses traits étaient creusés, comme s'il relevait de maladie. La jeunesse semblait l'avoir abandonné. Philipp ne quittait pas des yeux le cercueil de Frances, comme si son regard était rivé à lui pour l'éternité.

Higgins fut frappé par la profonde dissemblance entre le père et le fils. Ce n'était peut-être qu'une apparence, mais ces deux-là ne devaient guère s'apprécier.

Le terme approchait. Frances Mortimer allait bientôt s'enfoncer dans les entrailles de la terre. Les croque-morts firent descendre le lourd cercueil dans le caveau. Mortimer père et fils reçurent les condoléances.

Alors que l'assistance se dispersait, un homme en costume prince-de-galles, jurant avec la solennité ambiante, s'approcha de la fosse et y jeta une rose rouge que Higgins jugea d'une médiocre qualité.

Quelques personnes, dont Sir Mortimer, remarquèrent le geste. Le savant abandonna son fils et marcha rapidement vers l'homme qu'il agrippa par le bras gauche.

– Personne ne vous avait invité, Tumberfast. Votre présence ici est inadmissible. Partez immédiatement.

– Les roses étaient les fleurs préférées de Mme Mortimer, répondit avec hargne Eliot Tumberfast. J'ai le droit de lui rendre un dernier hommage.

– Si vous ne disparaissez pas, dit le professeur sur un ton glacial nourri par la haine, je ne réponds pas de mes réactions.

Tumberfast recula, craignant un mauvais coup.

– Vous ne méritiez pas votre femme, monsieur. Je vous méprise.

– Disparaissez, Tumberfast !

L'égyptologue sentit que son patron était à bout de nerfs.

Il lui jeta un regard furieux, puis tourna les talons. Higgins jugea le moment favorable pour aborder John Arthur Mortimer.

– Pardonnez-moi de vous importuner en ces circonstances douloureuses. Mon nom est Higgins. Auriez-vous l'obligeance de m'accorder un entretien à votre domicile londonien ?

Encore frémissant de colère, le savant toisa Higgins avec quelque étonnement.

– À quel titre, je vous prie ?

– Scotland Yard.

– J'ai déjà répondu aux questions de routine d'un superintendant dont le nom m'échappe.

– Scott Marlow, précisa Higgins.

– Ce doit être cela… Pourquoi m'ennuyer davantage ?

– Mes questions, Sir, ne seront pas de routine.

Le visage du professeur demeura de marbre.

– Je vous recevrai dès que possible, monsieur Higgins.

– Je vous en remercie, Sir John Arthur. Veuillez accepter mes condoléances les plus sincères.

Les deux hommes se saluèrent. John Arthur Mortimer regagna le groupe d'intimes qui l'attendaient.

Higgins fut le dernier à demeurer dans le cimetière. Il déposa une ultime pensée sur la tombe de Frances qui avait sans doute eu le tort de susciter trop d'amour autour d'elle. Il lui promit que le temps ne recouvrirait pas ce crime d'une chape de plomb.

— 11 —

Voilà bien des années que Higgins n'avait pas visité les salles du British Museum, le plus grand musée du monde. Il accorda une attention particulière aux collections égyptologiques, s'instruisant grâce aux notices explicatives commentant les innombrables chefs-d'œuvre exposés.

Son rendez-vous avec le professeur Mortimer n'était prévu que pour le début de l'après-midi. Higgins avait téléphoné du Yard, avec l'appui du superintendant Marlow qui, tôt matin, s'était montré brillant dans sa conférence de presse en annonçant le démantèlement du gang des antiquaires et l'arrestation prochaine de l'assassin de Frances Mortimer. Écoutant le conseil de Higgins, il avait évité de prononcer le nom de Dobelyou.

En examinant de près les momies et les sarcophages des salles 60 et 61, Higgins pensa que les anciens Égyptiens avaient peut-être résolu, au moins en partie, l'énigme de la mort. Il y avait de la vie dans ces visages de trépassés. Un parfum de résurrection flottait, autour de ces corps de bois ou de pierre. Ces momies ne se libéreraient-elles pas un jour de leurs bandelettes ?

*

* *

La porte de l'annexe du British Museum franchie, Higgins se heurta à un farouche cerbère en uniforme. Un badge accroché à sa veste indiquait son nom : J. J. Battiscombe.

– Ne seriez-vous plus veilleur de nuit, monsieur Battiscombe ?

– Euh… non, répondit l'ancien militaire, surpris. J'ai demandé une mutation au service de jour, après les événements. Mais…

– Scotland Yard. Je m'occupe précisément de ces événements-là.

J. J. Battiscombe redressa le buste.

– J'ai déposé sur l'honneur. Tout ce que j'ai dit est rigoureusement exact. Je n'ai pas un seul mot à ajouter.

– Je n'en doute pas une seconde, monsieur Battiscombe. Avez-vous parfois recours à des somnifères ?

– Jamais, affirma-t-il, outré.

– La nuit du crime, à quelle heure avez-vous pris votre service ?

– À vingt et une heures précises. Je devais être relevé à trois heures du matin.

– Entre vingt et une heures et l'arrivée de Frances et Philipp Mortimer, personne n'est entré ?

– Personne.

– Si vous vous étiez assoupi, quelqu'un aurait-il pu pénétrer dans l'immeuble ?

– Je ne m'assoupis jamais.

– Sauf ce soir-là, à cause du somnifère qu'on avait versé dans votre thermos.

– Une véritable tentative d'assassinat, se rengorgea J. J. Battiscombe. Mais j'en ai vu d'autres ! Pas un instant, je n'ai succombé au sommeil.

– Quand Mme Mortimer est entrée, vous n'avez rien remarqué d'anormal ?

– Non… ah si ! Elle est passée devant moi sans s'arrêter. J'ai été obligé de l'interpeller, ainsi que le jeune homme qui l'accompagnait, pour leur demander de signer le registre.

– N'avez-vous pas été surpris par la présence d'une momie sur les lieux du crime, monsieur Battiscombe ?

– Comme tout le monde…

– Et qui plus est, savez-vous que c'est la fameuse momie volée il y a trois mois et dont on a tant parlé ? Étiez-vous en fonction quand le vol a eu lieu ?

– On ne sait pas quand ça s'est produit exactement. Le professeur Mortimer était parti en tournée de conférences pour quinze jours. Quand il est revenu à son bureau, la momie avait disparu.

– Croyez-vous aux momies qui marchent, monsieur Battiscombe ?

Le veilleur de nuit se demanda si l'inspecteur du Yard n'était pas un peu surmené.

– Eh bien…

– Laissons cela, admit Higgins. Ce vol de pièces hellénistiques rares, ne le trouvez-vous pas curieux ?

– Curieux, comment…

– Ces deux personnages, Indira Li et l'homme qui s'est enfui, étaient bien renseignés et bien organisés,

– Vous savez, expliqua J. J. Battiscombe, les savants sont bavards. Ils s'enthousiasment pour leurs découvertes, en parlent à tort et à travers. Indira Li a dû glaner les confidences d'un des spécialistes chargés d'étudier le lot de pièces.

– Et si vous aviez drogué vous-même votre thé, monsieur Battiscombe ?

Ce dernier s'étrangla. Pour Higgins, droguer un thé ne devait guère en changer le goût. Pour J. J. Battiscombe, être soupçonné par Scotland Yard menait tout droit à l'apoplexie. Tétanisé, il ne trouvait aucune réplique. Si Higgins le lui avait demandé, J. J. Battiscombe aurait tendu les poignets pour qu'on lui passe les menottes.

– Emmenez-moi jusqu'au tableau de service, exigea Higgins.

Ils montèrent au premier étage. Battiscombe décrocha la clé du bureau du professeur Mortimer et la remit à Higgins qui la contempla longuement. Il la jugea d'une affligeante banalité, mais en fit un croquis sur l'une des pages de son carnet noir. Rien ne devait être plus facile, pour un spécialiste, que de la reproduire. J. J. Battiscombe, raide comme une momie, semblait attendre le châtiment.

– Vos déclarations ne sont pas tellement convaincantes, monsieur Battiscombe, reprit Higgins, en triturant la clé, tentant de la dévisser, de la ployer. Je me suis demandé si vous n'aviez pas inventé cet homme qui s'enfuyait.

– Mais..., protesta enfin l'ancien militaire, le chauffeur de Sir John Arthur Mortimer l'a vu aussi !

– Exact, admit Higgins. Il y a également votre pantalon trempé. Le rapport du Yard précise qu'il s'agissait bien d'eau et non de thé. Vous ne vous étiez donc pas mouillé vous-même.

J. J. Battiscombe était effaré. Cet inspecteur, d'apparence affable, le mettait à la torture. Il scrutait le moindre détail anodin. Comme si son interlocuteur n'existait plus, Higgins examinait les autres clés du tableau de service.

– Un ancien militaire sait se servir d'une arme à feu,

remarqua-t-il d'un air détaché. Vous en possédez une, monsieur Battiscombe ?

– Non, Sir, bredouilla l'autre.

– Je crois que vous feriez bien de retourner à votre poste. Nous nous reverrons sans doute.

— 12 —

Eliot Tumberfast étudiait à la loupe les colonnes de hiéroglyphes d'un papyrus de la XXIe dynastie. Absorbé par son délicat travail, il sursauta quand la porte de son bureau s'ouvrit brusquement.

– Venez vite, monsieur Tumberfast ! Il y a quelqu'un dans le bureau du professeur Mortimer !

Le jeune homme qui venait de s'exprimer avec frayeur était l'un des étudiants de thèse collaborant avec Eliot Tumberfast. Spécialiste des *Textes des sarcophages*, il ne passait pas pour un plaisantin.

Tumberfast posa sa loupe, sortit de son bureau. L'étudiant n'osa pas le suivre, préférant veiller sur le papyrus.

De curieux bruits provenaient du lieu du crime. On déplaçait des meubles, des objets, on tournait une clé dans la serrure. De véritables sons d'outre-tombe qui glacèrent le sang d'Eliot Tumberfast. Soudain, la porte s'entrouvrit. Elle se referma aussitôt. Le même manège recommença, jusqu'à ce qu'elle s'ouvre enfin largement. Tumberfast, figé, était prêt à voir apparaître une momie.

Il ne s'agissait que d'un homme plutôt trapu, à la moustache poivre et sel, vêtu d'un élégant costume bleu sombre.

– Que... que faites-vous ici ?

– Bonjour, monsieur Tumberfast. Je m'appelle Higgins et j'appartiens à Scotland Yard. Nous nous sommes croisés à l'enterrement de Mme Mortimer, si je ne m'abuse ?

Eliot Tumberfast se tenait dans le renfoncement qui précédait le bureau. Higgins regardait les sarcophages dressés contre le mur, comme s'il était capable de déchiffrer les symboles et les hiéroglyphes qui les décoraient, de la poitrine jusqu'aux pieds.

– Ce que je fais ici, monsieur Tumberfast ? Je cherche. J'essaye de comprendre. Le lieu d'un crime a toujours quelque chose à révéler, à condition de l'examiner avec ordre et méthode, d'en tirer toutes les possibilités cachées. J'ai beaucoup apprécié votre geste, au cimetière.

Higgins évita le sujet délicat de la rose elle-même. S'il avait eu à honorer la mémoire d'une femme, il aurait choisi une espèce rare et précieuse.

– Je suis bouleversé par la mort de Mme Mortimer, avoua Eliot. C'était une femme exceptionnelle.

– Je n'ai pas le sentiment que vous ayez la même admiration pour son mari, avança Higgins qui examinait un hiéroglyphe représentant une chouette vue de face, avec un regard inquisiteur.

– Je n'ai rien à dire sur le professeur Mortimer. Il est mon patron, je suis son assistant. Il faut bien que nous nous accommodions l'un de l'autre.

– Si j'ai bonne mémoire, vous lui avez lancé votre mépris au-dessus de la tombe de son épouse.

Embarrassé, Eliot Tumberfast croisa les bras, cherchant une contenance.

– Mes paroles ont dépassé ma pensée. Il faut me comprendre. Mortimer est tout-puissant, il ne facilite pas ma carrière. J'ai mes opinions dans bien des domaines. Il ne les admet pas souvent. Ma morale scientifique m'interdit pourtant d'y renoncer.

– L'homme juste finit toujours par triompher, rappela Higgins, délaissant les sarcophages pour s'intéresser à une série d'instruments destinés à l'autopsie des momies.

– Cette fameuse momie... Qu'en pensez-vous, monsieur Tumberfast ?

– Elle m'a causé bien des soucis, répondit l'égyptologue en s'avançant jusqu'au seuil du bureau pour ne pas perdre Higgins de vue. Elle a été volée dans le bureau de Sir John Arthur et j'ai été soupçonné ! Vous n'imaginez pas à quel point cette accusation m'a blessé.

– À votre avis, les momies voient-elles dans le noir ?

– Qu'est-ce que vous dites, inspecteur ?

– Eh bien, reprit tranquillement Higgins, la déposition de Philipp Mortimer et du veilleur de nuit, J. J. Battiscombe, indiquent que le bureau était plongé dans l'obscurité quand la porte fut ouverte. Alors, je me demandais...

Higgins manipulait un scalpel tout à fait semblable à celui d'un chirurgien. Il le reposa avec précaution parmi d'autres instruments de dissection. Eliot Tumberfast semblait plongé dans un abîme de réflexions.

– Cela n'a sans doute aucun rapport avec ce qui vous préoccupe, mais les vieux textes affirment qu'on ouvrait la bouche et les yeux de la momie pour qu'elle puisse parler et voir à nouveau, une fois ressuscitée.

– Intéressant. Ces Égyptiens avaient de bien curieuses connaissances.

– Passionnantes, voulez-vous dire ! s'enflamma Eliot Tumberfast. Je suis persuadé que leur magie avait vaincu le secret de la mort. Je le prouverai. Pour qui sait lire ces hiéroglyphes, il y a bien des mystères révélés !

– Le professeur Mortimer est-il de votre avis ? interrogea Higgins en prenant des notes sur son carnet noir.

– Il voit l'égyptologie d'une autre façon.

Higgins dessinait un plan du bureau laboratoire.

– Je ne me souviens pas très bien de votre témoignage concernant la soirée du meurtre. Vous trouviez-vous dans votre bureau ?

– Mais non, s'étonna Eliot Tumberfast. Je travaillais avec mon patron, chez lui, dans son hôtel particulier de Mayfair.

– Où avais-je la tête ! se désola Higgins. Le superintendant m'a même indiqué que vous l'aviez bousculé en sortant de l'hôtel particulier. Vous sembliez très énervé.

– Il y avait de quoi ! Je venais proposer un formidable programme de fouilles pour trois ans. Je suis persuadé que nous pouvons découvrir la tombe d'Imhotep. Vous vous rendez compte ?

– Naturellement, avança Higgins avec conviction. Le professeur Mortimer ne vous a pas cru ?

– Non. Il m'a même insulté, mettant en doute mes compétences. J'ai tout tenté pour le convaincre.

– Vous avez un métier exaltant, monsieur Tumberfast. Je ne connais malheureusement pas grand chose à l'égyptologie. Si vous me traduisiez les hiéroglyphes qui décorent ces sarcophages ?

Eliot Tumberfast recula.

– J'ai beaucoup de travail. Veuillez m'excuser, inspecteur.

Alors que l'égyptologue tournait les talons, Higgins se dirigea vers la pièce du fond, là où Frances Mortimer avait vécu ses derniers instants de manière tragique. À côté de la bibliothèque d'acajou, il y avait une armoire de rangement. Au superintendant Marlow, Sir Mortimer avait indiqué que son épouse s'était rendue au British Museum pour chercher un dossier dont il avait besoin. Près de Frances Mortimer, on avait trouvé une chemise cartonnée rouge contenant quelques feuillets. On l'avait remise sur la première étagère de l'armoire, près des autres dossiers. Higgins la trouva aisément, l'ouvrit et prit des notes sur son carnet noir. Il s'agissait d'un dossier technique consacré à la tombe memphite du général Horemheb dont l'*Egypt Exploration Society* possédait la concession.

*

* *

Eliot Tumberfast entendit un grincement. Cela provenait de la porte de son bureau qui s'ouvrait lentement, très lentement. Médusé, l'égyptologue resta immobile sur sa chaise, la loupe en l'air, au-dessus du papyrus qu'il étudiait. Au moment où il se levait, la porte se referma, avec la même exaspérante lenteur. Eliot Tumberfast posa la loupe, contourna sa table de travail et marcha vers le seuil d'un pas martial, bien décidé à identifier le mauvais plaisant.

La poignée tourna à nouveau. Eliot Tumberfast ouvrit brusquement. Dans le couloir, l'inspecteur Higgins demeura imperturbable.

– Vous… vous avez besoin de quelque chose ?

– Non, monsieur Tumberfast. Je tourne des poignées de porte. Nous nous reverrons sans doute.

L'égyptologue regarda s'éloigner ce curieux importun à l'allure tranquille et à la démarche régulière. Il haussa les épaules et retourna à son papyrus.

— 13 —

Higgins et le superintendant Marlow déjeunèrent ensemble. Marlow avait proposé un restaurant à la mode, mais Higgins avait refusé, invitant Marlow à *The Hunting Lodge* où l'on dégustait un râble de lièvre aux cerises d'une qualité supportable. Sans trop se faire prier, le superintendant avait accepté de goûter à un brouilly que le patron réservait à ses habitués.

Confortablement installé sur la banquette de cuir noir, Scott Marlow se sentait en excellente forme.

– J'ai une bonne nouvelle, annonça-t-il à Higgins, qui regardait d'un œil critique les gravures de chasse accrochées aux murs. Nous sommes sur la piste de Dobelyou. Deux receleurs ont parlé. Il se cacherait en Cornouailles, sans doute pour tenter de quitter l'Angleterre. Son arrestation n'est plus qu'une question d'heures. Et son casier est éloquent ! Saviez-vous qu'il est même soupçonné de meurtre dans son pays d'origine, Ceylan ?

Un Anglais de bonne souche avait quelque difficulté à remplacer l'appellation « Ceylan » par le moderne « Sri Lanka ».

– Cela ne plaide guère en sa faveur, admit Higgins.

– C'est le moins que l'on puisse dire !

Higgins posa son carnet noir sur la table, l'ouvrit et en consulta une page pendant que le superintendant dégustait un verre de brouilly, servi à la température idéale.

– Vous souvenez-vous du dossier rouge ?

– Bien entendu, répondit Marlow. Celui qu'on a retrouvé à côté du corps de Mme Mortimer. On l'a photographié, ramassé et mis sur une étagère. Je ne vois pas en quoi…

– Les feuillets étaient-ils en désordre ?

– Autant que je m'en souvienne, non.

Higgins regardait en l'air, comme s'il avait remarqué quelque chose d'insolite. Le superintendant en profita pour se remplir un nouveau verre.

– Je crois avoir compris comment l'assassin, naturel ou surnaturel, a pu se dissimuler et s'enfuir.

Scott Marlow s'étrangla à demi.

– Qu'avez-vous dit ?

– Frances Mortimer a été assassinée par quelqu'un qui se trouvait dans le bureau de son mari, si l'on en croit les déclarations des témoins. Il fallait trouver le comment, mais cela ne donne ni le pourquoi, ni surtout le « qui ».

Higgins se parlait à lui-même. Le superintendant était fasciné comme s'il assistait au tour d'un magicien.

– Grâce à quel indice avez-vous…

– Ordre et méthode, superintendant. J'aimerais voir le corps de près.

– Le rapport d'autopsie vous a été communiqué ! Je ne sais pas si une exhumation du corps de Mme Mortimer…

– Ce ne sera pas nécessaire. Je parlais de la momie.

Scott Marlow en oubliait le boire et le manger, tandis que Higgins découpait avec soin une part de tarte au citron nappée de crème à la vanille.

– N'oublions pas, ajouta-t-il, que la momie est notre témoin le plus important. Elle est la dernière à avoir approché de près Frances Mortimer.

Le superintendant n'était pas décidé à suivre Higgins sur ce terrain-là. Il était persuadé que l'ex-inspecteur-chef tendait un rideau de fumée pour éviter de parler de l'essentiel.

– Higgins, vous ne croyez quand même pas que cette momie...

– Je n'ai rien à croire avant de l'avoir interrogée, superintendant.

*

* *

La momie était l'hôte le plus insolite de la morgue centrale de Londres. De hauts fonctionnaires de la police et de la culture se battaient par notes interposées pour décider du destin de ce cadavre fort ancien que le British Museum souhaitait récupérer.

Higgins se recueillit devant la momie, qu'on avait installée sur une table stérile dans une minuscule pièce glaciale aux murs blancs. La dépouille mortelle était celle d'un homme d'une cinquantaine d'années, d'après les premiers rapports scientifiques. Il aurait vécu vers le milieu du premier siècle avant J.-C. Mais le repos éternel du malheureux s'était brutalement interrompu. La plupart des bandelettes étaient déchirées, laissant apparaître une peau desséchée, craquelée. À la place du cœur, un trou sinistre aux bords irréguliers. On avait creusé pour extraire quelque chose. Le crâne avait été défoncé. La jambe gauche était fracturée, l'os ouvert. Plusieurs doigts de la main droite manquaient.

Outre les dégradations du temps, il était visible que cette malheureuse momie avait été torturée.

Higgins la contempla longuement. Il n'éprouvait aucun attrait pour le morbide. Mais ce cadavre martyrisé, unique dans l'histoire du crime, était sans doute un indice essentiel pour découvrir l'assassin de Frances Mortimer.

— 14 —

Agatha Lillby achevait de repasser une chemise de Sir John Arthur Mortimer quand résonna la sonnerie de la grille d'entrée.

Irritée, elle ôta son tablier en dentelle et l'accrocha à une patère. Il était quinze heures et il pleuvait.

Agatha Lillby sortit de la buanderie, se dirigea vers la porte d'entrée de l'hôtel particulier, l'ouvrit et s'aventura sur le perron. De là, elle distingua la silhouette trapue d'un homme à la moustache poivre et sel.

Elle déclencha le système d'ouverture de la grille. Higgins progressa lentement dans l'allée, regardant à droite et à gauche, comme un explorateur avançant en terre inconnue. Il portait une casquette à larges carreaux marron et un imperméable Burberry's.

Sous le regard impatient d'Agatha, l'ex-inspecteur-chef gravit tranquillement les marches du perron, levant la tête pour admirer la façade de la bâtisse.

– J'ai rendez-vous avec Sir John Arthur Mortimer. Voulez-vous m'annoncer ?

Il jugea Agatha assez belle. Sa quarantaine aurait pu s'épanouir davantage si elle ne l'avait engoncée dans une mise trop rigide et un chignon de vieille fille. Sans doute cachait-elle son jeu, songea Higgins, qui se laissa conduire jusqu'au bureau du maître des lieux. Au passage, il apprécia le luxe de la vieille demeure, l'escalier de marbre, les tapis d'époque à l'usure de bon goût, l'intimité un peu froide des couloirs. Tout respirait la vieille noblesse britannique, autrefois maîtresse du monde.

Un jeune homme bouscula Agatha sans s'excuser. Higgins se plaça au milieu du couloir, de sorte que ce personnage si pressé fût obligé de s'arrêter.

– Monsieur Philipp Mortimer… Heureux de vous rencontrer.

Philipp Mortimer n'accorda qu'un regard irrité à Higgins. Vêtu d'un jeans et d'un blouson de cuir, le fils de Sir John Arthur ressemblait davantage à un voyou des bas-quartiers qu'à l'héritier d'une grande lignée.

– Higgins, de Scotland Yard, se présenta l'inspecteur. J'aimerais m'entretenir avec vous.

Le visage fermé, Philipp réussit à se glisser entre le mur et le policier, sans que l'ex-inspecteur-chef cherchât à le retenir. Le jeune homme courut à nouveau, dévala l'escalier.

– Pas commode, votre jeune patron, dit Higgins à Agatha.

– Si monsieur veut bien me suivre, répondit Agatha d'un ton aigre.

À l'instant où Higgins était introduit dans le bureau de Sir John Arthur, un bruit de moteur déchira ses oreilles, particulièrement sensibles au bruit. Sans accorder un regard au professeur, Higgins se précipita vers l'une des fenêtres, écarta le voilage et vit Philipp Mortimer, installé sur une moto de forte cylindrée, une BMW K 100, démarrer brutalement.

L'engin parcourut l'allée en un clin d'œil. Philipp ouvrit la grille, la franchit et disparut.

– Pardonnez-moi, professeur, dit Higgins en se retournant. Un détail important à vérifier. J'ai manqué à mes devoirs, mais vous comprendrez que nécessité fait loi.

Sir John Arthur s'était levé, visiblement mécontent. Agatha, interloquée, demeurait sur le seuil.

– Vous pouvez disposer, Agatha.

Elle s'éclipsa, refermant la porte avec un rien de sécheresse.

– Merci de me recevoir. J'aurais aimé parler à votre fils Philipp, mais celui-ci me semble avoir un caractère plutôt entier.

– Il faut le comprendre, inspecteur. Philipp est bouleversé. Il aimait beaucoup Frances. Après la mort de sa mère, ce nouveau coup du sort lui paraît insupportable. Pour un si jeune homme, le destin s'avère bien cruel.

– Un destin manipulé par la main d'un assassin. Votre fils aime-t-il beaucoup la moto ?

– Assez pour conduire convenablement un engin de bonne taille. J'ai préféré lui offrir cette BMW bien que j'aie la moto en horreur, plutôt que lui voir prendre des risques avec une mécanique de mauvaise qualité. Croyez bien, cependant, que mon fils est élevé avec rigueur. Je n'appartiens pas à cette catégorie de pères qui ont l'argent facile.

– Cette mode est bien bruyante, commenta Higgins, qui allait d'une fenêtre à l'autre. Vous possédez une bien belle demeure, Sir John Arthur ! Aurai-je le plaisir de converser avec Philipp dans la soirée ?

– Je crains que non.

– Pourquoi donc ?

– Quand Philipp part à cette heure-ci, il ne revient pas avant le milieu de la nuit.

Higgins trouva curieux et plutôt attristant que père et fils ne soient pas l'un pour l'autre un soutien mutuel lors d'une épreuve aussi rude. Cela ne l'empêcha pas d'examiner les objets anciens que le savant avait rassemblés dans son bureau.

– Jolie collection d'amulettes. Où donc votre fils va-t-il trouver refuge ?

– Probablement dans l'un de ses deux repaires préférés. Le stand de tir d'Oak Street ou un pub des docks portant le nom de *Dégradation, Damnation et Mort.*

Higgins tomba en arrêt devant deux masques de momie.

– Étranges visages… Je me demande si les Égyptiens avaient découvert le secret de la mort.

– Balivernes, déclara le savant, irrité. Plaisanteries d'écrivaillons en mal de copie. Il y a suffisamment de travail en égyptologie pour ne pas s'encombrer d'hypothèses aussi stupides.

Higgins était nez à nez avec les masques, comme s'il scrutait quelque chose dans le regard fixe des momies.

– Votre fils est un bon tireur ?

– Il pratique ce sport depuis l'âge de douze ans. Il l'a malheureusement préféré à la tradition familiale de l'escrime.

Du coin de l'œil, l'homme de Scotland Yard observait le professeur. Une vieille technique mise au point par Higgins : regarder dans plusieurs directions en même temps, comme une abeille. Question d'entraînement. Sir John Arthur Mortimer semblait accablé. Les dossiers accumulés autour de lui n'étaient là que pour le rassurer, le raccrocher à la réalité. L'homme portait beau, il avait de la noblesse et de la prestance, il savait admirablement dissimuler sa douleur, mais on la sentait présente sous chacun de ses mots, sous chacune de ses attitudes.

– Je peux ? demanda Higgins en touchant les gros volumes de la bibliothèque.

L'érudit hocha la tête, indifférent. Higgins feuilleta le *Dictionnaire allemand-égyptien* en cinq volumes, la *Bibliographie topographique* de Porter et Moss et quelques autres monuments d'érudition. Derrière un in-folio relié consacré à la Vallée des Rois, Higgins aperçut un magnétophone de marque japonaise.

– J'ai vu le même dans votre bureau du British Museum, nota-t-il. Vous utilisez ce genre d'engin ?

Mortimer eut un sourire un peu triste.

– L'égyptologie est une science, inspecteur. Elle ne se prive pas des techniques modernes. Même si l'esthétique de ces objets est douteuse, ils me sont fort utiles pour enregistrer des prérapports ou préparer des articles.

Dédaignant le magnétophone, Higgins ouvrit un des volumes du dictionnaire. Des colonnes de hiéroglyphes dansèrent devant ses yeux.

– Ce doit être une langue très difficile.

– Il faut une quinzaine d'années d'études pour commencer à la maîtriser.

– Je suppose que Mme Mortimer partageait votre passion pour l'ancienne Égypte ?

– Pas exactement. Frances…

L'égyptologue mit la main droite devant ses yeux, comme pour contenir des larmes naissantes. Une longue minute s'écoula, au terme de laquelle il utilisa un mouchoir.

– Pardonnez-moi. Les séquelles d'une mauvaise grippe.

Higgins s'était pudiquement détourné. Le vernis de l'aristocrate avait craqué un instant, au moment où il avait prononcé le nom de son épouse.

– Frances n'aimait guère l'Égypte ancienne, inspecteur. Cette vieille civilisation lui faisait un peu peur. Toute ma vie, je me reprocherai de l'avoir envoyée au British Museum. Je me sentirai toujours responsable de cette mort atroce.

– Vous étiez souffrant, je crois ?

– Migraine et fièvre. Mon médecin, le docteur Matthews, a diagnostiqué la grippe. Je me sentais incapable de sortir ; j'ai dû renoncer à la soirée que j'avais organisée. Mon épouse et moi devions aller au National Theatre.

– Voir l'*Othello* dont on parle tant ?

– En effet. J'étais désolé pour Frances ; Philipp a pris ma place.

– J'espère que votre santé…

– Sans importance.

Higgins se pencha sur un coffre dont le couvercle avait été remplacé par une vitre. À l'intérieur, un collier de lapis-lazuli.

– Ce bleu est inimitable. Le superintendant Marlow pense être sur les traces du coupable, son arrestation serait imminente.

– Il faut que justice soit faite, dit le savant d'une voix légèrement voilée par l'émotion, mais cela ne fera pas revivre Frances.

– J'ai souvent pensé que les âmes des victimes éprouvaient un réel réconfort à ne pas voir un crime demeurer impuni.

Higgins revint vers les masques de momies.

– Un détail m'intrigue : cette momie, présente sur les lieux du crime, vous la connaissez bien ?

– Vous me rappelez un douloureux scandale, inspecteur. Ce précieux objet a été volé dans mes services. J'ai moi-même prévenu la police et porté plainte.

– Soupçonniez-vous quelqu'un en particulier ?

– Pourquoi cette question ?

– J'ai entendu dire qu'entre vous et votre assistant, Eliot Tumberfast, tout n'allait pas pour le mieux.

Le visage du professeur s'anima brusquement. Sa pâleur fit place à un teint légèrement rosé où l'on déchiffrait les prémices d'une colère.

– J'ai effectivement demandé qu'on procède à une fouille en règle de son bureau et même à une perquisition de son appartement.

– Vous ne lui accordez guère de confiance…

John Arthur Mortimer se leva, très raide, poings serrés.

– Eliot Tumberfast passe pour un égyptologue brillant aux yeux de certains. Voilà trois ans qu'il travaille sous ma direction. Son contrat prendra fin dans cinq mois et je n'ai pas l'intention de voter pour son renouvellement auprès du British Museum.

Regardant par terre, Higgins faisait le tour du superbe tapis iranien qui occupait la presque totalité du sol du bureau.

– Des reproches précis ?

– D'ordre strictement professionnel. Cela se réglera devant une commission technique.

– Curieux, l'acharnement contre cette momie. Je l'ai vue à la morgue ; on dirait qu'elle a été torturée et j'ai l'impression qu'elle n'a pas fini de parler. Qui pouvait lui en vouloir ainsi ? Connaissez-vous des gens qui haïssent les momies ?

Le professeur ne répondit pas. La question de Higgins dépassait les bornes du bon sens.

– Le soir du meurtre, vous avez eu un long entretien avec Eliot Tumberfast ?

– C'est exact, inspecteur.

John Arthur Mortimer se rassit. Le souvenir de cette triste soirée lui revenait brusquement en mémoire.

— 15 —

– Eliot Tumberfast, pour la seconde fois en moins d'un trimestre, a eu l'impudence de me déranger à mon domicile.

– Ses raisons devaient être impératives, suggéra Higgins, qui s'approchait de la vaste cheminée de pierre.

Dans l'âtre, où nulle flamme ne s'élevait, les cendres avaient été nettoyées. Higgins songea aux chaleureux feux de bois qu'il appréciait tant, installé dans le plus confortable des canapés de sa demeure, aux côtés de Trafalgar le siamois. L'égyptologue avait tort de ne pas animer son bureau avec cette chaleur-là que nul équipement moderne ne saurait remplacer.

– Raisons impératives, d'après lui. Tumberfast prétendait avoir fait une découverte fondamentale en étudiant des papyrus.

– Laquelle ?

– L'emplacement de la tombe du sage Imhotep, à Saqqara. Plus fabuleuse, sans doute, que celle de Toutânkhamon. Je lui ai démontré, point par point, et pendant plusieurs heures, que ses raisonnements et ses déductions étaient invraisemblables. Je dirais même indignes d'un véritable scientifique. Cet illuminé voulait engager trois années de fouilles ! Je lui ai clairement indiqué que cette tentative de bluff marquerait la fin de sa carrière.

Vivant défenseur de l'égyptologie, John Arthur Mortimer était animé d'une ardeur indignée. Higgins, penché à angle droit malgré son arthrite, avait la tête dans la cheminée. Il passait l'index de la main droite sur les parois du conduit, grattait çà et là.

– Mais... Que faites-vous ?

– Ma propre cheminée est à peu près semblable à la vôtre, expliqua Higgins. Elle pose un léger problème de tirage. Je regardais si la qualité de votre conduit pourrait me donner une indication.

Le visage du professeur se ferma.

– Si vous en avez terminé avec vos questions, inspecteur...

– Presque, dit Higgins en se redressant. J'ai eu l'occasion de consulter le dossier que Mme Mortimer devait vous rapporter. J'avoue ne pas avoir compris grand-chose. De quoi s'agit-il, au juste ?

L'homme de Scotland Yard s'essuya les doigts dans un mouchoir qu'il replia soigneusement.

– Des notes sur la tombe du général Horemheb à Saqqara.

– Le successeur du célèbre Toutânkhamon ?

Le professeur s'étonna.

– Lui-même. Vous intéressez-vous à l'égyptologie, monsieur Higgins ?

– Oh, en modeste amateur ! Ces anciennes dynasties sont assez fascinantes, je l'avoue. Puis-je m'asseoir un instant ?

– Bien entendu.

Le savant prit conscience, à cet instant, que l'inspecteur Higgins n'avait cessé de fureter depuis le début de leur entretien.

– Il me vient une étrange idée, Sir John Arthur. Normalement, c'est vous qui auriez dû aller chercher ce dossier ?

– Exact.

– Et si c'était vous qu'on désirait assassiner ? Si la mort de votre épouse n'était qu'une épouvantable méprise ?

Sous le regard aigu de Higgins, le veuf perdit presque contenance.

– Moi...

– Votre position, votre notoriété, votre fortune, votre remarquable carrière, les ambitions politiques qu'on vous prête... Tout cela déclenche forcément des jalousies. Vous connaissez-vous des ennemis suffisamment acharnés pour envisager le pire ?

L'érudit réfléchit.

– Je ne vois pas quoi vous répondre.

– Je crois que si. Votre discrétion vous honore, Sir John Arthur. J'ai entendu dire, au British Museum, que votre assistant Eliot Tumberfast s'était rendu coupable d'une véritable agression sur votre personne.

– N'exagérons rien.

– Il a quand même fallu l'immobiliser et le calmer. Je conçois ce qu'une telle accusation peut avoir de dramatique, mais il est nécessaire de l'envisager.

Le silence du professeur fut éloquent.

– Eliot Tumberfast est arrivé chez vous vers 19 h 15. Il en est reparti après minuit en bousculant le superintendant Marlow sur le perron de votre hôtel particulier. C'est bien cela ?

John Arthur Mortimer acquiesça. Higgins eut le sentiment qu'il donnait à contrecœur ce témoignage qui innocentait Eliot Tumberfast.

– J'aimerais interroger votre femme de chambre, Agatha Lillby. C'est elle qui a mené Eliot Tumberfast à votre bureau ?

– En effet, répondit l'égyptologue. Elle a d'abord tenté de l'éconduire, d'après ce qu'elle m'a confié. Mais il a su forcer ma porte. Agatha nous a apporté du thé, puis m'a demandé l'autorisation d'aller se coucher. Elle se sentait grippée.

– Ce virus londonien est redoutable, nota Higgins.

Le téléphone sonna. Sir Mortimer décrocha.

– John Arthur Mortimer à l'appareil. Oui, il est ici… Je vous le passe, superintendant.

Le professeur tendit le combiné argenté à Higgins.

– Je vous écoute, superintendant… Non, déjà ? Remarquable… Dès demain matin, au Yard ? J'y serai, bien entendu… Tout va bien, merci… Non, rien de nouveau… Toutes mes félicitations.

Higgins raccrocha.

– Le superintendant Scott Marlow pense que nous approchons de la fin de l'enquête. Le principal suspect, William W. Dobelyou, vient d'être arrêté.

— 16 —

– Dobelyou a tenté de prendre un bateau à Saint-Yves, en Cornouailles, révéla Higgins. Ce genre de personnage se surestime souvent.

– Qui est-il, au juste ? demanda le professeur.

– Un voleur d'une certaine envergure et le chef du gang des antiquaires. Il emportait avec lui deux sacoches. L'une bourrée de liasses de billets de banque, l'autre contenant les pièces dérobées au British Museum. Dobelyou sera longuement interrogé demain matin au Yard.

Une expression de souffrance contenue s'imprégna sur le visage du savant.

– Mais pourquoi ? Pourquoi avoir tué Frances ?

– Le superintendant estime que votre épouse a dû surprendre Dobelyou. Sans doute a-t-il pris peur.

Les mains posées à plat sur le bureau, John Arthur Mortimer était accablé par ce tragique caprice du sort.

– Soyez certain d'une chose, professeur : Scotland Yard, le superintendant et moi-même ferons tout ce qui est en notre pouvoir pour faire avouer l'assassin de votre épouse. J'ai vu des photos de Mme Mortimer dans les journaux et dans le dossier, j'ai entendu parler d'elle, je commence à connaître le cadre où elle vivait… je comprends votre peine.

– C'était une femme merveilleuse.

Le savant était perdu dans ses souvenirs. Higgins s'éclipsa sans bruit.

*

* *

Quand Higgins pénétra dans la lingerie, Agatha Lillby repassait une chemise pur fil d'Écosse avec un fer à l'ancienne. La femme de chambre des Mortimer remonta dans l'estime de l'ex-inspecteur-chef. Une personne aussi jeune qui refusait d'utiliser les fers à repasser modernes avait forcément des qualités cachées. Absorbée par son travail, elle ne l'avait pas entendu entrer.

– Mademoiselle…

Agatha Lillby se retourna vivement, le fer levé dans la main droite, prête à se défendre. Reconnaissant le policier, elle se pencha à nouveau sur la chemise dont Higgins apprécia l'élégance.

– Vous m'avez fait peur, inspecteur.

– Ce n'était pas mon intention, mademoiselle. Vous me paraissez bien nerveuse.

– Moi ? Pourquoi ? protesta-t-elle.

– Sans doute des séquelles de votre grippe récente. On ne se méfie jamais assez de ces virus qui viennent de pays lointains. C'est une chemise sur mesure, je suppose ?

– Évidemment ! Mais qui vous a parlé de ma grippe ?

– Sir John Arthur lui-même. Le soir du drame, vous étiez souffrante ?

Agatha humidifia un poignet qu'elle repassa avec précision et délicatesse.

– C'est vrai. Je suis montée me coucher plus tôt que d'ordinaire.

– Comment avez-vous trouvé M. Tumberfast ?

– Très exalté.

– N'avez-vous pas craint que sa discussion avec le professeur devienne trop... orageuse ?

– J'y ai pensé mais je n'ai pas l'habitude d'intervenir dans les affaires de Sir John Arthur. J'ai le sommeil plutôt léger. S'il m'avait appelée, je serais accourue aussitôt.

Le poignet gauche de la chemise avait repris forme humaine. Agatha Lillby s'attaqua au second. Son chignon s'était un peu défait, quelques cheveux fous adoucissaient son visage.

– Vous n'avez donc rien entendu de particulier, ce soir-là ?

– Des éclats de voix, comme la dernière fois où M. Tumberfast était venu. J'ai l'impression que le professeur et lui ne s'entendaient vraiment pas bien.

– Quand vous avez apporté le thé, n'avez-vous rien remarqué d'anormal dans le bureau de votre patron ?

– Non. Les vieilleries habituelles qu'il faut épousseter, sans rien casser. Je ne connais pas grand monde capable de faire un travail aussi difficile ! Je suis au service des Mortimer depuis plus de dix ans et je n'ai pas eu le moindre accident.

– Tout à fait remarquable, approuva Higgins qui éprouvait de l'admiration pour les authentiques professionnels.

Il suivit la pointe du fer qui montait vers le col de chemise.

– C'est donc la seconde Mme Mortimer que vous voyez disparaître ?

– Si l'on veut.

Higgins fronça les sourcils.

– C'est-à-dire ?

– Pour moi, il n'existe qu'une seule Mme Mortimer. Sir John Arthur s'est remarié beaucoup trop vite. Le chagrin, un coup de tête… Quel besoin avait-il d'aller chercher cette intrigante ?

Malgré l'irritation à peine contenue de la femme de chambre, son fer à repasser, gravé aux armes des Mortimer, ne déviait pas d'un pouce.

– Si vous aviez connu cette Frances, vous partageriez mon avis. D'une certaine manière, je ne suis pas tellement étonnée de ce qui lui est arrivé. Ces femmes-là finissent toujours mal.

Agatha se métamorphosait à vue d'œil. Ce n'était plus une femme de chambre d'allure victorienne, engoncée dans sa fonction, mais une personne passionnée, parlant avec jalousie d'une rivale qui s'était interposée entre elle et Sir John Arthur Mortimer.

– Frances était jolie, paraît-il, poursuivit Agatha Lillby. Moi, je la trouvais quelconque. Mais elle savait s'y prendre, avec son maquillage, ses toilettes, sa façon de marcher et de regarder les hommes. Si le professeur n'avait pas été égaré par un moment de faiblesse, il ne l'aurait même pas remarquée.

Higgins jouait sur un don particulier : celui de provoquer les confidences d'autrui en inspirant confiance. S'il n'avait adopté la religion de Scotland Yard, Higgins aurait été un redoutable confesseur.

– Elle aguichait tous les hommes, continua Agatha. Cet Eliot Tumberfast, par exemple… L'assistant du professeur, vous vous rendez compte ! Une espèce de fou perdu dans ses antiquités et habillé comme un valet de ferme. Elle le menait par le bout du nez. Et je ne parle pas de monsieur

Philipp… C'est encore plus scandaleux. Un tout jeune homme à qui elle osait faire des œillades ! Sir John Arthur n'aurait jamais dû la laisser sans surveillance.

– Mme Mortimer sortait beaucoup ?

– Presque tous les après-midi.

– Savez-vous où elle allait ?

– Ce ne doit pas être bien difficile à découvrir. Moi, je ne quitte jamais la maison.

Le fer à repasser dérapa, écornant l'extrémité du col. Avec vivacité, Agatha Lillby mouilla un chiffon propre, humecta l'endroit lésé et lui appliqua à nouveau le fer.

– Pourquoi ne vous êtes-vous pas mariée, mademoiselle ? Vous êtes sérieuse, jolie, organisée, pour ne parler que de vos qualités les plus évidentes.

Agatha Lillby rougit. Elle s'occupa d'une autre chemise afin de dissimuler son trouble passager.

– Je suis au service de Sir John Arthur Mortimer. Cela suffit à mon bonheur.

– Vous connaissez bien Barry, le chauffeur ?

– Ah, celui-là ! Le pire des cavaleurs ! Il se prend pour un Don Juan. Heureusement, il s'en va à la fin du mois. Il ne se plaît plus, ici. Bon débarras.

– Pourriez-vous me conduire jusqu'à la chambre de Philipp Mortimer ?

– Impossible, je…

– Sir John Arthur m'a donné carte blanche.

La voix de Higgins était si convaincante que personne n'aurait pu mettre ses paroles en doute. Agatha Lillby abandonna son fer et ses chemises pour guider l'homme de Scotland Yard. La chambre de Philipp se trouvait au rez-de-chaussée, au-dessous du bureau de son père. La porte n'était pas fermée à clé. Agatha l'ouvrit, hésitante.

– Vous voulez… perquisitionner ?

– Pas de grands mots, dit Higgins, rassurant. Simple curiosité pour m'imprégner de l'atmosphère où vit ce jeune homme.

Au mur, de grandes photos représentant des tireurs à la carabine aux jeux olympiques, une vue d'un océan au lever du soleil. Sur un râtelier de bois, une dizaine de raquettes. À côté, une collection d'armes anciennes. Un lit bas, moderne. Des paires de chaussures mal rangées. Une penderie et une bonnetière ancienne de belle facture. Un bureau dépouillé en métal.

Le soir tombait. Higgins fit le tour de la pièce, peu à peu plongée dans la pénombre. Il y avait encore assez de lumière pour constater qu'aucune arme ne manquait dans la collection. L'une des pièces, cependant, attira l'attention de Higgins. Un revolver moderne de petit calibre qui jurait avec les pistolets anciens. Il l'empocha. Agatha patientait dans le couloir, jetant un œil de temps à autre, sans oser déranger le policier.

Higgins ouvrit la penderie. Des costumes de velours, des pulls, des jeans, des blousons de couleurs vives… Bref, un ensemble assez médiocre que relevait à peine la présence d'un tweed et du costume sombre que Philipp avait porté lors de l'enterrement de Frances Mortimer.

La bonnetière était fermée. Pas de clé dans l'unique serrure.

– Mademoiselle Lillby… J'aurais besoin de vous.

Quelque peu flattée, Agatha Lillby osa s'aventurer dans la chambre de Philipp Mortimer que le jeune homme lui interdisait d'ordinaire, préférant faire son ménage lui-même. Elle jugea inutile de préciser ce détail, sans savoir que Higgins avait remarqué un certain nombre d'endroits poussiéreux et au moins deux moutons près du lit.

– Cette armoire m'intrigue. Sauriez-vous où se trouve la clé ?

Grâce à l'inspecteur, la femme de chambre pénétrait enfin dans un domaine interdit. Elle se doutait bien que Philipp avait des secrets plutôt honteux. Ses allures hésitantes, fuyantes, son caractère imprévisible le rendaient parfois bien bizarre.

– J'aurais voulu vous prêter main-forte, mais j'en suis incapable.

– Acceptez-vous de chercher avec moi, Agatha ? Ce n'est pas si simple de cacher une clé. Ou bien on la met en évidence, ou bien on invente une solution si compliquée qu'elle se retourne contre son auteur. Allumez, s'il vous plaît.

Agatha appuya sur l'interrupteur principal. La lumière jaillit d'un plafonnier. Agatha regarda sur le lit, sur le bureau, en dessous, tenta de repérer tout ce qui pouvait ressembler à une clé. Higgins passa la main sur le haut de l'armoire et de la bonnetière, mais n'en ramena qu'un peu de poussière. En levant les yeux vers le plafond, il avait aperçu une ombre insolite. Il fixa une seconde fois l'endroit d'où elle semblait provenir. Plus rien. Pourtant, il n'avait pas rêvé.

Pendant qu'Agatha continuait à fouiller au hasard, non sans nervosité, Higgins s'attarda sur le plafond. Insensiblement, son regard fixa le plafonnier. Il retrouva l'origine de l'ombre. Une rayure sombre à l'intérieur du globe de verre blanc opaque. Higgins monta sur une chaise, mit la main à l'intérieur du globe et en retira une clé.

– Ça y est ? Vous l'avez ?

Higgins l'introduisit dans la serrure de la bonnetière. C'était la bonne clé. Agatha essaya bien de voir, mais le dos de l'inspecteur lui masquait l'intérieur du meuble.

Sur les planches, des cartouches de cigarettes, des revues marquant les étapes de l'enfance à l'adolescence, de *Mickey* à *Playboy*, des romans érotiques et des œuvres de Dostoïevski, un catalogue d'armes anciennes, un gros ours en peluche. En se penchant, Agatha Lillby l'aperçut.

– Ce nounours-là, c'est sa mère qui le lui a offert, je le reconnais ! Je croyais qu'il l'avait jeté.

Higgins connaissait bien ce type de meubles car il en possédait deux, l'un classique, l'autre sophistiqué, avec des tiroirs confidentiels placés sur la gauche, à mi-hauteur. Le système de déclenchement était situé dans l'axe central, sous un petit dé de bois formant une excroissance. La bonnetière de Philipp était sans doute équipée d'un dispositif semblable que les belles d'autrefois utilisaient pour dissimuler leurs lettres d'amour.

Malgré ses efforts, Agatha ne vit rien. Higgins était trop penché au-dessus du tiroir qui venait de s'ouvrir avec un déclic. Il contenait des billets de 10 livres sterling, deux clés et une photographie où figurait Frances, en bikini, sur une plage, au soleil couchant. La jeune femme était d'une extraordinaire beauté. Contemplant la mer, elle souriait. L'idée qu'une mort abominable eût tranché cette existence révoltait Higgins qui, pourtant, ne laissa rien paraître de ses sentiments. Il empocha les clés, dont l'allure ne lui était pas inconnue, et repoussa le tiroir secret, enterrant une seconde fois Frances Mortimer.

– Je vous remercie pour votre aide, mademoiselle Lillby. Elle m'a été fort précieuse. Je ne manquerai pas de faire de nouveau appel à vous. Bien entendu, inutile de parler de cette visite à Philipp Mortimer.

À l'air renfrogné de l'inspecteur de Scotland Yard, la femme de chambre des Mortimer comprit qu'il serait mal venu de lui poser la moindre question. Higgins ferma la bonnetière, remit la clé du meuble dans le plafonnier, éteignit la lumière et sortit.

— 17 —

C'est en rangeant les dossiers qu'il n'avait pas eu le courage d'ouvrir que John Arthur Mortimer découvrit un étrange spectacle. Debout, près d'une fenêtre de son bureau, l'égyptologue aperçut l'inspecteur Higgins furetant le long de la façade de l'hôtel particulier.

Une nouvelle ondée s'abattit sur Londres, une pluie venant de Paris. Le professeur vit Higgins ramasser un peu de terre, la déposer avec précaution dans un sachet en plastique, puis se diriger vers le garage où Barry, le chauffeur, briquait la Rolls.

Alors que l'égyptologue, en proie à ses souvenirs, s'affalait dans son fauteuil, Higgins découvrit l'aristocratique garage des Mortimer, véritable musée aux murs ornés de moulures XVIIIe, de gravures anciennes représentant des cabs, des voitures à chevaux, des berlines et des photographies des Rolls de la première génération.

– Bonsoir, Barry.

Le chauffeur, qui achevait d'astiquer l'aile avant gauche, marmonna un « bonsoir ». Grand, le visage assez anguleux, il était sur la défensive. Malgré sa nervosité, il avait des allures de play-boy et ne manquait pas de personnalité.

– J'aimerais savoir ce que vous avez vu exactement, le

soir du crime. Vous étiez garé près de l'entrée de l'immeuble administratif du British Museum ?

– J'ai déjà fait ma déclaration.

– On y verra plus clair sur un petit dessin, dit Higgins avec un bon sourire. Regardez bien ce croquis et indiquez-moi votre position exacte.

Higgins présenta au chauffeur l'une des pages de son carnet noir. Il y avait tracé un plan.

– Voyons… l'entrée de l'annexe du Museum est ici, expliqua-t-il en l'indiquant de l'index gauche. Vous étiez garé juste en face, non ?

– Jamais dit ça, objecta Barry. Impossible. Il y avait un taxi et un camion qui gênaient. J'ai été obligé de stationner un peu plus loin. Là…

Barry griffa le papier, comme s'il était pressé d'en finir avec cet interrogatoire.

– Ah oui, reconnu Higgins, c'est effectivement ce que vous aviez indiqué. Cela m'a donné à réfléchir, savez-vous ? L'homme qui s'enfuyait avec un seau, vous l'avez bien vu sortir de l'immeuble ?

Les yeux du chauffeur se plissèrent. Il semblait craindre de tomber dans un piège.

– Pour sûr, il détalait comme un lapin !

– Procédons par ordre et soyons précis, exigea Higgins. Je me suis rendu sur place et j'ai reconstitué la scène. Vous l'avez vu sortir de l'immeuble et courir ou seulement courir ?

Le chauffeur réfléchit quelques secondes.

– Eh bien… seulement courir.

Higgins parut soulagé.

– Le contraire m'aurait étonné. De l'endroit où vous stationniez, vous ne pouviez pas voir la porte d'entrée de l'immeuble… à moins de descendre de la Rolls. Et vous n'êtes pas descendu ?

– Non.

– Parfait. Vous avez donc vu un homme s'enfuir, sans avoir la possibilité de préciser l'endroit d'où il venait. Et une autre personne aurait pu sortir de l'immeuble et partir de l'autre côté, sans que vous l'aperceviez.

Barry ne percevait pas en quoi les déductions de Higgins le concernaient, mais il sentait planer une vague menace.

– Vous n'avez pas eu l'idée de courir derrière cet homme qui s'enfuyait, de tenter de le rattraper ? demanda Higgins en tournant autour de la Rolls.

– Ben… pourquoi ?

– Un réflexe civique, par exemple, dit l'inspecteur en tâtant les pneus arrière de la lourde voiture. Un homme avec un seau, s'enfuyant en pleine nuit, cela ne vous a pas paru curieux ?

Une goutte de sueur perla au front de Barry.

– Qui me prouve que vous n'êtes pas descendu de ce véhicule pour vous diriger vers l'immeuble du British Museum ? Que vous n'y êtes pas entré sans avoir été identifié ? Que vous n'êtes pas monté au premier étage et que…

– Holà, holà ! intervint Barry, furieux, se plantant devant Higgins. Qu'est-ce que vous allez inventer ! Je n'ai pas quitté la Rolls, j'attendais Mme Mortimer et…

– Avez-vous un témoin ?

Le chauffeur demeura muet.

– J'ai entendu dire par Mlle Lillby que vous étiez un redoutable Don Juan, avança Higgins en commençant l'examen des pneus avant de la Rolls.

Le chauffeur croisa les bras. Une moue de dédain déforma sa bouche.

– Ah, celle-là… elle me pardonne pas de l'avoir plaquée. Elle peut toujours me courir après !

– Ce n'est quand même pas à cause de Mlle Lillby que vous quittez votre emploi à la fin du mois ?

Barry rougit légèrement.

– Je ne me plais plus ici.

– Réponse enfantine, mon ami, observa Higgins en prenant des notes sur son carnet. Si vous couriez après toutes les dames, comme on dit, vous avez dû remarquer la très belle Mme Mortimer. Il me suffirait de consulter quelques personnes de son entourage le plus proche pour connaître les causes exactes de votre licenciement. Vous feriez mieux de me donner votre version personnelle des événements.

Higgins avait pris un léger risque, fondé sur des déductions méthodiques. La personnalité du chauffeur, son comportement l'avaient enclin à agir ainsi. Barry décroisa les bras, fit quelques pas nerveux, s'appuya sur le capot de la Rolls, comme un naufragé s'accrochant à une bouée.

– C'est sa faute. Elle m'a aguiché. Moi, je ne me serais jamais permis de lever les yeux sur elle. Vous savez, Frances Mortimer n'était pas une sainte femme !

S'apercevant que la pointe de son crayon s'émoussait, Higgins le tailla à l'aide de son canif.

– Poursuivez, encouragea-t-il le chauffeur qui hésitait à en divulguer davantage.

– Ça me gêne, pour une morte, mais… elle m'a accusé de lui avoir manqué de respect. C'est à cause d'elle que je suis renvoyé. Alors, j'ai le droit de dire la vérité.

– Le devoir, corrigea Higgins.

Une lueur vaguement méchante anima l'œil de Barry.

– Une fois par semaine, tous les mardis, je conduisais Mme Mortimer à l'hôtel Bellevue, dans la banlieue est. Un quartier plutôt minable pour une dame comme elle. Je n'ai jamais rien dit. Pour les autres jours de la semaine, je n'ai pas d'informations aussi précises, mais j'ai l'impression qu'elle était très occupée…

Higgins avait noté le nom de l'hôtel.

– Merci de votre collaboration spontanée. Vous n'aimiez pas beaucoup Mme Mortimer, à première vue. Et si l'on supposait votre complicité avec le voleur ?

– Avec qui ? s'exclama Barry.

– J'imagine assez bien votre participation au gang des antiquaires. Vous seriez monté derrière Mme Mortimer, vous auriez favorisé la fuite de votre complice… Le signaler vous innocentait. Mais cette hypothèse implique que vous ayez commis un acte irréparable.

– Vous n'allez pas revenir là -dessus !

Dans le cerveau de Barry se mêlaient la peur et l'envie de frapper. Imperturbable, Higgins lui faisait face comme à un chien enragé, prêt à mordre.

– Bah, vous dites n'importe quoi pour m'impressionner, conclut le chauffeur, agitant la main droite dans un geste de dépit. Vous n'avez aucune preuve.

– Surtout, n'hésitez pas à m'appeler au Yard si un détail vous revient en mémoire, conseilla Higgins.

— 18 —

– Attendez-moi un instant, demanda Higgins au chauffeur de taxi qui s'était arrêté devant une cabine téléphonique.

Il n'avait pu saluer Sir John Arthur Mortimer en quittant l'hôtel particulier. Agatha lui avait expliqué que l'égyptologue s'était retiré dans sa chambre. L'ex-inspecteur-chef passa deux coups de téléphone : le premier au stand de tir d'Oak Street où on lui répondit que personne n'avait vu Philipp Mortimer depuis quinze jours. Le second à Scotland Yard pour obtenir le numéro du pub *Dégradation, Damnation et Mort* qui ne figurait pas dans l'annuaire. Cet établissement, dont on décela l'adresse avec peine, ne possédait pas le téléphone.

Le pub se situait à l'extrémité de Vine Lane, dans le quartier des docks, sur la rive sud de la Tamise. Quand le taxi s'engagea dans Druid Street, Higgins se demanda pourquoi l'héritier des Mortimer était venu s'échouer dans un pareil paysage. Murs de béton salis, insolite jardinet rachitique à la terre roussie, ruelles désertes menant vers des rails de chemin de fer où dormaient des wagonnets inutilisables, remises et entrepôts abandonnés, usine désaffectée portant l'écriteau « for sale »[1], tas de tôles rouillées

1. À vendre.

au pied d'escaliers de bois. Au loin, des silhouettes de grues, insectes géants grinçant sous le vent.

– Vous connaissez *Dégradation, Damnation et Mort* ? interrogea Higgins.

– Non, répondit le chauffeur. Ce doit être une de ces boîtes frelatées qui ouvrent un ou deux mois et disparaissent.

Higgins paya, descendit et s'engagea dans Vine Lane, une petite artère lugubre allant vers le fleuve. Dans l'air chargé d'odeurs de mazout et d'eau croupie flottait une saveur irréelle de cannelle, rappelant l'époque où des épices précieuses, venant d'Orient, arrivaient au port de Londres.

Vine Lane était bordée de maisons de brique plus ou moins délabrées. Certaines entrées étaient fermées par des grilles. Des sacs de détritus s'entassaient sur les seuils. Quelques rares lumières brillaient dans les étages supérieurs.

Une sirène sinistre se déclencha à 18 h 15. Qu'annonçait-elle ? La fin du travail pour des ouvriers qui avaient déserté ces lieux depuis longtemps ? Une alerte destinée à des fantômes, compagnons de Jack l'Éventreur, qui avait rôdé dans ce quartier, aussi gris sous le soleil que sous la pluie ? Higgins frissonna, remonta le col de son imperméable et se dirigea vers une lanterne émettant une lumière falote. En dessous, une plaque en simili-cuir portait une inscription peu lisible : « *Dégradation, Damnation et Mort.* Heures d'ouverture : 10 h-6 h 00. » Près de l'entrée, une imposante moto, une BMW K 100, attachée à une grille par deux chaînes antivol. Celle-là même sur laquelle Philipp Mortimer avait quitté l'hôtel particulier.

La porte avait une allure presque honnête. Sur la gauche, une sonnette surmontée d'une mention à la peinture rouge : « *Private* ». Higgins toussota, sonna et croisa les mains derrière son dos. Un bruit de bottes de l'autre côté. Un grincement. La porte s'entrouvrit.

– C'est pour quoi ?

Le personnage qui s'adressait à Higgins avait des cheveux verts où était plantée une banane violette. Il portait un blouson clouté ouvert sur un poitrail velu et tatoué d'une bombe atomique avec une légende : « halte à la guerre ». Son pantalon n'était qu'un short lacéré.

– Je ne possède pas de carte de votre club, énonça Higgins, mais il s'y trouve une de mes relations, Philipp Mortimer, qui se portera garant de ma moralité.

– Vous êtes un copain de Philipp ? s'étonna l'étrange créature.

Higgins hocha affirmativement la tête. Il préférait ne pas engager une longue discussion et offrit un billet de dix livres que le pacifiste subtilisa aussitôt.

– Bon... puisque vous êtes pas un flic, entrez. Normalement, on est fermé, mais, hein ?

L'ex-inspecteur-chef entra et constata que les règlements régissant les débits de boisson n'étaient plus respectés comme autrefois. Certes, il avait entendu parler des punks et autres marginaux, mais l'univers enfumé et bruyant qu'il découvrit avait de quoi surprendre. Une cinquantaine de jeunes des deux sexes, vêtus à la diable, s'entassaient dans une sorte de cave surbaissée, suintante d'humidité, divisée en compartiments à peine éclairés par des chandelles. Higgins ne prêta pas attention à divers actes de dépravation. Une sonorisation poussée au maximum diffusait des airs de rock qui lui déchiraient les oreilles.

Higgins fut obligé de progresser jusqu'au fond de la cave pour y trouver celui qu'il cherchait. Près d'un bar de fortune, qu'on devait déménager en hâte en cas d'inspection, Philipp Mortimer était affalé sur une bitte d'amarrage faisant office de table. Il paraissait dormir. À côté de sa tête, une bouteille de gin presque vide. Le barman indien essuyait les verres avec un torchon sale.

– Un *Royal Salute*, commanda Higgins qui n'appréciait que l'authentique whisky.

– Connais pas.

Higgins jeta un œil sévère sur le choix de breuvages offert par la maison. Il se contenta d'un J and B, espérant que l'alcool tuerait les microbes contenus dans le verre que le barman lui tendait.

– Philipp... Philipp... Éveillez-vous, je suis un ami.

Higgins secoua le plus doucement possible le jeune homme qui empestait le mauvais gin. Il bougea, grogna, leva la tête, ne reconnut personne, retomba dans sa torpeur. Higgins n'aurait pas la force physique de traîner au-dehors ce robuste garçon. Il réfléchit au moyen de réveiller en lui le peu de conscience qui lui restait. Il fallait se hâter, car le barman et deux ou trois créatures aux cheveux peints regardaient Higgins d'un drôle d'air. Ils croyaient peut-être que son imperméable Burberry's était le dernier déguisement à la mode, mais cette illusion ne tarderait pas à se dissiper.

– Philipp... On vole votre moto.

L'information mit un temps certain pour parvenir au cerveau du jeune homme. Comme Higgins l'avait espéré, elle agit à la manière d'une décharge électrique. Encore embrumé, Philipp se leva comme un diable jaillissant de sa boîte.

– Qui... où...

– Venez, je vais vous montrer. On peut encore éviter ça.

Philipp eut la sensation qu'il avait déjà vu quelque part l'homme qui le prenait par la main, mais il ne parvint pas à l'identifier. Vacillant, il se laissa guider. L'air à la fois décidé et bonhomme de Higgins lui permit de traverser sans embûche les compartiments successifs de *Dégradation, Damnation et Mort*. La créature à la banane violette, perdue dans un rêve quelque peu drogué, laissa sortir les deux hommes.

Philipp Mortimer fut brutalement plongé dans une atmosphère glaciale, peuplée de brouillard et de pluie.

– Ma moto…

Il chercha fébrilement sa clé de contact. N'identifiant que sa BMW dans le halo grisâtre qui l'entourait, il se précipita sur elle avec une véritable frénésie. Il en sanglotait.

– Calmez-vous, monsieur Mortimer. Nous devrions marcher un peu. J'ai des questions à vous poser.

Le jeune homme sentit enfin qu'il n'était pas seul. Le froid le dégrisait. Il se retourna, vit Higgins.

– Vous… vous êtes…

– Higgins, Scotland Yard. Nous nous sommes croisés à deux reprises, trop brièvement à mon gré. Le coin est tranquille, nous pouvons parler.

– J'ai pas envie de parler.

Philipp Mortimer s'assit sur le macadam détrempé, la tête enfoncée dans ses bras, croisés sur la poitrine.

– Vous n'avez pas envie de connaître le nom de l'assassin de Frances ?

Higgins s'était permis d'appeler feue Mme Mortimer par son prénom, comme s'il avait fait partie de ses intimes, mais c'était pour la bonne cause. Philipp se leva lentement, les poings serrés, les lèvres crispées.

– Je vous interdis de parler de Frances

– Alors, marchons. J'ai découvert plusieurs indices surprenants, vous êtes le seul à pouvoir m'éclairer.

Higgins fit un pas. Philipp hésita, l'imita, comme attiré par une force magnétique. Le mouvement était enclenché. Bien que vacillant, le jeune homme acceptait le jeu.

– Votre moto ? s'inquiéta Higgins.

– Personne n'y touchera. Sinon, je fous le feu à cette boîte ignoble !

Les deux hommes progressèrent sur le quai, bordé d'entrepôts défoncés où dormaient quelques clochards. En plein cœur de Londres, c'était le royaume déchu d'une industrie fracassée, de la tôle trouée, des vitres brisées où s'engouffrait un air sifflant. Ils passèrent sous une passerelle métallique aux joints branlants, évitèrent de larges flaques d'eau, s'enfoncèrent dans une nuit humide où Philipp Mortimer retrouvait peu à peu sa lucidité.

– Saleté de vie, maugréa-t-il pour lui-même.

– J'ai fouillé votre chambre, aujourd'hui. Et je suis étonné de ce que j'y ai trouvé.

– Accusez-moi de tout ce que vous voulez. Ça m'est égal.

– Ne faites pas l'enfant, Philipp. Ai-je besoin de vous rappeler qu'il y a eu meurtre ?

Le mot parut frapper le jeune homme.

– La vie est une saloperie. Elle n'a aucun sens.

– Elle a au moins celui que nous lui donnons. Moi, j'ai l'intention d'apaiser l'âme de Frances Mortimer. Elle ne connaîtra pas le repos tant que son meurtrier sera impuni. Vous êtes le dernier à l'avoir vue vivante, Philipp.

– On m'a déjà interrogé. J'ai tout dit.

Dans le brouillard se profilaient les formes massives du Pont de Londres. Non loin s'élevait un feu allumé par des squatters.

– Justement, vous n'avez pas dit grand-chose. Vous étiez prostré, en état de choc. Votre interrogatoire a été des plus sommaires.

– Qu'est-ce que vous voulez ? Vous croyez que…

– Avec ce que j'ai découvert, je peux vous faire accuser de meurtre, le coupa Higgins. Auparavant, je vous donne une chance de me persuader de votre innocence. Sinon, je vous remets entre les mains du superintendant Scott Marlow.

Higgins ne regardait pas Philipp Mortimer, mais il le sentit désemparé.

– Si j'ai bien lu votre déposition, J. J. Battiscombe, le veilleur de nuit, était assoupi quand vous êtes entré dans l'annexe du British Museum en compagnie de Mme Mortimer.

– Ce minable… complètement endormi, oui ! J'ai dû le secouer pour le réveiller. On aurait dit qu'il était saoul ou drogué. Frances et moi, on a signé un registre et puis… et puis…

Philipp se mordit les lèvres pour ne pas pleurer.

– Je n'aurais jamais dû accepter ! Je m'étais juré de ne plus retourner là-bas… je lui ai porté malheur.

– Quelque chose vous faisait peur, dans le bureau de votre père ?

– Peur… non, je…

– Pourquoi possédiez-vous un double de la clé permettant d'ouvrir la porte de ce bureau ?

Les deux hommes s'arrêtèrent, baignés par un rayon de lune se glissant entre deux nuages.

– Moi ? Je n'ai jamais eu…

– J'ai réellement fouillé votre chambre, Philipp, le tiroir secret de la bonnetière y compris. J'y ai trouvé de l'argent, une photo et… ceci.

Higgins montra les clés qu'il avait empochées quelques heures plus tôt. Le passe pour la porte d'entrée de l'annexe et la clé pour celle du bureau de Sir John Arthur Mortimer.

– C’est ennuyeux, très ennuyeux. Pourquoi cachiez-vous ces clés ?

– Une histoire ancienne. Rien à voir avec l’assassinat de Frances.

– Et si vous aviez eu ces clés sur vous, le soir du crime ?

– On m’a fouillé, comme tout le monde.

– Si la fouille a été aussi sérieuse que l’interrogatoire… Vous êtes un excellent tireur. Vous avez pu tuer Mme Mortimer, fermer la porte du bureau avec votre clé, faire semblant de vous trouver devant une porte fermée et appeler au secours.

Les yeux du jeune homme s’écarquillèrent. Dédoublé, encore perturbé par les vapeurs de l’alcool, Philipp Mortimer se voyait agir comme un fantôme assassin.

– Il n’y a qu’un détail qui me gêne, poursuivit Higgins. La photo de Frances Mortimer, sur la plage. L’œil du photographe était amoureux. Je crois que vous n’éprouviez pas pour elle qu’une simple affection. C’est bien vous, Philipp, qui avez pris cette photo ?

Le jeune homme ferma les yeux, revoyant en lui-même ce moment de grâce où Frances incarnait pour lui, et pour lui seul, la jeunesse et la beauté.

– Elle était merveilleuse… merveilleuse… Personne ne l’a vraiment comprise… Elle, elle ne se rendait pas compte…

– Tous les témoignages la concernant ne concordent pas, précisa Higgins, interrompant la rêverie de Philipp. Certains prétendent que Mme Mortimer aurait commis… quelques infidélités.

Philipp Mortimer eut une réaction violente. Il agrippa Higgins par les revers de son imperméable.

– Quels sont les salauds qui ont osé dire ça ? Qui sont les ordures qui ont calomnié Frances ? Je veux leurs noms !

– Vous les aurez si j'en décide ainsi, répondit Higgins en l'écartant. La violence est mauvaise conseillère, monsieur Mortimer. Quand vous irez mieux, vous serez aimable de me préciser l'origine de l'argent qui se trouvait dans votre tiroir secret. Elle est liée à votre « histoire ancienne », je suppose ?

– Je n'ai rien à dire là-dessus, se buta le jeune homme.

– C'est bien ce que je craignais. Pour ce soir, je n'insiste pas, mais je réussirai à le savoir. Ne quittez pas Londres sans prévenir Scotland Yard. Je vous laisse rentrer en moto ; moi, je préfère marcher.

Interloqué, Philipp Mortimer regarda l'inspecteur s'éloigner à pas lents et se perdre dans la nuit. Il trembla. De froid et de peur.

— 19 —

Deux bobbies amenèrent William W. Dobelyou jusqu'au bureau du superintendant Scott Marlow. L'homme avait été arrêté la veille en Cornouailles et transféré à Londres dans la nuit. Marlow trônait derrière son bureau, fier de Scotland Yard qui, une fois de plus, prouvait son efficacité. Higgins, assis dans un angle de la pièce, réfléchissait aux éléments de l'enquête, ne doutant pas que l'interrogatoire de Dobelyou le ferait progresser.

Le prévenu ne passait pas inaperçu. William W. Dobelyou portait un costume violet, une cravate orange et un pétunia séché à la boutonnière. Son eau de toilette, à base de lavande synthétique, empestait. Son visage aux yeux dilatés, au nez épaté, aux lèvres épaisses, n'avait rien de sympathique. Mélange d'Indien, de Chinois et de quelque autre race obscure, Dobelyou avait un regard rusé qui cadrait mal avec son apparence provocatrice.

– Monsieur Dobelyou, attaqua brutalement le superintendant, vous êtes accusé de vol dans un bâtiment administratif, de recel d'objets dérobés, de trafic d'objets d'art, de tentative de fuite, de refus d'obtempérer aux injonctions de la police de Sa Majesté. J'ajoute que vous êtes suspecté de faits plus graves encore.

Un rictus mi-ironique, mi-agressif, déforma les traits de Dobelyou.

– Je nie tout en bloc. Je veux des avocats. J'ai de quoi payer.

– Tous vos biens ont été saisis, rectifia Higgins. La quasi-totalité d'entre eux provient d'activités illicites. La loi sera strictement respectée, monsieur Dobelyou, mais nous tenons à cet entretien préliminaire. Vous êtes peut-être plus innocent qu'il n'y paraît, après tout.

Le superintendant Marlow eut un haut-le-corps.

– Néanmoins, reprit Higgins en consultant son carnet noir, il existe des faits établis. Vos receleurs ont parlé, les objets volés ont été retrouvés à votre domicile. Votre culpabilité est clairement établie dans ce domaine.

– Qui m'a donné ? rugit Dobelyou. Cette traînée d'Indira ?

Higgins fut plus rapide que Scott Marlow qui s'apprêtait à répondre.

– Cette demoiselle est emprisonnée. De graves soupçons pèsent sur elle. Les indications de vos receleurs ont amplement suffi pour retrouver votre piste.

– Revenons à l'essentiel, intervint le superintendant. Un témoin vous a formellement identifié quand vous vous êtes enfui de l'annexe du British Museum, porteur d'un seau de nettoyage, référence BM 131. Vous aviez utilisé ce moyen pour dérober un lot de pièces hellénistiques d'une exceptionnelle valeur qui ont été retrouvées dans votre sacoche de voyage en simili-cuir.

Dobelyou haussa les épaules.

– D'accord, d'accord, j'ai joué, j'ai perdu. Il n'y a pas de quoi en faire un plat.

Le superintendant eut un sourire conquérant.

– Il ne s'agit pas seulement d'un vol, monsieur Dobelyou. Je suis persuadé que vous cherchiez à piller quelque trésor dans le bureau de Sir John Arthur Mortimer. Surpris par son épouse, vous avez perdu la tête et vous l'avez tuée. Ensuite, vous vous êtes enfui.

William W. Dobelyou ouvrit des yeux éberlués. Sa mâchoire inférieure pendait.

– J'ai jamais rien entendu d'aussi dingue !

Il regarda en direction d'Higgins, cherchant en vain un secours quelconque.

– Je ne suis jamais rentré dans ce bureau ! Je sortais de l'autre, je...

– Toutes vos paroles sont enregistrées, indiqua le superintendant. Cela ne constituera pas une charge contre vous, mais vous auriez intérêt à ne pas trop vous contredire. Je note que vous reconnaissez votre présence au premier étage de l'annexe du British Museum.

– Ça n'a rien à voir ! hurla Dobelyou en se levant.

Les deux bobbies l'agrippèrent par les épaules et le forcèrent à se rasseoir.

– Je vous conseille de vous tenir tranquille, dit le superintendant. Votre attitude ne plaide pas en votre faveur. Si nécessaire, on vous repassera les menottes.

– Deux détails sont gênants pour vous, ajouta Higgins. D'une part, vous êtes soupçonné de meurtre par arme à feu dans votre Ceylan natal, pays que vous avez d'ailleurs quitté illégalement. D'autre part, vous êtes un remarquable faussaire, particulièrement habile à fabriquer des clés.

– Vous voyez bien ! s'exclama Marlow, tentant de persuader Dobelyou de sa culpabilité. Vous avez ouvert la porte du bureau, vous avez tué, vous avez refermé, vous êtes parti en courant.

– Sans oublier la momie, compléta Higgins.

Une expression de totale incompréhension passa dans les yeux de William W. Dobelyou.

– La momie ? Quelle momie ? Mais je n'ai tué personne, moi ! Ni une momie, ni quelqu'un d'autre !

Le superintendant échangea un regard entendu avec Higgins. Le suspect numéro Un se transformait peu à peu en coupable. Marlow n'était pas mécontent d'avoir eu la première intuition décisive dans une affaire qui s'avérait finalement assez limpide.

Sentant que la situation ne tournait pas en sa faveur, William W. Dobelyou changea complètement d'attitude. Son exaltation et sa morgue disparurent. Il devint un homme d'affaires, le chef du gang des antiquaires.

– Si je tombe, il y en aura d'autres qui tomberont avec moi. Et du beau monde.

Le superintendant dressa l'oreille, inquiet. Higgins, qui ne parut pas autrement surpris, se contenta de tourner une page de son carnet noir.

– Vous en avez dit trop ou trop peu, bougonna Scott Marlow.

– Ce sera tout pour le moment, rétorqua Dobelyou, glacial. À moins qu'on passe un marché où j'aurai mon intérêt.

Le superintendant explosa.

– Vous vous moquez de Scotland Yard !

– Un instant, intervint Higgins, contraint de tailler son crayon. Si vous vous taisez, monsieur Dobelyou, c'est que vous n'avez rien à dire. Cette bravade vous sera néfaste. Si vous parlez, vous vous dédouanerez peut-être sur le point le plus grave : le meurtre de Mme Mortimer.

Curieusement, William W. Dobelyou, qui s'y connaissait en truands et en policiers, redoutait plus cet inspecteur si calme, à la moustache poivre et sel, que l'imposant Scott Marlow trônant derrière son bureau.

– Un vol au British Museum, inspecteur, ça ne s'organise pas tout seul. Comment croyez-vous que j'ai pu entrer tranquillement ?

Le superintendant fronça les sourcils.

– Vous voulez parler de... J. J. Battiscombe, le veilleur de nuit ?

– Vous savez qui c'est, votre Battiscombe ? ironisa Dobelyou. Un type qui voulait faire carrière aux Indes, dans les affaires ! On s'est bien connu, là-bas. Ça n'a pas marché pour lui. Il s'est replié dans sa bonne vieille Angleterre. Mais quand on a touché à l'argent, c'est dur de vivre avec une solde de petit fonctionnaire.

– Vous osez accuser un ancien militaire ! s'indigna Scott Marlow.

– J'accuse personne. Je fournis des indications à Scotland Yard.

– Êtes-vous certain de n'avoir jamais pratiqué le trafic de momies ?

La question de Higgins surprit Dobelyou.

– J'ai horreur des vieilleries. Ça doit sentir mauvais, être plein de microbes. Pas mon rayon. Si ça peut vous être utile, j'ai d'autres tuyaux. Parmi les propriétaires des villas qu'on a cambriolées, Indira et moi, y'avait pas que de pauvres victimes. Le coup des primes d'assurance, ça peut rapporter gros quand on est futé. Si on m'encourage un peu, je pourrais faire des confidences.

Le superintendant aurait eu besoin d'un remontant. Quant à Higgins, qui avait perdu depuis longtemps ses illusions sur la nature humaine, il déplora intérieurement la dégradation des mœurs dans des couches de la société qui auraient dû montrer l'exemple.

– Nous vous en saurions gré, monsieur Dobelyou, déclara-t-il, mais tout cela me paraît encore insuffisant. Le seul témoignage qui pourrait vous innocenter complètement serait celui de Philipp Mortimer. S'il affirmait vous avoir vu sortir du bureau des numismates alors que celui de Sir Mortimer était fermé à clé, vous seriez hors de cause. Malheureusement, ce jeune homme a été fort éprouvé par ces tragiques événements, et ses déclarations sont un peu confuses. Il ne semble pas avoir surveillé en permanence la porte du bureau de son père.

– Philipp Mortimer, articula Dobelyou en grinçant des dents, une lueur de haine dans le regard.

– Vous vous connaissiez ? demanda Higgins.

– Ça dépend…

Le superintendant Marlow sentit le plancher se dérober sous ses pieds.

– Philipp Mortimer n'aimait pas beaucoup l'égyptologie, précisa Higgins. Je me demande si ce jeune homme ne vous aurait pas vendu quelque chose… quelque chose qui ne lui appartenait pas et qu'il aurait trouvé dans le bureau de son père. Vous ne lui auriez pas payé ses fournitures en argent liquide, par hasard ?

William W. Dobelyou demeura impassible. Il avait absorbé chaque mot de Higgins avec beaucoup d'attention.

– C'est votre boulot de vérifier tout ça, inspecteur ; moi, j'avais pas la clé de ce bureau. Je reconnais le vol des pièces, c'est tout. Personne ne me mettra un crime sur le dos.

– Merci de votre collaboration, monsieur Dobelyou, dit Higgins en refermant son carnet noir.

Pris au dépourvu par cette conclusion précipitée, le superintendant Marlow aurait bien voulu intervenir. Il ne trouva rien d'essentiel à ajouter et estima, comme Higgins, que l'interrogatoire avait assez duré.

– Reconduisez ce monsieur à sa cellule, ordonna-t-il aux deux bobbies.

— 20 —

Le superintendant se leva et fit les cent pas. Une fois Dobelyou sorti, il livra ses conclusions à Higgins.

– Cette fois, c'est clair. Il s'agit d'une machination de grande envergure. J. J. Battiscombe a été l'indicateur de Dobelyou pour ce vol. Il a drogué lui-même son thé pour se donner un alibi. Philipp Mortimer avait besoin d'argent, les deux hommes ont organisé un gros coup. Dobelyou s'occupait des pièces, Philipp Mortimer des objets égyptiens.

– Et Frances Mortimer ? objecta Higgins.

– Soit elle est complice, soit elle a refusé de collaborer. Dans les deux cas, l'affaire a mal tourné. Philipp Mortimer et elle se sont disputés, il a tiré et inventé la fable de la porte fermée à clé.

Higgins se leva à son tour, l'air approbateur. La théorie du superintendant se tenait plutôt bien. Soudain, Scott Marlow porta la main à sa poitrine, comme s'il se sentait mal. Higgins l'aida à s'asseoir.

– Un malaise, superintendant ?

– Oui... non... ce que je viens de dire est épouvantable. En toute logique, il faudrait... il faudrait inculper Philipp Mortimer ! C'est l'une des plus respectables familles d'Angleterre qui sera éclaboussée par le scandale ! Si nous nous trompons, les conséquences...

Scott Marlow se voyait déjà rétrogradé, muté dans une province obscure, loin de Buckingham Palace et de la reine. Higgins n'avait pas grand chose à craindre pour sa retraite, mais il n'abandonnerait pas un vieil ami dans la détresse.

– Je suis d'accord avec vous, superintendant ; c'est pourquoi nous allons prendre notre temps. Rien ne presse. Nous avons une hypothèse sérieuse, il est vrai, mais bien des détails demeurent incertains. Il faudra vérifier l'ensemble des déclarations de ce Dobelyou.

– Je m'en charge, assura Scott Marlow qui respirait mieux. Votre solution me paraît excellente. À propos... avez-vous établi un rapport sur vos interrogatoires d'hier ?

– Rien d'écrit, répondit Higgins, qui ne communiquait à personne les notes inscrites sur son carnet noir. Mais j'ai recueilli cet ensemble d'indices que vous aurez l'obligeance de transmettre au laboratoire pour analyse.

Sur le bureau du superintendant, à côté du manuel informatique, Higgins déposa un sachet de plastique contenant un peu de terre, une enveloppe où se trouvait un petit rectangle luisant recueilli dans la cheminée du bureau de Sir Mortimer et le revolver moderne faisant partie de la collection de Philipp Mortimer.

– Probablement sans grand intérêt, commenta Higgins, mais on n'est jamais assez méticuleux.

– Et Philipp Mortimer ? s'inquiéta le superintendant.

– Je lui ai moi-même demandé de ne pas quitter Londres sans prévenir Scotland Yard. Nous nous occuperons de lui un peu plus tard. Il y a plus urgent à faire.

– Quoi donc ?

– Savoir qui était réellement Frances Mortimer.

— 21 —

La banlieue où s'engageait le taxi affrété par Higgins n'avait rien de touristique. Petites maisons de brique à deux étages, souvent dégradées, immeubles sales, magasins en mauvais état, pour la plupart à vendre. Les ordures ménagères, en raison d'une grève, n'avaient pas été ramassées depuis plusieurs jours. Des groupes d'Indiens désœuvrés bavardaient sur les trottoirs. Exceptionnellement, le chauffeur avait fait coulisser la vitre de séparation qui, dans tout taxi anglais traditionnel, sépare le voyageur de celui qui le conduit à bon port. Il préférait, en effet, pouvoir s'entretenir avec son client.

– Vous ne vous êtes pas trompé d'adresse ? s'inquiéta le chauffeur.

– Tournez à droite, et vous y serez.

Higgins suivait le parcours sur un plan détaillé fourni par Scotland Yard. Les chauffeurs honnêtes n'aimaient guère s'aventurer dans ces quartiers qu'ils connaissaient mal. Le véhicule stoppa devant un immeuble de quatre étages, à la façade craquelée. Plusieurs fenêtres étaient murées. Au niveau du premier étage, un panneau de bois auquel manquait une extrémité indiquait « Bellevue Hotel ».

– Vous serez aimable de m'attendre, dit Higgins en descendant. Je ne pense pas en avoir pour trop longtemps. Si je ne revenais pas, prévenez Scotland Yard.

Higgins passa la porte vermoulue de l'hôtel Bellevue. Le hall d'accueil avait connu des jours meilleurs. Ses murs étaient recouverts d'un papier peint jaunâtre qui partait en lambeaux. Le mobilier était sommaire : deux fauteuils rouges fort fatigués, un téléphone mural et un comptoir en bois blanc derrière lequel se tenait une femme d'un âge et d'un embonpoint certains. Cheveux gris et sales, corsage qui, autrefois, avait été blanc, lunettes d'écaille aux verres épais… Sa mise n'était guère attrayante. Elle remplissait une grille de mots croisés. Bien que fortement incommodé par les odeurs où se mêlaient les relents de diverses fritures, Higgins s'approcha doucement de la patronne de l'hôtel Bellevue.

– Bonjour, chère madame.

– C'est complet. Ou alors on paye d'avance.

Son client éventuel demeurant silencieux, la femme leva les yeux. Elle découvrit un personnage des beaux quartiers et s'essuya élégamment le nez d'un revers de manche. L'avenir était incertain : de l'argent à gagner ou des ennuis en perspective.

– C'est pourquoi ?

– Un renseignement, expliqua Higgins, débonnaire.

– C'est un hôtel respectable ici, pas un centre de renseignements.

– Je comptais précisément réserver une chambre pour une semaine. Payement immédiat et en liquide, bien entendu.

Alors que Higgins posait quelques livres sterling sur le comptoir, la patronne consentit à lui décocher un sourire commercial.

– Je peux être utile à monsieur ?

– Ce sera tout simple. L'une de mes amies, une jeune femme blonde très belle et très élégante, venait régulièrement rendre visite à l'une de nos relations communes qui habite votre hôtel. Étant dans l'incapacité de se déplacer, elle m'a demandé de m'acquitter de cette tâche. Elle a simplement omis de m'indiquer le numéro de chambre de notre relation commune.

– Qu'est-ce qu'elle a, la dame ?

– Une indisposition. Mais rassurez-vous : tout continuera comme avant.

Higgins avait employé une formule passe-partout, espérant ne pas commettre d'impair.

– Vous continuerez à régler la chambre ?

– Bien entendu, assura Higgins.

– Alors ça va, conclut la patronne dans un souffle de soulagement. Le vieux fou est toujours au 215.

L'hôtel ne comportait que vingt chambres, réparties sur deux étages, numérotées de 210 à 230. Les numéros étaient écrits à la craie sur les portes. Higgins trouva la 215 au premier étage, au fond d'un couloir, à côté des lieux d'aisance. En certains endroits, le parquet émettait des plaintes sinistres sous ses pas.

Il frappa. On ne répondit pas. Il récidiva. Sans succès. S'attendant soit au pire, soit à une chambre vide, il tourna le bouton de porte en fausse nacre. La porte s'ouvrit mais buta aussitôt sur un obstacle. Higgins força, de manière à pouvoir s'introduire dans la pièce.

Il y régnait une totale obscurité. Les volets métalliques étaient fermés. Pour étouffer toute lueur venant de l'extérieur, un rideau, composé de chiffons cousus entre eux, avait été tendu devant l'unique fenêtre. L'obstacle sur lequel la porte avait buté était une grande caisse en bois contenant des pots de peinture et des pinceaux. Contre les murs, des cadres et des toiles retournées.

Higgins tâtonna, trouva un interrupteur, alluma. Au fond de la chambre, un matelas sur lequel dormait un vieil homme maigre, aux cheveux rares, mal rasé, vêtu d'une chemise à carreaux trop grande pour lui. Une couverture masquait ses jambes. Au pied du matelas, un chevalet recouvert d'un drap blanc, immaculé. La seule note de gaieté relative dans cet univers fermé, évoquant un tombeau.

Le vieillard s'éveilla en sursaut.

– Qu'est-ce que c'est ?

– Un ami de Frances Mortimer.

Le vieillard redressa le buste, tourna des yeux fiévreux vers son visiteur.

– Connais pas. Décampez.

– Elle avait pourtant l'habitude de venir vous voir chaque semaine.

– Vous me dérangez. Je suis fatigué.

– Vous êtes peintre ?

– Faiseur de croûtes. Je vous vends celle-là.

Il agrippa une toile d'un mètre sur un, coincée entre son matelas et le mur, la jeta aux pieds de Higgins. Ce dernier la ramassa. Il passa son doigt sur la peinture.

– C'est effectivement une croûte, admit Higgins. Mais il n'est pas certain que vous en soyez l'auteur. Vous avez sans doute acheté ce triste objet dans un grand magasin. Je m'intéresserai plutôt à ces toiles retournées.

Le grabataire tenta de se lever, avec une vivacité surprenante. La couverture glissa un peu sur ses jambes.

– Ne touchez pas à ça !

Higgins souleva une première toile, une deuxième, une troisième… Il s'agissait de portraits de Frances Mortimer, plutôt réussis.

– Elle posait donc pour vous, chaque semaine.

– Ça ne vous regarde pas, se renfrogna le vieillard. Entre cette dame et moi, tout est terminé. Elle n'est pas revenue. Elle a trahi sa promesse.

– Je ne crois pas, dit Higgins avec gravité. J'ai le pénible devoir de vous apprendre que Mme Mortimer est morte.

Le peintre regarda Higgins avec des yeux incrédules.

– Morte… non, ce n'est pas possible, vous mentez ! Frances ne peut pas mourir, pas elle !

Higgins, sans que son interlocuteur protestât, regarda à nouveau les portraits de la jeune femme. Ils lui en apprenaient davantage que n'importe quel témoignage. Frances avait été l'idole du vieux peintre. Il avait scruté ses sentiments, exprimé le secret de sa vie intérieure. Higgins se laissait imprégner de ces visions révélatrices. Elles constituaient de précieuses indications pour comprendre le crime et identifier son auteur.

– La connaissiez-vous depuis longtemps ?

– J'ai été son précepteur, expliqua le vieillard. C'était une petite fille merveilleuse, intelligente, douce ; elle comprenait tout à demi-mot. Je l'ai vue grandir, je lui ai appris tout ce que je pouvais lui apprendre jusqu'au jour où…

Sa voix se brisa. Il revivait cette période douloureuse. Higgins se garda de prononcer la moindre parole ou de faire le moindre bruit. Le fil qui reliait le peintre à la réalité était si ténu qu'il pouvait se rompre à chaque instant.

– Ses parents m'ont accusé, moi, d'avoir eu des pensées malhonnêtes ! Moi… Ce fut toujours comme ça ! Frances déclenchait l'amour, elle ne s'en apercevait pas et on imaginait n'importe quoi. Je l'aimais comme si elle avait été ma fille.

Pendant que le vieillard se confessait, Higgins examinait le moindre recoin de la chambre misérable. Il avait la sensation aiguë qu'étaient données ici des réponses essentielles au mystère de la mort de Frances Mortimer.

– Ils m'ont congédié, chassé de chez eux, interdit de revoir Frances. Loin d'elle, ma vie ne m'intéressait plus ; j'ai fait cent petits métiers...

Higgins avait repéré, à côté d'une pile de vieux magazines, une série de prospectus et de catalogues. Il les feuilleta machinalement. Entre deux annonces de ventes aux enchères, il découvrit une carte de visite si insolite qu'il se l'appropria aussitôt.

– Frances a mis dix ans à me retrouver, continua le vieillard. Quand elle est entrée ici pour la première fois, j'ai cru que j'allais mourir d'émotion. Jamais je n'avais espéré la revoir. Je la peignais de mémoire. Mais elle n'était plus une jeune fille, c'était une femme magnifique, la plus belle des femmes. Elle m'a dit qu'elle voulait réparer le mal qu'on m'avait fait. Elle désirait me donner de l'argent, m'installer ailleurs. Ça ne m'intéressait pas. Tout ce que je souhaitais, c'était de la contempler le plus souvent possible. Alors, j'ai osé. Je lui ai demandé si elle acceptait de poser pour moi. Elle a répondu favorablement. Frances venait chaque semaine, elle ne parlait presque pas. Moi, je lui racontais des histoires de son enfance, je faisais revivre des moments oubliés, je peignais, je peignais, ma main dansait toute seule sur la toile. Vous me prenez pour un vieux fou, hein ? Vous avez tort. Quand on a rencontré une femme comme elle, on a connu le vrai bonheur.

Le visage du vieillard reprenait des couleurs. Higgins avait terminé son examen de la chambre. Il ne demeurait qu'un élément inconnu : ce que cachait le drap blanc recouvrant le chevalet, près du lit.

– À propos, interrogea Higgins, n'avez-vous jamais éprouvé de goût particulier pour les momies ?

Le peintre le dévisagea comme s'il avait eu devant lui un personnage venant d'une autre planète.

– Je ne comprends pas… N'approchez pas de ce chevalet, il est fragile.

– Je suppose qu'il s'agit de votre dernière œuvre. Puis-je l'admirer ?

Le vieil homme s'empourpra, tenta de se dresser sur ses jambes mortes.

– Je vous interdis d'y toucher !

Higgins sembla obéir, mais il eut un geste maladroit.

Alors qu'il reculait, son coude s'agrippa dans un pli du drap et le fit tomber, découvrant un bien surprenant spectacle.

Le thème du dernier tableau peint par le vieillard n'avait pas changé. C'était toujours Frances Mortimer. Son visage avait une expression que Higgins avait déjà remarquée sur d'autres tableaux. Mais la jeune femme, assise sur une chaise, était représentée nue.

Le vieux peintre gémissait, tapait du poing sur son matelas.

– Vous n'aviez pas le droit !

– Mme Mortimer a accepté de poser… dans cette tenue ?

– Vous n'aviez pas le droit !

– Ainsi, avança Higgins, Mme Mortimer n'était pas…

– Ne dites rien sur elle ! hurla le vieil homme. Vous ne pouvez rien comprendre ! Partez d'ici, ou j'appelle la police !

Higgins recouvrit le chevalet du drap blanc.

– Il me semble, au contraire, que vous m'avez permis de comprendre beaucoup de choses, mais vous ne m'avez pas tout dit. Je reviendrai vous voir bientôt.

*

* *

La patronne de l'hôtel Bellevue s'était assoupie sur ses mots croisés. Les craquements des marches de l'escalier la réveillèrent. Elle vit Higgins descendre du premier.

– Je suppose que votre pensionnaire du 215 est incapable de se déplacer ? interrogea-t-il.

– Plutôt, ricana-t-elle. Paralysé.

– On le soigne ?

– Ouais.

C'est vous qui lui portez ses repas ?

– Non, moi, je bouge pas d'ici. C'est la pizzeria, au coin de la rue.

– C'est mon amie, la jeune femme blonde, qui vous réglait d'avance sa pension ?

– Ouais… et dès que j'aurai plus d'avance, je le mets dehors. J'ai la loi pour moi.

Higgins lui tendit une enveloppe.

– Prenez ceci. Cela vous permettra d'améliorer l'ordinaire de ses repas et de lui conserver sa chambre un bon moment. Acquittez-vous de votre tâche correctement, je vérifierai.

– Mais dites donc, de quel droit…

– Ne plaisantez pas avec Scotland Yard, chère madame. Il serait regrettable que l'hôtellerie britannique perde votre établissement.

Pendant que Higgins montait dans son taxi, la patronne du Bellevue découvrait avec satisfaction le contenu de l'enveloppe.

Dans une chambre du premier étage, au 215, un vieil homme pleurait.

— 22 —

– Higgins ! Enfin !

Le superintendant Scott Marlow était en proie à une excitation certaine. Il ne demanda aucune explication à Higgins sur ses activités des dernières heures. Se levant de son bureau, il brandit une feuille de papier.

– Regardez ce que nous avons reçu : une lettre anonyme !

Higgins dédaigna un siège en plastique orange. Il préféra rester debout pour prendre connaissance du document, un texte assez bref rédigé sur un papier vulgaire avec des lettres découpées dans une revue.

« Si vous voulez avancer dans l'affaire Mortimer, allez ce soir, vers vingt-deux heures, au 12 Carlisle Street, premier étage, porte gauche. Vous y apprendrez du nouveau sur le meurtre de la Frances. »

– Carlisle Street… C'est dans Soho, remarqua Higgins.

– J'organise une descente de police ?

– Je ne crois pas, superintendant. On ne s'amuserait pas à envoyer Scotland Yard dans un traquenard. Notre correspondant anonyme est sans doute digne de confiance. Il souhaite nous permettre de découvrir un indice essentiel…

ou de piéger quelqu'un. Je vous propose d'aller ensemble au rendez-vous, à l'heure dite, dans une voiture banalisée.

Scott Marlow pesa le pour et le contre, se rallia à la proposition de Higgins.

– Entendu. À condition d'emmener un inspecteur en couverture. La sécurité avant toute chose. Mais qui… qui a pu nous envoyer cette lettre ?

– J'ai une petite idée, avoua Higgins, presque amusé. Le style de cette lettre n'est pas des meilleurs. Elle se termine de façon particulièrement désagréable pour feue Mme Mortimer.

– La Frances ! s'indigna le superintendant. Vous vous rendez compte ! Il n'y a plus de respect pour personne.

– Faut-il encore que la personne en question soit respectable, superintendant.

Scott Marlow se demanda s'il avait bien entendu. Il aurait aimé interroger Higgins, mais celui-ci se retira dans son bureau pour examiner le curieux document qui relançait l'enquête.

*

* *

La voiture banalisée du Yard se faufila dans les rues de Soho. Outre le chauffeur, Higgins et le superintendant Marlow, un autre inspecteur, en civil. Scott Marlow lui avait donné l'ordre de surveiller l'immeuble incriminé, d'empêcher quiconque d'en sortir et d'intervenir en cas de grabuge.

Scott Marlow entrouvrit sa veste. Il appuya sur une petite boîte métallique carrée qui émit une sorte de bip-bip assez affligeant.

– Qu'est-ce que c'est ? s'enquit Higgins.

– Le progrès, expliqua le superintendant. Cet appareil était utilisé par les chirurgiens pour être en contact permanent avec l'hôpital ou la clinique. Le Yard l'a adopté. Du moins, les policiers de pointe. Je suis toujours en liaison avec le central. Vous voyez l'intérêt, en cas d'urgence.

À vingt-deux heures, le quartier chaud de la capitale britannique, Soho, était en pleine ébullition. Les *Family Leisure Entertainments*, les boîtes à jeux, faisaient le plein. De multiples petites boutiques à la vitrine fermée par des rideaux plus ou moins transparents, offraient des films et des objets pour les goûts les plus excentriques. Des bookmakers d'occasion exerçaient leurs talents sur des touristes crédules. Cinémas pornographiques, marchands des quatre saisons, restaurants exotiques, salons de massage promettant un bien-être immédiat, multitudes de Chinois et d'Indiens vaquant à des tâches obscures… Soho palpitait, remuait, s'agitait.

La voiture de Scotland Yard se gara quelques numéros avant le 12, Carlisle Street. Le superintendant Marlow organisa la stratégie. Il donna l'ordre à l'inspecteur en civil de se placer en face de la porte du 12, un immeuble de trois étages en briques noircies. Le deuxième et le troisième étaient apparemment inoccupés. Au deuxième, des planches avaient été clouées sur les fenêtres. On distinguait un ancien panneau révélant qu'une fabrique de tissus avait disposé là de bureaux. Au premier, en revanche, perçait une lueur derrière de lourds rideaux.

– Le renseignement était bon, dit le superintendant. Le gibier est sur place.

Une fois entrés dans l'immeuble, Higgins et Scott Marlow virent, dans le minuscule couloir, une rangée de boîtes à lettres. Au-dessus de celle correspondant au premier étage, porte gauche, il y avait simplement deux lettres : B. J.

– Discret propriétaire, nota Scott Marlow, en attaquant les premières marches de l'escalier, recouvertes d'une moquette orange en nylon.

Au terme d'une brève ascension, ils aboutirent à une porte où avait été fixée une plaque avec les deux lettres B. J. Impossible de se tromper. Scott Marlow appuya sur la sonnette. Une longue minute s'écoula. Une voix féminine s'éleva derrière la porte.

– Qui est-ce ?

– Scotland Yard. Ouvrez immédiatement.

On poussa un cri aigu. Il y eut un bruit de pas précipités, des exclamations, on remua des chaises, une autre voix glapit : « Mais ouvrez donc ! » Higgins sonna à son tour. D'une voix puissante, le superintendant réitéra son ordre : « Ouvrez immédiatement ! »

Cette fois, on lui obéit. La porte s'entrebâilla, laissant apparaître le visage apeuré d'une femme.

– Vous... vous êtes la police ?

– Exactement, répondit Marlow avec sévérité.

– Vous venez... nous arrêter ?

Sans répondre, Higgins poussa la porte et entra dans un assez vaste studio aux murs tendus de velours rouge sombre. La pièce était faiblement éclairée par deux lampes sur pied. Au centre, une table de jeu sur laquelle étaient encore disposées des cartes. Autour, des chaises, dont trois seulement étaient encore occupées par des femmes. Les autres joueuses avaient préféré se lever et se tasser contre le mur du fond, comme si elles pouvaient ainsi échapper aux regards des policiers.

Parmi elles, il y avait une personne que Higgins et le superintendant croyaient bien connaître. Agatha Lillby, la femme de chambre des Mortimer.

Les cheveux dénoués, vêtue d'un corsage rouge vif assez

décolleté et d'un pantalon de cuir noir, elle ne ressemblait plus du tout à une domestique dévouée et sérieuse. C'était une sorte de vamp, aussi provocante qu'attirante, avec des faux airs d'Ava Gardner.

Higgins s'attarda un instant sur la table de jeu. Dans la panique générale, on avait abandonné les billets qui devaient représenter l'enjeu : environ 1500 livres.

Ces dames devaient trouver dans leur passion un excitant suffisamment puissant pour mettre sur pied une telle organisation, louer le studio et se livrer en secret à leur vice caché.

– Mesdames, annonça Scott Marlow avec solennité, je suis obligé de relever vos identités. Je ne pense pas que vous ayez demandé une licence pour ouvrir cet établissement que je dois considérer comme clandestin.

Les joueuses étaient trop terrorisées pour protester. Elles s'alignèrent toutes dans le fond de la pièce, encadrant Agatha Lillby qui ne cessait de fixer Higgins.

Quand elles énumérèrent leurs noms et qualités, le superintendant Marlow pâlit à vue d'œil.

En ce tripot se trouvait rassemblée la fine fleur des femmes de chambre de l'aristocratie anglaise. Ces clandestines servaient avec zèle quelques-unes des plus respectables familles du royaume, habitant toutes le quartier de Mayfair.

– Une seconde, mesdames.

Scott Marlow prit Higgins à l'écart et parla à voix basse.

– Vous avez entendu ? Je ne peux pas arrêter ces personnes !

– Pourquoi donc ? s'étonna Higgins.

– Mais... ce serait bouleverser l'équilibre du royaume, pénaliser l'Angleterre ! Elles ont toutes précisé le nom de leur patron. J'ose à peine le répéter. Ce serait un scandale, Higgins, le plus terrible des scandales !

– Sans compter l'augmentation du nombre des chômeuses, superintendant. Je me rends à vos raisons. Mieux vaut éviter un pareil drame, en effet. Ces dames devraient peut-être signer une déclaration, malgré tout.

– Bien entendu, approuva Scott Marlow, soulagé par l'attitude compréhensive de Higgins. Je m'en occupe moi-même.

– Parfait. De mon côté, je vais poser quelques questions à Mlle Lillby. Sans trop m'avancer, je crois qu'elle était quelque peu visée par la lettre anonyme.

– Comme vous voudrez.

— 23 —

Pendant que le superintendant, qui terrorisait ces dames de qualité, s'apprêtait à enregistrer leurs témoignages, Higgins pria Agatha Lillby de s'asseoir à ses côtés, à la table de jeu.

– Vous êtes charmante, mademoiselle. Un peu… inattendue, mais charmante.

– Je n'ai rien à me reprocher, affirma la femme de chambre des Mortimer, s'asseyant à demi sur la chaise où, quelques minutes auparavant, elle avait eu en main des cartes gagnantes. Sa première soirée chanceuse depuis bien longtemps.

Higgins tripota les cartes.

– À quoi jouiez-vous, mademoiselle ?

– Black-Jack.

Higgins n'était pas un grand adepte de ce sport cérébral, mais savait que le jeu, sous quelque forme que ce soit, pouvait faire sombrer ses adeptes dans les pires abîmes.

– Rien à me reprocher, répéta Agatha Lillby, les mains serrées.

– Je l'espère pour vous, mademoiselle.

Higgins avait l'air sincèrement peiné par ce qui arrivait à la femme de chambre des Mortimer. Malgré sa nervosité, elle lui en sut gré. Elle eut le sentiment qu'il pourrait la comprendre.

– J'ai toujours servi fidèlement Sir Mortimer. Je n'ai commis aucune faute.

– Je veux bien l'admettre, mademoiselle. Mais avouez que votre présence ici…

– C'est ma vie privée, inspecteur. Elle ne regarde que moi.

– Ce n'est pas certain, mademoiselle Lillby, à mon grand regret.

Higgins abattit sur la table les deux cartes qu'il manipulait. Un roi et un as.

– Vous auriez gagné, ironisa Agatha Lillby. Ça fait vingt et un points. Black-Jack.

– Vous venez souvent ici ?

Agatha Lillby rougit. Elle hésita longtemps avant de répondre.

– Assez, oui…

– Tous les mardis soirs, par exemple ?

Elle se buta. Sourcils froncés, nez pincé, poitrine oppressée, elle se sentait acculée dans ses derniers retranchements mais ne voulait pas céder.

– Pourquoi refuser de tout me dire, mademoiselle ? Ce serait tellement plus simple.

L'œil de Higgins fut attiré par une agitation certaine se produisant au fond de la pièce. Scott Marlow venait, semble-t-il, de découvrir un élément important. Il se dirigea avec précipitation vers la table de jeu et se planta devant Agatha Lillby.

– Mademoiselle, est-il exact que vous soyez venue ici le soir du crime mais que votre présence ait été de très courte durée ?

Rouge de colère, la femme de chambre des Mortimer se leva et regarda avec haine ses compagnes de jeu.

– Qui m'a vendue ?

– Asseyez-vous, ordonna Scott Marlow et répondez. De quelle heure à quelle heure êtes-vous restée ici, le soir du crime ?

Agatha baissa la tête, rageuse.

– Je ne sais plus. Je n'ai pas regardé ma montre sans arrêt. J'ai dû arriver vers neuf heures trente et repartir avant onze heures.

– Nous recouperons grâce aux déclarations des témoins.

D'un pas décidé, Scott Marlow retourna vers les joueuses pour continuer son interrogatoire. Higgins paraissait navré.

– Vous voyez, mademoiselle Lillby, on ne peut être sûr de personne. Vous étiez donc bien pressée, ce fameux soir.

– Je ne pouvais pas m'absenter longtemps, avoua-t-elle enfin. La visite d'Eliot Tumberfast était imprévue. Sir Mortimer aurait pu avoir besoin de moi, et…

– Et vous avez menti en prétendant être grippée. Bonne idée pour ne pas être dérangée. Mais vous couriez quand même un risque en venant ici. Vous deviez avoir une raison impérieuse.

Elle se buta à nouveau, fermant les lèvres sur son secret.

Higgins observa le superintendant qui avait ces dames bien en main, tant elles étaient impressionnées par la force de la loi. Elles étaient toutes furieuses contre Agatha Lillby, jugée coupable d'avoir provoqué cette intervention de Scotland Yard.

– Il vaut mieux me confier votre vérité, insista Higgins, avant que vos compagnes de jeu n'inventent la leur. De toute manière, mademoiselle, nous saurons tout.

Agatha Lillby se mordit les lèvres, presque jusqu'au sang.

Elle se sentait prise dans un étau. Cette fois, aucun moyen d'en sortir.

– J'avais donné ma parole. Ce soir-là, je devais rembourser une dette de jeu.

– De quel montant ? demanda Higgins.

– Quatre cents livres sterling. J'ai eu beaucoup de malchance, un mois durant.

Higgins battit les cartes, comme s'il préparait un tour de magie.

– Il y a un détail ennuyeux, mademoiselle Lillby. Vous êtes la seule à pouvoir indiquer la durée exacte de votre absence. Et si vous étiez rentrée tard dans la nuit... après l'heure du meurtre ?

– Non, protesta-t-elle, angoissée. Non, vous ne pouvez pas dire ça !

– Je crains que si, mademoiselle.

– Non, j'ai une preuve du contraire !

– Laquelle ?

– Quand je suis rentrée, avant onze heures trente, j'ai vu Sir Mortimer et Eliot Tumberfast. Le professeur était sur le seuil de son bureau et empêchait Eliot Tumberfast de sortir. Il... il...

Agatha Lillby semblait soudain incapable de parler. Une évidence s'imposait à elle. Une évidence qui ruinait sa démonstration.

– Il ne vous a pas vue, c'est bien cela ? dit Higgins à sa place. Il ne pouvait pas vous voir, puisque vous vous cachiez... du moins, c'est ce que vous prétendez. Et vous avez déjà menti une fois.

– Je vous jure que je dis la vérité ! s'exclama-t-elle.

– Nous vérifierons si Sir Mortimer et Eliot Tumberfast se souviennent de cet incident. J'ai un document à vous montrer, mademoiselle. J'aimerais connaître les réflexions qu'il vous inspire.

Higgins présenta la lettre anonyme à Agatha Lillby. Elle la parcourut avec avidité et dégoût.

– C'est Eliot Tumberfast, laissa-t-elle fuser entre ses lèvres. Il se venge de la manière la plus basse.

Higgins continua à battre les cartes, posa le paquet sur la table et sortit un as de pique.

– Sombre présage, à ce qu'on dit. Eliot Tumberfast… Vous le connaissiez si intimement ?

Une passion mal éteinte se lut dans les yeux d'Agatha Lillby.

– Nous avons eu une liaison… jusqu'à l'arrivée de Frances. Eliot m'aimait, j'en suis sûre. Il s'arrangeait pour venir quand Sir Mortimer était absent. Je lui ai affirmé que Frances n'était pas pour lui, qu'elle ne serait jamais pour lui… mais il est tombé dans ses filets, comme les autres ! Quand la première Mme Mortimer vivait, Eliot ne regardait que moi. Aujourd'hui, je le déteste !

– Vous portez une grave accusation contre M. Tumberfast, observa Higgins, essayant en vain de se remémorer un autre tour de cartes. 400 livres de dette, c'est une somme. Vous l'avez remboursée avec vos économies ?

– Bien entendu, répondit Agatha Lillby.

– Pardonnez-moi un instant, mademoiselle.

Higgins se leva et rejoignit Scott Marlow qui interrogeait sans relâche, notant avec précaution les noms et les adresses des grandes familles que servaient les femmes de chambre prises sur le fait.

– J'aimerais vous parler quelques instants, superintendant. Allons dans l'entrée.

Abandonnant les joueuses à leurs angoisses, les deux policiers s'entretinrent discrètement.

– D'après les déclarations de ces dames, dit Scott Marlow, ce n'est pas la première fois qu'Agatha Lillby est obligée de rembourser une dette de jeu. Il paraît que c'est la plus enragée au Black-Jack.

– Méfions-nous des ragots, recommanda Higgins. Je vous laisse vérifier tout cela. Je ramène mademoiselle Lillby chez les Mortimer.

– Ne devrait-on pas...

– Rien ne presse, assura Higgins d'un ton bonhomme. Nous avons appris des choses étranges, ce soir. Il faudra trier le bon grain de l'ivraie. Pour commencer, je dois analyser de plus près le personnage de la femme de chambre des Mortimer.

– Si vous estimez que c'est bien ainsi..., soupira Scott Marlow.

– Il vous faudra beaucoup de tact pour mettre ces dames en garde contre leur passion avilissante. On ne se préoccupe jamais assez de l'âme des gens, superintendant.

– Un peu d'aide ne sera pas superflue.

Scott Marlow manipula son émetteur-récepteur. Mais aucun son ne sortit du boîtier métallique.

– Quelle peste ! Encore en panne !

– Ces engins sont capricieux, observa Higgins. Je vous envoie l'inspecteur qui est en faction devant l'immeuble, il utilisera son téléphone portable.

*

* *

Dans le taxi qui conduisait Higgins et Agatha Lillby de Soho vers Mayfair, l'ex-inspecteur-chef prit d'abondantes notes sur son carnet noir. Agatha Lillby n'osait ni bouger, ni parler.

– Nous avons un travail important à faire ensemble, dit enfin Higgins, avec une réelle chaleur dans la voix.

– Quoi donc ?

– Procéder à une reconstitution. J'aimerais voir de quelle manière vous êtes rentrée, la nuit du crime.

– Inspecteur, dit Agatha avec fièvre en se tournant brusquement vers Higgins, je voudrais vous demander une faveur. Sir Mortimer n'est au courant de rien. Ne lui révélez pas ce que vous avez découvert, je vous en prie. Il serait… mortifié, je crois. J'aimerais lui éviter cette déception.

– Je ferai mon possible, la réconforta Higgins. À condition, bien entendu, que votre vie privée n'ait aucun rapport avec l'assassinat de Frances Mortimer que vous détestiez tant.

Furieuse, Agatha Lillby se tassa contre sa portière.

– Je regrette de vous avoir fait confiance, inspecteur.

– Dans la bonnetière qui se trouve dans la chambre de Philipp Mortimer, indiqua Higgins, il y a un tiroir secret. Dans ce tiroir, il y avait une clé. Cette clé ouvre le bureau du British Museum où Frances Mortimer a été tuée. Je me pose une question à propos de cette clé, mademoiselle Lillby. Ne l'auriez-vous pas déposée vous-même dans le tiroir secret de Philipp Mortimer ?

— 24 —

Agatha Lillby sursauta.

– Cette clé ? J'en ignorais jusqu'à l'existence, protesta-t-elle avec véhémence.

Higgins ne posa pas d'autres questions jusqu'au moment où le taxi les déposa devant l'hôtel particulier des Mortimer. Il régla la course, puis Agatha Lillby le conduisit derrière la bâtisse, dans une ruelle où l'on distinguait à peine une porte métallique à moitié recouverte de lierre.

– De quelle manière vous rendez-vous à Soho, mademoiselle ?

– Par le métro, répondit Agatha Lillby.

– C'est imprudent le soir, pour une jolie femme. Je suppose que vous avez la clé de cette porte-là ?

Nerveuse, Agatha Lillby fouilla dans les poches de son pantalon de cuir. Elle n'avait pas de sac à main. Personne n'aurait pu soupçonner que cette aguicheuse revêtait chaque jour la personnalité d'une femme de chambre modèle, incarnant les vertus de la vieille Angleterre.

Agatha Lillby introduisit avec beaucoup de dextérité une clé plate dans la serrure, écarta le lierre de la main gauche pour qu'il ne gêne pas l'ouverture de la porte ; elle la poussa lentement, évitant de la faire grincer. Une fois entrée dans la propriété, elle fit un pas de côté pour atteindre la pelouse et éviter l'allée de graviers qui auraient crissé sous ses chaussures. Higgins l'imita, avec moins de grâce.

– Mes félicitations, commenta-t-il à voix basse. Vous n'avez pas fait le moindre bruit. La reconstitution est parfaite. Continuez à agir exactement comme le soir du crime.

Higgins consulta sa montre. Onze heures cinq. Une seule fenêtre était éclairée. Celle du bureau de Sir John Arthur Mortimer. Barry, le chauffeur, dormait au-dessus du garage. Philipp Mortimer était sans doute sorti.

Agatha, qui se déplaçait avec la souplesse d'une chatte, conduisit Higgins jusqu'à la porte de la lingerie, donnant directement sur l'extérieur.

Dans la lingerie, Agatha alluma une bougie. Sa lueur était suffisante pour se repérer et ne pas se heurter à un meuble.

– Voilà... je suis rentrée de cette manière.

– Vous êtes d'une rare discrétion, mademoiselle. Le professeur Mortimer travaille-t-il aussi tard tous les soirs ?

– Il est rarement couché avant deux heures du matin. Frances... je veux dire Mme Mortimer, lui reprochait cet excès de travail.

– Vous trouverez bien un moyen de lui annoncer ma visite.

– Je... je ne peux pas me présenter comme cela. Il faut que je m'habille.

De fait, Sir John Arthur Mortimer aurait subi un choc certain en découvrant une Agatha style « rocker », très éloignée de la femme de chambre idéale. Tandis que Higgins inspectait la lingerie, Agatha Lillby passa dans un cabinet de toilette réservé aux domestiques et se vêtit en hâte. Lorsqu'elle revint, avec son corsage blanc, sa jupe noire, ses bas brodés à l'ancienne, elle était redevenue une personne de bonne compagnie, prête à servir des gens de qualité. Parfaite, à l'exception de son chignon. Il était moins serré que d'habitude. Quelques mèches folles s'en échappaient.

Précédant Higgins, Agatha Lillby prévint Sir Mortimer que l'inspecteur de Scotland Yard désirait s'entretenir avec lui pour des raisons impératives.

Le savant accepta. Rien n'avait changé dans son bureau, Higgins lui trouva mauvaise mine. Il se leva à l'entrée de l'ex-inspecteur-chef. La femme de chambre s'éclipsa.

– Pardonnez-moi, Sir John Arthur, de vous importuner à une heure aussi tardive.

– Je suppose que vous le jugez nécessaire, dit l'égyptologue d'une voix fatiguée.

– Tout à fait. L'enquête sur la mort de votre épouse se heurte à certaines difficultés. Je crois que le superintendant Marlow est sur la bonne voie... À condition que plusieurs voiles soient levés.

Le professeur s'installa à nouveau dans son fauteuil. Sur son bureau, deux impressionnantes piles de documents administratifs à l'en-tête du British Museum.

– J'admire votre capacité de travail, Sir John Arthur.

L'égyptologue eut un geste las de la main droite.

– Cela me permet de ne pas trop penser, inspecteur. Dans cette période si amère, des collègues ont cru bon de proposer ma candidature à la direction du British Museum. Les décisionnaires sont actuellement réunis en comité secret. Ils doivent m'avertir d'un instant à l'autre de leur décision.

– Mes félicitations. Je crois que notre magnifique musée sera entre de bonnes mains.

– Rien n'est joué, inspecteur, et je ne sais pas si je dois accepter une telle charge. Je ne suis pas sûr d'avoir encore les forces indispensables pour la remplir correctement.

– Je suis persuadé que Mme Mortimer aurait été heureuse de vous voir assumer une telle responsabilité.

Sir John Arthur Mortimer parut ému par les paroles de Higgins. Ce dernier s'approcha de la cheminée où brûlait un feu diffusant une douce chaleur.

Si l'ex-inspecteur-chef n'avait pas eu de multiples tâches à accomplir, il se serait volontiers abandonné à la contemplation de ces flammes aux danses toujours renouvelées.

– Mes questions vous paraîtront peut-être anodines, mais elles revêtent néanmoins une certaine importance. Pourriez-vous me préciser à quels moments vous avez vu votre femme de chambre, Agatha Lillby, le soir du crime ?

– Mon Dieu... Lorsqu'elle est venue m'annoncer la visite de Tumberfast, puis quand elle nous a apporté du thé. Ensuite, elle est allée se coucher. Elle était souffrante.

– Vous êtes certain de ne plus l'avoir revue ensuite ?

– Lorsque le superintendant Marlow est arrivé, les coups de sonnette l'ont réveillée. C'est elle qui est descendue ouvrir la porte.

Par plaisir, Higgins feuilleta à nouveau l'un des tomes du dictionnaire de hiéroglyphes. Ces petits signes avaient quelque chose de vivant, d'éternel.

– Pendant votre conversation... animée avec Eliot Tumberfast, ce dernier n'a-t-il pas essayé de sortir de votre bureau ? Ne l'avez-vous pas obligé à rester ?

L'égyptologue réfléchit.

– Il me tenait tête à propos d'une de ses folies, exigeant des fonds gigantesques pour une campagne de fouilles sans le moindre intérêt. Oui, je me souviens ! Ce petit monsieur a osé mettre ma compétence en doute !

Le visage du savant s'anima. La colère lui redonnait des couleurs.

– Cet incapable a voulu se donner des allures de grand seigneur en claquant la porte. Je l'ai rattrapé et l'ai obligé à rester. J'étais affaibli par ma grippe, mais j'ai tenu à lui démontrer, point par point, que ses prétendues théories scientifiques n'étaient que des affabulations. Ce Tumberfast est un personnage abominable, inspecteur. Je lui ferai payer très cher cette soirée-là. Il était ici, m'importunant avec ses absurdités, pendant que Frances…

Sir John Arthur Mortimer baissa les yeux.

– J'ai un autre point un peu délicat à aborder, dit Higgins. Votre épouse sortait souvent, l'après-midi. On la voyait à des expositions, à des ventes de charité, à des conférences, mais une fois par semaine, chaque mardi, elle se rendait dans un quartier plutôt déshérité.

L'érudit leva vers Higgins des yeux légèrement rougis.

– Vous voulez parler des visites à son ancien précepteur ? Frances était réellement charitable, inspecteur. Elle savait donner à chacun ce qu'il attendait d'elle. Elle m'avait demandé l'autorisation de satisfaire la lubie de ce malheureux : qu'elle pose pour lui, qu'elle lui serve de modèle. Elle payait sa chambre à l'année et lui accordait la plus grande joie de son existence : la contempler.

– Vous connaissiez ses toiles ? demanda Higgins.

– Frances en avait rapporté une, au début de notre mariage. Un portrait d'une facture lamentable. Je n'ai pas voulu la décevoir, mais je lui ai conseillé de rendre l'œuvre à son auteur. Le malheureux n'était pas vraiment destiné à la peinture.

Ce n'était pas l'avis de Higgins qui avait apprécié le talent de l'ancien précepteur de Frances Mortimer. Mais l'heure n'était pas aux controverses artistiques.

– Vous n'êtes jamais allé chez lui ?

– Non, inspecteur. Je n'avais nulle envie de le connaître. Il appartenait au jardin secret de Frances et je faisais totalement confiance à mon épouse.

Higgins reposa le tome du dictionnaire. Il connaissait à présent quelques hiéroglyphes de plus.

– Je suis assez ennuyé.

– Pourquoi donc, inspecteur ?

– J'ai une requête à vous adresser. Mais ma démarche vous semblera peut-être indélicate.

– Exprimez-vous, et laissez-moi juge.

– C'est une vieille habitude, j'aime connaître le cadre de vie des malheureuses victimes d'un crime, découvrir l'atmosphère dans laquelle elles ont vécu. M'autoriseriez-vous à voir la chambre de Mme Mortimer ?

– Rien de plus facile, inspecteur. Frances et moi faisions chambre commune. Elle se trouve non loin de ce bureau, je vous y conduis.

— 25 —

Ils sortirent du bureau, empruntèrent le couloir, tournèrent à gauche. La chambre des époux Mortimer était occupée par un grand lit à la couverture en satin, une commode de style Regency et deux grandes armoires en chêne massif, aux lignes sobres. Deux portes donnaient dans une salle de bains en marbre rose, une vaste penderie et un boudoir où Frances Mortimer disposait d'une coiffeuse, d'un semainier XVIIIe et de petits meubles en acajou contenant des produits de beauté. La moquette de laine vert sombre et les tapisseries murales, représentant des paysages de la campagne anglaise, faisaient de cet ensemble un chef-d'œuvre d'harmonie, évoquant une suite somptueuse d'un grand hôtel d'autrefois.

– Merci de votre compréhension, Sir John Arthur.

– Je ne dors plus ici depuis la mort de Frances, confia le savant.

Le téléphone sonna dans son bureau.

– Le British Museum, sans doute ; cela risque d'être long. Excusez-moi, inspecteur.

Le professeur quitta la pièce. Higgins contempla les meubles, le lit, s'imprégna de la magie du lieu. Il s'apprêtait à l'explorer davantage quand il aperçut, dans le couloir, une silhouette tentant de se dissimuler.

– Venez donc, mademoiselle Lillby.

La femme de chambre obtempéra. Son chignon était toujours quelque peu désordonné, son visage moins fougueux, plus soumis.

– Vous pourriez me faire gagner du temps, mademoiselle. Guidez-moi, je vous prie.

Agatha Lillby tira des tiroirs, ouvrit les portes des armoires. Higgins observa d'un œil acéré des robes, des costumes. Agatha Lillby avait le sentiment angoissant que cet inspecteur était devenu le véritable maître des lieux.

Dans l'armoire de Sir John Arthur, Higgins découvrit une vingtaine de paires de chaussures, des escarpins noirs de grande classe. Il les souleva avec soin et les reposa un à un.

– Venez voir, mademoiselle, c'est étrange.

Agatha Lillby s'approcha. Higgins s'était accroupi, elle l'imita. L'inspecteur désignait une paire aussi élégante que les autres.

– Ces chaussures ont une pointure de moins, dit-il en désignant du doigt la paire incriminée. Comment expliquez-vous ce mystère ?

Agatha Lillby s'empara des escarpins et les examina. Elle haussa les épaules.

– Le plus simplement du monde. Elles appartiennent à Philipp Mortimer.

– Les auriez-vous mal rangées ?

– Sûrement pas, inspecteur ! protesta-t-elle en se redressant. Philipp Mortimer est l'être le plus négligent que je connaisse. Un matin, j'ai découvert dans sa chambre une chaussure appartenant à Mme Mortimer. Une autre fois, il avait laissé traîner sa veste dans la salle de bains de son père. Ce jeune homme ne respecte rien.

Higgins se redressa à son tour.

– Si je vous comprends bien, c'est Philipp Mortimer qui rangé ses propres chaussures parmi celles de son père ?

– Évidemment ! Là ou ailleurs, pour lui, c'est pareil. Je vais les remettre à leur place.

– Inutile, mademoiselle. Laissons les choses là où elles sont. Il y a déjà assez de problèmes avec cette momie qui se déplace.

Agatha Lillby ouvrit des yeux inquiets.

– Connaîtriez-vous un certain William W. Dobelyou, mademoiselle ?

– Ce nom-là ne me dit rien, répondit-elle sèchement.

– William W. Dobelyou était le chef du gang des antiquaires. Du moins, sur le terrain. Il y avait peut-être une tête pensante au-dessus de lui.

Un bruit de moteur attira soudain l'attention de Higgins.

– La moto de Philipp Mortimer, je suppose ?

Agatha acquiesça.

– Je ne veux pas déranger le professeur ; vous le saluerez de ma part. Je vais accueillir son fils.

– Inspecteur…

Tendue, angoissée, la femme de chambre posait une question muette.

– Rassurez-vous, mademoiselle. Je n'ai rien dit à Sir John Arthur. Cela ne s'imposait pas. Mais vous n'avez pas été tout à fait sincère et je le déplore. J'ai l'impression que vous avez de notables besoins d'argent et que vous êtes prête à tout pour en obtenir. Je crois aussi que ce Dobelyou avait besoin d'un certain nombre de complicités pour mener à bien ses coupables activités. Si vous n'avez pas déposé vous-même la clé du bureau du British Museum dans la chambre de Philipp Mortimer, vous en connaissiez peut-être l'existence ? Vous avez encore beaucoup à confesser, mademoiselle. Surtout la vérité.

Laissant pétrifiée la femme de chambre des Mortimer, Higgins descendit l'escalier de marbre. Il commençait à connaître la demeure.

Philipp Mortimer rangeait sa moto contre le mur du garage. Ses gestes étaient hésitants. Sans doute revenait-il de son pub favori. Entendant le gravier crisser, il se retourna mollement et aperçut Higgins.

– Encore vous, inspecteur ! Vous habitez chez nous, à présent ?

– Pas exactement, monsieur Mortimer. Le hasard fait bien les choses, j'avais des précisions à vous demander. Vous ne rentrez pas votre moto dans le garage ?

– Jamais. Chacun son domaine. Ma moto n'a rien de commun avec la Rolls de mon père.

– Cela vous ennuierait si je jetais un coup d'œil à votre magnifique BMW ?

Le front de Philipp Mortimer se plissa.

– Vous vous y connaissez, en moto ?

– C'est le moment d'apprendre, répondit Higgins en se penchant sur l'engin qu'éclairait assez mal la lumière de la lanterne du perron. J'aimerais que vous me parliez des derniers instants de Frances Mortimer, poursuivit-il, tout en examinant le moteur de la BMW.

– Pardon ? sursauta Philipp Mortimer.

– Je veux parler des derniers moments que vous avez passés avec elle. Pendant le trajet de l'hôtel particulier au National Theatre, Barry n'a rien dit ?

– Non, vraiment rien...

– Pendant la représentation, aucun incident ?

– Aucun.

– À l'entracte, qu'avez-vous fait ?

– Rien de spécial. Frances a simplement téléphoné à mon père.

– Sauriez-vous ce qu'ils se sont dit ?

– Des banalités... Frances a été obligée de patienter quelques instants, car mon père se disputait avec Tumberfast.

– Et ensuite ?

– Dès la fin de la pièce, Barry nous a emmenés à l'annexe du British Museum. Frances m'a prié de l'accompagner. J'ai d'abord refusé, et puis...

– Vous arrive-t-il souvent de laisser traîner vos chaussures dans la chambre de votre père ?

– Vous... vous moquez de moi ?

Higgins, apparemment satisfait, se redressa.

– Bien belle moto. On doit aller vite, avec un pareil engin ; dommage qu'il fasse tant de bruit. Agatha Lillby n'aimait guère Mme Mortimer, d'après ce que je sais. N'avez vous jamais douté de sa moralité ?

Philipp Mortimer sentait le froid le gagner. Il lui tardait de regagner son lit.

– Je n'aime pas jouer les informateurs, mais j'ai assisté à une scène choquante, le jour du meurtre. C'était le matin, de bonne heure. J'ai entendu des voix de femmes. Une altercation. Je suis sorti de ma chambre. Frances et Agatha se disputaient. J'ai entendu Agatha demander à Frances une avance sur ses gages. Frances lui a répondu que c'était impossible. Elle avait déjà accepté trois fois et ne céderait plus. Agatha lui a promis qu'elle ne l'emporterait pas en paradis. Elle s'est retirée, furieuse.

Les mains dans les poches de son imperméable, tournant le dos à son interlocuteur, Higgins contempla l'hôtel particulier des Mortimer.

– Pourquoi pas, après tout ? Ce serait extraordinaire, à moins que… Merci de votre collaboration, monsieur Mortimer. Vous feriez mieux d'aller dormir. La nuit est fraîche.

Pour la seconde fois, Philipp Mortimer vit la silhouette de Higgins disparaître dans les ténèbres. Le jeune homme frissonna et rentra dans une demeure qui n'était plus pour lui qu'une coquille vide.

— 26 —

Higgins pénétra dans l'annexe du British Museum à neuf heures trente. J. J. Battiscombe se tenait à son poste. En voyant l'homme de Scotland Yard, il rectifia sa tenue, réajusta sa casquette et adopta l'attitude légèrement compassée du fonctionnaire conscient de ses responsabilités.

– Bonjour, monsieur Battiscombe. Satisfait de vos nouvelles fonctions ?

– Tout à fait, inspecteur.

– Vous n'avez pas tort. Veiller la nuit durant, ce devait être pénible. Elle est remplie de mystères, même en Europe.

– Sûrement, approuva J. J. Battiscombe, crispé.

Higgins nota la présence d'une bouteille thermos et d'une tasse remplie de thé, à côté du registre des entrées. Le veilleur de jour sacrifiait encore à son vice.

– Il paraît que les nuits sont enchanteresses en Inde, poursuivit Higgins.

J. J. Battiscombe tira sur sa veste d'uniforme, se tenant quasiment au garde-à-vous.

– C'est selon, répondit-il d'une voix étranglée.

– Vous avez fait un long séjour là-bas, si je ne m'abuse ?

– Une période à oublier, inspecteur. Des erreurs de jeunesse. Rien ne vaut la bonne vieille mère-patrie.

– Vous qui connaissez bien ces terres lointaines, vous pourriez peut-être m'aider.

– Allez savoir…

– Avez-vous vu des momies en Inde ?

J. J. Battiscombe fouilla en vain dans sa mémoire.

– Je… je n'en ai pas croisées.

– Savez-vous que le chef du gang des antiquaires, William W. Dobelyou, est non seulement convaincu de vol mais aussi soupçonné de meurtre ? Il n'a pas agi seul, c'est évident. Ses complices seront fatalement inculpés. On peut prévoir que les loups se mangeront entre eux.

J. J. Battiscombe ne perdait rien de sa raideur un peu trop réglementaire, mais sa gorge se serrait de plus en plus.

– N'avez-vous jamais rencontré Agatha Lillby, la femme de chambre des Mortimer ?

J. J. Battiscombe évita le regard de Higgins.

– Je n'ai pas eu ce privilège, inspecteur.

– Dommage. Elle a des ressources cachées… Un peu comme vous. Je vous laisse à votre travail, monsieur Battiscombe. Si vous changiez d'horaire, ou si vous preniez votre retraite précipitamment, soyez aimable de me prévenir.

– Bien… bien entendu !

Abandonnant le veilleur de jour à ses méditations, Higgins grimpa l'escalier menant au premier étage. Il s'arrêta à mi-hauteur pour prendre quelques notes sur son carnet noir. Une fois encore, il constatait que la conversation en apparence la plus anodine pouvait se révéler riche d'enseignements, grands ou petits. Surtout quand les interlocuteurs n'avaient pas la conscience tranquille.

Il régnait une curieuse atmosphère dans l'annexe du plus grand musée du monde. Couloirs déserts, portes closes, volumes reliés dormant dans des bibliothèques grillagées, loin de l'agitation du monde extérieur. Les savants et les érudits, s'ils étaient au travail, ne faisaient aucun bruit. Higgins écouta le silence. Il tenta d'imaginer Frances Mortimer dans un tel cadre. Elle avait dû s'y sentir perdue.

Higgins frappa à la porte du bureau d'Eliot Tumberfast et entra. Les lieux avaient subi une considérable transformation. L'égyptologue, vêtu d'une blouse grise constellée de taches, s'agitait au milieu d'un incroyable capharnaüm. Sur trois tables, soutenues par des tréteaux, étaient étalés des débris de poteries. Sur une quatrième, plusieurs volumes ouverts et empilés, dont des in-folio. Tumberfast, les cheveux fous, mal rasé, courait d'un dictionnaire à une caisse remplie de figurines en calcaire, de la caisse à un rouleau de papyrus, du rouleau à une rangée d'amulettes en forme d'animaux que, faute de place, il avait été contraint de poser par terre. Visiblement débordé, il avait mélangé ses affaires personnelles avec celles des anciens Égyptiens. Son écharpe avait été jetée sur un vase d'albâtre, sa veste était roulée en boule dans un coffre à canopes, son casque de motard avait roulé sous l'une des tables, en compagnie de tessons de calcaire. Empoignant une lampe-flood, Eliot Tumberfast se pencha sur une longue bandelette déroulée, couverte de hiéroglyphes et de scènes énigmatiques. L'égyptologue ne s'était pas aperçu de la présence de Higgins.

Ce dernier toussota.

– Désolé de vous déranger dans vos recherches, monsieur Tumberfast, mais j'ai quelques questions à vous poser.

– Une seconde. Je suis occupé.

Eliot Tumberfast sursauta.

– Ça y est ! Je l'ai ! Venez voir.

Higgins progressa entre les vestiges de l'antiquité égyptienne, prenant soin de ne rien casser.

Tumberfast l'agrippa par la manche et lui montra du doigt le centre de la bandelette de momie.

– Là, ces deux hiéroglyphes... C'est la clé ! Vous comprenez ?

L'égyptologue associait l'homme du Yard à la joie exubérante de sa découverte.

– J'ai quelque peine à déchiffrer exactement, avoua Higgins.

Eliot Tumberfast changea brutalement d'attitude. Il posa sa lampe-flood, plia la bandelette et la plaça dans un tube métallique qu'il boucha avec soin. La jubilation avait disparu pour céder la place à un visage sévère.

– Le moment est plus solennel que vous ne l'imaginez, inspecteur. Hier soir, on m'a apporté cette moisson d'objets provenant d'une petite tombe du Nouvel Empire. J'ai senti qu'il y avait dans tout cela quelque chose d'extraordinaire ; après un inventaire rapide, j'ai classé les diverses pièces aussi vite que possible et je suis tombé sur cette bandelette. Un objet sacré entre tous, celle qui entourait le corps même de la momie. Le point de départ d'une découverte plus importante que la Relativité, inspecteur !

– À ce point ? s'étonna Higgins qui manipulait un tesson de poterie plutôt grossier.

– Les Égyptiens détenaient le secret de la mort, affirma Eliot Tumberfast avec une conviction passionnée. Les momies revivront. Sir Mortimer ne veut pas comprendre que mon attitude est parfaitement scientifique. Un jour, j'arriverai à le convaincre. Il admettra que j'ai raison.

– Fascinant, monsieur Tumberfast. Vous arrive-t-il d'utiliser de la graisse de moteur ?

– De la graisse de moteur ? Non, pourquoi ?

– Sans importance. Je vous souhaite d'aboutir, monsieur Tumberfast.

L'égyptologue semblait préoccupé.

– Puis-je vous aider ? demanda Higgins.

– Il faut que je trouve tout de suite un vase d'albâtre qui est inséparable de cette bandelette !

– Le voici, dit Higgins en dégageant le précieux objet que recouvrait l'écharpe de l'égyptologue. Une assez belle pièce, me semble-t-il. Style un peu archaïsant.

Les mains sur les hanches, Eliot Tumberfast ne cachait pas son étonnement.

– Vous semblez posséder de sérieuses connaissances, inspecteur !

– Un simple vernis de science et beaucoup d'observation. Je suis bien obligé de pratiquer un peu d'égyptologie pour pouvoir interroger la momie qui a vu les derniers instants de madame Mortimer.

– Quel horrible drame…

Eliot Tumberfast, à l'évocation de l'assassinat, fut brutalement replongé dans la réalité quotidienne. Higgins en profita pour sortir d'une de ses poches la lettre anonyme qui avait conduit Scotland Yard au cercle de jeu clandestin d'Agatha Lillby.

Il la posa avec précaution sur l'un des volumes ouverts.

– J'aimerais que vous examiniez ce document avec attention, monsieur Tumberfast.

– Me concernerait-il?

– D'une certaine manière. Je vous en dirai plus long, mais j'aimerais d'abord avoir votre avis ; un spécialiste du déchiffrement comme vous pourrait m'apporter de sérieuses lumières.

L'égyptologue se plia de bonne grâce à l'exercice imposé par Higgins. Il traita la lettre anonyme comme un papyrus classique, utilisant plusieurs types d'éclairage, comptant les lettres, appréciant les espacements, grossissant les caractères.

Il ne s'autorisa à lire le contenu de la lettre anonyme qu'à la fin de son étude technique.

– Les auteurs de ce genre de littérature sont les gens les plus méprisables qui soient, dit-il. Ce document vous a-t-il au moins permis de progresser dans votre enquête ?

– D'une certaine manière, répondit Higgins. Vos conclusions, monsieur Tumberfast ?

L'égyptologue se prit le menton dans la main gauche.

– Le coin supérieur gauche paraît gras...

Il regarda Higgins avec férocité.

– Votre question sur cette graisse signifiait... que vous m'accusez d'être l'auteur de cette lettre anonyme ?

– Ne vous affolez pas, monsieur Tumberfast. En ce qui concerne les caractères utilisés, rien de particulier ?

– Ils m'intriguent depuis le début. Ce ne sont pas ceux d'un journal ni d'une revue ordinaire, ce sont... oui, je crois avoir trouvé !

L'égyptologue se précipita vers un rayonnage où étaient rangés les volumes du *Journal of Egyptian Archeology*, la célèbre revue britannique consacrée à l'égyptologie. Il consulta fiévreusement le dernier tome paru et le montra à Higgins.

– Constatez vous-même, inspecteur : ce sont bien les caractères de cette revue ! Ce serait donc un égyptologue qui aurait rédigé cette lettre anonyme !

Higgins replia le document et l'empocha.

– Ennuyeux pour vous, très ennuyeux... d'autant plus que Mlle Lillby vous accuse d'avoir écrit ce texte.

— 27 —

Un silence suivit cette révélation. Eliot Tumberfast fut soudain frappé d'inertie.

– Vous avez bien eu une liaison avec Agatha Lillby, monsieur Tumberfast ?

– Oui... Mais pour quelle raison aurais-je envoyé une telle lettre ? À quoi correspond cette adresse de Carlisle Street ?

Higgins fixa l'égyptologue droit dans les yeux.

– Vous l'ignorez vraiment ?

– Totalement, inspecteur.

– Vous ne connaissez pas la passion de mademoiselle Lillby ? Vous ne savez pas où elle se rend chaque mardi soir ?

– Non. Elle ne m'en a jamais parlé.

Higgins feuilleta les volumes que l'égyptologue avait consultés pour l'étude des objets qui lui avaient été confiés. Des dictionnaires, des lexiques, des études abstruses sur la typologie des poteries ou le style des figurines magiques.

– Mlle Lillby joue au Black-Jack. Pas vous, monsieur Tumberfast ?

– J'ai horreur des jeux. J'ignore tout de celui-là comme des autres. Agatha et moi avons éprouvé une certaine affection l'un pour l'autre, c'est vrai mais, mais rien de sérieux.

Nous continuions à mener notre vie comme nous l'entendions, sans aucun projet d'avenir. Nous avions l'habitude de nous voir le samedi, son jour de congé. Tout est terminé entre nous depuis longtemps. Agatha était trop impulsive, trop entière.

Higgins caressa le vase d'albâtre dont le blanc opaque semblait illuminé de l'intérieur.

– Est-il exact que la venue de Frances Mortimer a été la cause de votre rupture avec Agatha Lillby ?

Eliot Tumberfast eut un sourire un peu triste.

– Je reconnais bien là les calomnies d'Agatha, sa jalousie ! Non, inspecteur, j'en avais simplement assez du caractère impossible de Mlle Lillby. Je n'ai jamais caché la profonde admiration que j'éprouvais pour Frances Mortimer, mais je ne lui ai jamais manqué de respect. Je vous en donne ma parole.

– Je vous crois volontiers, répliqua Higgins. Sinon, j'ai l'impression que Sir John Arthur Mortimer aurait réagi avec la dernière violence. À propos de votre discussion avec lui, le soir du crime, j'ai cru comprendre que vous aviez presque échangé des coups.

Tumberfast manipula des tessons de poterie. Ses doigts, trop nerveux, étaient malhabiles.

– Non, ça n'a pas été jusque-là. Je vous ai déjà dit que mon patron était incroyablement buté. Même devant des indices sûrs confirmant ma théorie, il prenait la mouche.

– N'avez-vous pas tenté de quitter son bureau ?

– Si vous insinuez que j'ai eu peur de lui, protesta l'égyptologue, serrant le poing droit comme pour broyer quelque adversaire invisible, je le nie !

Higgins s'accroupit et regarda sous les tables.

– Vous cherchez quelque chose, inspecteur ?

– Je ne comprends toujours pas comment cette momie a pu disparaître et réapparaître en un moment aussi tragique.... À moins d'adopter votre théorie, monsieur Tumberfast. Mais j'ai eu l'occasion de voir la momie à la morgue et je l'ai trouvée dans un état déplorable. Pourquoi l'avoir torturée ainsi ? Celui ou ceux qui l'ont volée n'ont pas réussi à la vendre et l'ont donc ramenée au British Museum. À la place des ravisseurs, je l'aurais plutôt jetée dans la Tamise. Comme le revolver.

– Quel revolver ? interrogea Eliot Tumberfast.

– L'arme du meurtre, voyons. Savez-vous que certains accusent la momie d'avoir tiré ?

Les yeux de l'égyptologue brillèrent d'une étrange lueur.

– Il ne faut pas trop se moquer de certaines idées qui paraissent incompatibles avec notre raison. On ne connaît pas tout sur les pouvoirs des momies.

Higgins prit en main le tube métallique dans lequel Eliot Tumberfast avait rangé la bandelette.

– Vous, un égyptologue renommé, prêtez crédit à une théorie aussi fumeuse ?

Eliot Tumberfast recommença à s'agiter. Il déplaça les caisses, cherchant à occuper ses mains.

– J'ose à peine vous confier ce que je crois entrevoir, inspecteur. Avec le nouveau texte que le hasard vient de m'offrir, mon hypothèse se conforte. Si le professeur Mortimer me laissait fouiller, je découvrirais à coup sûr la tombe du grand Imhotep, le plus fabuleux des magiciens d'Égypte, et j'obtiendrais la preuve absolue que je cherche depuis des années. Il en est convaincu, j'en suis sûr. C'est pour cette raison qu'il me déteste. Si je réussissais, je deviendrais le plus grand égyptologue du siècle.

Higgins désigna de l'index le tube métallique.

– Je peux l'ouvrir ?

– Si vous voulez, répondit l'érudit d'une voix blanche, perdu dans un rêve. Personne ne veut me croire. J'ai pourtant acquis la certitude que certaines momies sont vivantes.

– Certaines ? s'étonna Higgins qui déroulait la bandelette avec d'infinies précautions tandis que Tumberfast dérangeait ce qu'il avait rangé.

– Toutes les momies n'ont pas été préparées avec les mêmes précautions magiques. Les textes l'expliquent. Celui que vous avez entre les mains traite de la résurrection du cœur, un moment capital. Je suis sûr que la momie du grand Imhotep est la preuve la plus évidente de ce que j'avance. Dès que je la découvrirai…

Higgins examinait la bandelette mais les hiéroglyphes, d'ailleurs assez peu lisibles, demeurèrent muets pour lui.

– Monsieur Tumberfast, accusez-vous formellement cette momie d'avoir assassiné Frances Mortimer ?

L'égyptologue se figea. Les yeux baissés, les lèvres serrées, il semblait en proie à un cruel dilemme.

– Je ne peux pas vous répondre catégoriquement, inspecteur. Il aurait fallu que je l'examine avant qu'on ne la détériore. J'ose à peine vous demander. ..

Higgins enroula à nouveau la bandelette et la remit dans le tube.

– Je vous en prie, monsieur Tumberfast.

– Scotland Yard est très puissant, n'est-ce pas ? Ne pourriez-vous m'aider à obtenir l'autorisation nécessaire pour entreprendre la campagne de fouilles que le professeur Mortimer me refuse ?

Un espoir passionné animait le regard de l'égyptologue.

– Je vous aiderais volontiers, monsieur Tumberfast, mais je crains que le Yard n'ait qu'une autorité fort limitée en matière d'égyptologie. Si votre cause est juste, vous finirez par la faire triompher. La vérité est têtue.

Eliot Tumberfast ne cacha pas sa déception.

– Parfois, j'ai le sentiment que mes efforts ne seront jamais couronnés de succès.

– Ne vous découragez pas, dit Higgins, paternel. Moi-même, au cours d'une enquête, je crois quelquefois perdre définitivement le fil. L'ordre et la méthode permettent de retrouver le bon chemin. N'auriez-vous jamais rencontré un certain William W. Dobelyou ?

Eliot Tumberfast s'assit sur le rebord d'une des tables.

– Je ne connais personne de ce nom-là.

– Ce Dobelyou n'est guère recommandable, expliqua Higgins. Il dirigeait le fameux gang des antiquaires qui a pillé tant de villas contenant de somptueux objets d'art. Scotland Yard le soupçonne d'avoir volé la momie et assassiné Frances Mortimer.

– A-t-il avoué ?

– Non, mais nous avons une preuve solide contre lui : les pièces hellénistiques dérobées dans le bureau situé à côté de celui de Sir John Arthur Mortimer. Pour ma part, je suis persuadé que Dobelyou n'était que le bras d'une organisation dont la tête pensante reste à identifier. Une tête pensante connaissant bien le British Museum. Qu'en dites-vous, monsieur Tumberfast ?

– Aucune idée, inspecteur. Vous ne penseriez quand même pas à... Sir John Arthur ?

Une expression joyeuse, presque féroce, anima le visage de l'égyptologue.

– Je n'ai pas l'habitude d'avoir des opinions préconçues, monsieur Tumberfast. La suite de l'enquête nous permettra de préciser le rôle exact de chacun.

Eliot Tumberfast était déçu. Il s'attendait à une réponse plus précise.

– Cela m'étonnerait de voir le professeur Mortimer impliqué dans une telle affaire... Ce serait trop beau ! En tout cas, inspecteur, je me battrai ! Je sais qu'il ne veut pas reconduire mon contrat. La pire des injustices !

Higgins fut compatissant.

– Votre métier est sans doute une véritable vocation, monsieur Tumberfast. Soyez confiant. Quand cette malheureuse affaire sera terminée, j'aimerais parler d'égyptologie avec vous. J'aurai de multiples questions à vous poser.

Heureux d'être apprécié à sa juste valeur, l'érudit se détendit.

– Avec plaisir, inspecteur.

– Pour revenir sur un petit problème, monsieur Tumberfast, la clé de votre bureau n'ouvrirait-elle pas celui du professeur ?

L'égyptologue sourit franchement.

– Croyez-vous vraiment que mon distingué patron aurait toléré pareille chose ? Son bureau était un domaine soigneusement réservé et protégé. Le seul fait d'y pénétrer aurait constitué une faute professionnelle grave. Soyez sûr que seule sa clé ouvrait sa serrure.

– Cela me paraît vraisemblable, admit Higgins. Merci de m'avoir accueilli, monsieur Tumberfast. Vos indications m'ont été fort précieuses.

Au moment où Higgins s'apprêtait à sortir, la sonnerie aigrelette d'un téléphone résonna.

Eliot Tumberfast souleva une caisse, déplaça des livres. Il ne trouvait plus l'appareil. Se souvenant enfin de l'endroit où il devait se situer, l'égyptologue effectua une sorte de plongeon sous l'une des tables. Le portable était coincé entre deux vases assez grossiers. Tumberfast décrocha.

– Oui, c'est moi... Je t'écoute... Comment ? Non, ce n'est pas possible ! Et personne ne s'y est opposé... Incroyable ! Moi... Tu vois ce qui peut m'arriver, maintenant... Au revoir.

L'égyptologue raccrocha et se redressa. Son visage était d'une pâleur inquiétante. Il chancela, s'appuya à une table.

– Quelque chose ne va pas ? s'inquiéta Higgins.

– Le pire des événements... Un collègue vient de m'apprendre que Sir John Arthur Mortimer est nommé directeur du British Museum.

— 28 —

Higgins cheminait dans les rues de Londres à six heures trente du matin. Sa journée serait longue et fatigante. Il n'aurait même pas le temps de s'entretenir avec le superintendant Scott Marlow qui le chercherait partout et entrerait probablement dans l'une de ces fameuses colères que redoutaient ses subordonnés. Higgins était navré pour eux mais il n'avait ni une minute à perdre ni d'explications incomplètes à donner. Tant qu'il n'aurait pas effectué un certain nombre de visites indispensables, l'ex-inspecteur-chef de Scotland Yard serait incapable de progresser.

*

* *

Malcolm Mac Cullough avait deux particularités notables : il était Écossais et l'un des meilleurs commissaires priseurs du Royaume-Uni. Officiant régulièrement chez Sotheby's, il passait pour un fameux connaisseur des œuvres de l'antiquité dite païenne. D'une nature plutôt bohème, il vivait dans une vaste maison de la banlieue nord de Londres, environné de statues, de vases, de stèles et de centaines de fragments d'œuvres anciennes provenant des quatre coins du monde. Malcolm Mac Cullough, les jours où il ne travaillait pas, adoptait un rythme de vie original : il lisait la nuit pour perfectionner ses connaissances et dormait le jour. À neuf heures du matin au plus tard, il se mettait au lit.

Quand on sonna à sa porte, vers huit heures, Malcolm Mac Cullough terminait la lecture d'un ouvrage de huit cents pages sur l'origine des pieds de lampe alexandrins. Vêtu d'une robe de chambre en laine des Highlands, héritage familial, le commissaire-priseur alla ouvrir, bien décidé à éconduire l'importun.

– Higgins, cher vieux forban ! Que viens-tu faire à une heure pareille ?

– Te consulter.

D'une bourrade qui faillit déséquilibrer l'ex-inspecteur-chef, Malcolm Mac Cullough fit entrer son camarade de collège. Ils faisaient partie d'une véritable confrérie où l'on s'était juré une amitié indéfectible. Et ce serment-là n'était pas de pacotille.

– Il me reste un café turc dont tu me diras des nouvelles.

Le commissaire-priseur et son hôte s'installèrent dans une pièce du rez-de-chaussée, encombrée d'un nombre incalculable de moulages. Ils s'assirent sur deux sièges de bois à l'antique.

– Quel crime as-tu encore commis ? demanda Mac Cullough.

– Une des plus étranges affaires de ma carrière, répondit Higgins en savourant l'excellent breuvage. L'égyptologie n'a pas de secrets pour toi, à ce qu'il paraît ?

– N'exagérons rien.

– La tombe d'Imhotep à Saqqarah, c'est réellement une énigme ?

– Si tu en connais l'emplacement, emmène-moi là-bas sur l'heure. Celui qui la découvrira deviendra plus célèbre que Toutânkhamon.

– Et la tombe du général Horemheb ?

– Laquelle ?

– Y en aurait-il plusieurs ?

– En tant que général aux ordres de Toutânkhamon, Horemheb s'est fait creuser une somptueuse sépulture à Memphis. Puis il est devenu pharaon, et sa momie fut inhumée dans la Vallée des Rois. Les couleurs de cette tombe royale sont incomparables. Voudrais-tu de la documentation ?

– Volontiers. Si elle est accessible…

– Attends-moi une seconde.

Malcolm Mac Cullough quitta le salon et monta au premier étage, occupé par une bibliothèque de plusieurs milliers de volumes. Higgins appréciait le fouillis organisé de cette demeure vouée à la science, mais se demandait comment le commissaire-priseur pouvait se passer d'aide. Un jour, cela mériterait une enquête. Higgins se versa une seconde tasse de café.

Le commissaire-priseur rapporta plusieurs publications et les donna à Higgins.

– Voilà ce que j'ai pu trouver. J'espère que cela te suffira.

– Sans aucun doute. Que penses-tu des momies ?

– Aucune attirance particulière pour ce genre de personnes, répondit Mac Cullough, coupant en tranches fines un cake de sa fabrication.

– Tu en as déjà vendues, chez Sotheby's ?

– Jamais. Ce genre de pièce ne se négocie pas en public.

– Crois-tu qu'une vraie momie présenterait un intérêt financier pour un gang de voleurs professionnels ?

Le cake était un peu trop cuit au goût de Higgins, mais tout à fait honorable.

– Les momies n'intéressent guère ces gens-là. À moins qu'ils ne soient en contact avec des nécrophiles ou des collectionneurs privés aux goûts morbides. Franchement, je ne crois pas qu'un voleur professionnel prendrait des risques pour une momie. Trop de problèmes de conservation et de transport.

– As-tu entendu parler de cette momie volée au British Museum et…

– … et que l'on a retrouvée sur le cadavre de la très belle Mme Mortimer. J'en ai entendu parler comme toute l'Angleterre, j'ai vu les photos de la victime dans la presse. Cet assassinat est un véritable scandale ! Cette femme était tout à fait mon type.

– Connais-tu son mari, Sir John Arthur Mortimer ?

– Un grand patron, ambitieux. Carrière remarquable. Il est promis au plus brillant avenir. La direction du British Museum et probablement un profil politique. Certains disent qu'il n'est pas un très grand égyptologue, mais un charmeur et un administrateur de première force.

– Et son assistant, Eliot Tumberfast ? Sa réputation est-elle parvenue jusqu'à toi ?

– Il s'est fait remarquer par deux ou trois interventions érudites dans des sociétés savantes. Un garçon brillant, un peu excentrique. Un fou d'égyptologie, étouffé par son patron. Encore un de ces jeunes dont la carrière n'ira pas loin.

Higgins accepta une seconde tranche de cake. Il aurait bien passé la journée chez le commissaire-priseur, occupé à parler des bronzes antiques, des fresques crétoises ou de la statuaire pharaonique. Mais d'autres rendez-vous l'attendaient.

— 29 —

Le docteur Matthews officiait dans un somptueux cabinet de Mayfair. Sa clientèle était exclusivement composée de personnalités. Un peu surpris par un appel provenant de Scotland Yard, il avait néanmoins accepté de recevoir un inspecteur s'occupant de la douloureuse affaire Mortimer. Le docteur Matthews redoutait le scandale plus que tout. Par bonheur, son nom n'avait été imprimé dans aucun des articles de presse consacrés à ce que les feuilles à scandale nommaient « le meurtre de la momie ».

Le praticien demanda à sa secrétaire la liste de ses rendez-vous du matin. D'abord un député travailliste qu'il voyait pour la première fois, puis deux anciens clients, un banquier et un acteur de cinéma.

– Votre premier patient est arrivé, le prévint son assistante.

– Faites entrer.

Le cabinet de consultation du docteur Matthews ressemblait à une galerie d'art. Aux murs de la vaste pièce étaient accrochés plus de cent tableaux peints par le docteur lui même. Un bureau chippendale, deux fauteuils pour les visiteurs, un divan, une bibliothèque remplie de somptueuses reliures, un immense lustre de cristal : l'ensemble respirait le luxe et l'harmonie nécessaires pour mettre les malades en confiance.

L'assistante introduisit le premier patient.

– Prenez place, cher monsieur, dit le docteur.

L'homme ne paraissait guère à son aise. Matthews connaissait bien ce genre de malade : introverti, hypocondriaque, replié sur soi-même, secret à l'excès. Une seule méthode : l'attaque directe, sans laisser à l'interlocuteur le temps de s'enfermer dans sa carapace.

– De quoi souffrez-vous ?

– De rien de particulier, docteur.

Matthews avait horreur qu'on se moque de lui. Il prit une attitude sévère.

– Mais alors... pourquoi êtes-vous ici ?

– À cause de Scotland Yard, répondit Higgins qui regardait tantôt le docteur, tantôt les tableaux qu'il appréciait beaucoup moins que ceux du précepteur de Frances Mortimer.

– Ah... vous êtes...

– Higgins. Heureux de vous connaître. Vous étiez le médecin de famille des Mortimer, n'est-ce pas ?

– Oui, mais je n'ai probablement rien à vous apprendre sur le drame qui vous amène.

– Détrompez-vous, dit Higgins en se levant et en contemplant les toiles. Votre témoignage risque d'être capital, docteur. Ne seriez-vous pas l'auteur de ces remarquables tableaux ?

– Effectivement, répondit Matthews en rosissant.

Le carton d'invitation au vernissage du docteur Matthews, posé sur son bureau à côté de la lampe en bronze, avait été fort utile à l'ex-inspecteur-chef pour découvrir le point faible du praticien.

– Vous êtes un remarquable observateur de la nature, nota Higgins. Ces champs de blé, ce petit pont sur une rivière, ce flanc de montagne…

Le docteur buvait les paroles du policier. Il modifiait son jugement sur l'inculture de la force publique.

– Je ne suis qu'un modeste amateur, inspecteur.

– Je suis persuadé que la malheureuse Mme Mortimer appréciait beaucoup votre œuvre.

– Elle ne m'en a jamais parlé, déplora le praticien.

– C'était une femme très secrète, expliqua Higgins. Elle respectait votre humilité d'artiste. N'était-elle pas un peu souffrante, ces derniers temps ?

Le visage du docteur Matthews se ferma.

– Le secret professionnel, inspecteur…

Higgins s'arrêta devant un cerisier en fleurs d'une affligeante banalité.

– Il n'entre pas dans mes intentions de violer ce secret, affirma Higgins. Néanmoins, j'ai besoin de connaître votre sentiment. Un observateur tel que vous a forcément remarqué des détails qui échapperaient au policier le plus habile. Je fais appel à votre conscience d'homme et à votre regard d'artiste, docteur Matthews : Frances Mortimer souffrait-elle d'une affection particulière ?

Le praticien réfléchit. Il avait devant lui un être sensible, intelligent, un homme capable de partager une information confidentielle sans en faire un usage excessif. Au fond, cet inspecteur avait raison. Lui, le docteur Matthews, était un témoin essentiel.

– Une affection… Si l'on veut. Une sorte d'infirmité, plutôt. Mme Mortimer ne pouvait pas avoir d'enfant.

– Cela influençait-il sa santé morale ?

– Par moments, mais je crois qu'elle en avait pris

son parti. Pourtant, elle traversait une période un peu dépressive.

– Qui aurait pu la conduire… jusqu'au suicide ?

L'hypothèse effraya le docteur Matthews. Il n'osa se prononcer.

– Croyez-vous, docteur, que Mme Mortimer utilisait cette triste disposition physique pour… pour entretenir des rapports extra-conjugaux ?

– Cela ne se voit pas médicalement, inspecteur !

La réaction outragée du docteur Matthews prouva à Higgins qu'il était presque allé trop loin. Il s'extasia une longue minute sur un coucher de soleil pour retrouver les bonnes grâces du praticien.

– Frances Mortimer n'était-elle pas soucieuse, dans les semaines qui ont précédé sa mort ? Ne vous a-t-elle pas consulté ?

– Si, plusieurs fois. Elle était anxieuse, en effet. Lors de sa dernière visite, une quinzaine de jours avant sa disparition, je lui ai prescrit des somnifères légers pour qu'elle retrouve le sommeil.

– Elle ne vous a plus demandé de conseils, même par téléphone ?

– Non.

Higgins s'assit à nouveau et prit des notes sur son carnet noir.

– Vous avez vu Sir John Arthur Mortimer, la veille du drame. Il était grippé, je crois ?

– En effet. Je l'ai trouvé fatigué, affaibli, et j'ai diagnostiqué une attaque virale. La grippe est virulente, à Londres. Mais je ne me faisais guère d'illusions. Sir John Arthur a horreur des médicaments. Il n'a adopté que l'aspirine. Tout au plus avait-il accepté de garder la chambre quelques jours.

Madame Mortimer se préoccupait de la santé de son mari. Elle estimait qu'il travaillait trop. C'est également mon avis, mais impossible de le raisonner.

Higgins referma son carnet.

– Merci pour cette instructive consultation, docteur.

— 30 —

À dix heures trente du matin, l'hôtel particulier des Mortimer était baigné par la triste lumière d'un soleil pâle. Higgins poussa la grille qui n'était pas fermée. Sans doute une négligence de Barry, le chauffeur préposé à mille tâches ingrates. Higgins se dirigea droit vers le garage où, sans trop d'empressement, il astiquait les chromes de la Rolls.

– Bonjour, Barry. Pourquoi avoir envoyé cette lettre anonyme à Scotland Yard ?

Les yeux fixes, tétanisé, le chauffeur contemplait le document brandi par Higgins, comme s'il signifiait son arrêt de mort.

– Ne croyez pas que je sois Sherlock Holmes ; vous êtes vraiment trop maladroit pour rester anonyme. De l'huile de moteur sur le coin supérieur droit de la lettre, une expression haineuse et vulgaire comme « la Frances » et des caractères découpés dans un double du *Journal of Egyptian Archeology* que vous avez récupéré dans la corbeille à papier de votre patron.... Être un corbeau risque de vous coûter cher. Pas aussi cher qu'un meurtre, cependant.

Le chauffeur réagit enfin. Il jeta au loin sa peau de chamois et recula jusqu'à se plaquer contre le mur du fond du garage. Un rictus déforma sa bouche.

– Je n'ai pas fini d'en raconter sur cette bande de richards ! Si vous m'arrêtez, je dirai tout !

– Agatha Lillby n'est pas une personne si fortunée, que je sache ?

– Celle-là, elle en a eu pour son compte ! Elle se doutait pas que je connaissais sa combine avec les autres femmes de chambre. Manque de chance, l'une d'entre elles est devenue une de mes très bonnes amies. Agatha n'aurait pas dû me plaquer. Avec cette histoire-là, elle sera fichue à la porte !

– Nous verrons bien, Barry. Mais pourquoi avoir lié la passion d'Agatha Lillby pour le jeu au meurtre de Mme Mortimer ?

Le chauffeur ne quittait pas sa position, comme si elle lui assurait une quelconque sécurité.

– Frances Mortimer était une aguicheuse, elle n'aimait personne. Son mari est un snob prétentieux, un fin-de-race qui méprise tout le monde. Philipp Mortimer, un sale petit gosse de riche, un parasite. Tous des crapules ! On devrait détruire ces gens-là.

– Une fois encore, pourquoi mêler Agatha Lillby à ce meurtre ?

– Je ne suis pas un flic. Débrouillez-vous.

– Et vous, Barry ? Ne seriez-vous coupable de rien ?

Menaçant, le chauffeur s'avança vers Higgins.

– Moi, inspecteur ? Je nettoie, je balaye, je vide les poubelles, je fais briller la Rolls, j'entretiens le jardin, je suis l'esclave !

– Vous occupez-vous aussi de la moto de Philipp Mortimer ? coupa Higgins.

Pris au dépourvu, son élan interrompu, Barry demeura muet quelques secondes.

– Surtout pas ! Avec cette teigne de fils à papa, j'aurais des histoires sans arrêt. Sa superbe BMW, Philipp ne la rentre même pas dans le garage. Il s'en occupe lui-même. Pas mon affaire. Vous savez qu'il se saoule tous les soirs ? Qu'il fraye avec une bande de voleurs ? Vous savez que le digne Sir Mortimer est tellement pingre qu'il m'a refusé toute augmentation depuis deux ans ?

– Tout cela est des plus intéressants, admit Higgins, mais les accusations que vous portez sont bien obscures. Si vous avez une idée précise sur l'identité de l'assassin de Frances Mortimer, ayez le courage de la préciser.

Barry se renfrogna.

– Aucune importance. Elle a eu ce qu'elle méritait.

– Vous semblez si bien informé, Barry, que je serai obligé de vous revoir. Ne quittez Londres sous aucun prétexte, et tâchez de trouver une bonne explication pour votre comportement le soir du crime.

*

* *

En ce début d'après-midi, la campagne du Sussex acceptait, avec une abnégation vieille de plusieurs siècles, une pluie fine et interminable. Higgins avait pris le train, se privant de déjeuner. Il aurait été particulièrement indécent d'être en retard à son rendez-vous de quinze heures trente.

Être en avance procurait à Higgins un plaisir certain. Il pouvait s'imprégner d'un lieu, d'une demeure, de la présence invisible des êtres. Le silence donnait des réponses que l'on ne pouvait plus entendre quand des individus, coupables ou non, défendaient leur vérité.

Higgins était descendu à la minuscule gare de Lambsworth où le train ne s'arrêtait que deux fois par jour. Une calèche l'attendait, garée entre deux voitures. L'ex inspecteur-chef se présenta au cocher qui le salua et l'aida à monter dans le véhicule. Le cheval s'ébranla et quitta bientôt la route pavée pour s'engager dans un chemin de terre. Alors que la calèche passait sous la frondaison de chênes centenaires, Higgins fut secoué par un violent éternuement. Le virus grippal, sans aucun doute. Chaque fois qu'il séjournait à Londres, il en était victime. Le doux spectacle de la campagne lui parut soudain moins attrayant. Un bon lit, une bouillotte et un grog devenaient des nécessités impérieuses. Mais auparavant, il devait aller jusqu'au bout de ce chemin de terre et savoir utiliser les bonnes paroles au bon moment.

La lourde demeure était entourée de hauts sapins. Construite en pierre de taille, haute de trois étages, c'était un castel sans âge, à l'écart du monde. L'endroit était sans doute assez plaisant aux beaux jours mais, pour y vivre en cette saison, il fallait avoir un goût effréné pour la solitude.

La calèche s'arrêta. Higgins descendit. Le cocher l'imita et le guida vers l'entrée principale de la demeure. L'ex-inspecteur-chef de Scotland Yard ne put réprimer un frisson. Une nouvelle attaque de la grippe. Peut-être aussi une certaine anxiété de rencontrer et de devoir interroger un notaire à la triste retraite, le père de Frances Mortimer.

— 31 —

– Il est dix heures passées, bougonna Mary à l'intention de Higgins. Même avec la grippe, ce n'est pas une raison pour rester couché aussi tard.

Higgins attendit que Mary fût sortie de sa chambre avant d'ouvrir les yeux. Elle avait apporté un petit déjeuner succinct : du thé et deux toasts à peine beurrés, sans confiture ni bacon. Des mesures de représailles particulièrement injustes. Mary, avec sa santé de fer et son dynamisme insolent, ne croyait jamais aux maladies de Higgins. Pourtant, celui-ci était bel et bien affligé d'une redoutable grippe. Les yeux et le front brûlants, le corps agité de frissons, une migraine à couper au couteau. Higgins était péniblement rentré chez lui, à *the Slaughterers*, après son entretien avec le père de Frances Mortimer. Le voyage de retour, avec trois changements de train, avait été un véritable calvaire.

S'il n'y avait eu cette difficile enquête qui le contraignait à aller de l'avant, l'ex-inspecteur-chef aurait appliqué la thérapeutique la plus efficace : le sommeil. Il dut se résoudre à employer des moyens plus rapides.

Puisqu'il était hors de question de faire appel à Mary, Higgins se leva, se vêtit d'une veste d'intérieur doublée de laine, enfila des mules et passa dans son cabinet de toilette, dont la plus grande partie était occupée par une vaste cabine de douche en carreaux de faïence. Higgins détestait les baignoires où, selon lui, on n'apprenait que le laisser aller. Dans une armoire laquée rouge, il chercha d'une main fiévreuse le tube d'Influenzinum qu'un pharmacien de chez Nelson lui renouvelait chaque année. Étant donné la gravité de la situation, l'ex-inspecteur-chef était décidé à absorber vingt granules en cinq prises espacées. Il y ajouterait un litre de tisane de thym pour renforcer ses défenses naturelles.

Les jambes cotonneuses, Higgins descendit avec prudence l'escalier de chêne massif qui conduisait au rez-de-chaussée. Il traversa le hall aux dalles de marbre et s'apprêtait à entrer dans sa cuisine privée quand la voix de Mary retentit derrière lui.

– La tisane de Monsieur est servie dans le salon. On demande Monsieur au téléphone.

Higgins fut bien obligé de se rendre dans la cuisine de Mary. L'esprit un peu embrumé, il prit le combiné posé à côté du poste de télévision qui jouxtait la cuisinière.

– Higgins à l'appareil... Ah ! Watson ! Merci d'avoir rappelé si vite... Je vais très bien, merci... et toi ?

Watson B. Petticott était l'une des têtes pensantes de la Banque d'Angleterre. Camarade de collège de Higgins, il faisait partie de son clan très restreint d'amis indéfectibles. Toute sa vie, Watson B. Petticott avait regretté d'avoir choisi la carrière de banquier. Sa passion, c'étaient les enquêtes policières. Il se sentait revivre lorsque Higgins faisait appel à lui pour obtenir des renseignements confidentiels sur un suspect.

Higgins écouta attentivement son correspondant qui parla pendant plus de dix minutes.

– Tout à fait remarquable, Watson. Tu me donnes à la fois une confirmation et une piste nouvelle… Tu aurais été un remarquable élément à Scotland Yard… Comment ? Le coupable dans l'affaire Mortimer ? C'est une autre histoire… Bien entendu, je te tiendrai au courant… Oui, expédie-moi le dossier que tu as préparé… À bientôt, Watson.

Higgins avait à peine raccroché que le téléphone sonna à nouveau. Ce bruit strident était profondément désagréable. Higgins ne regretta pas d'avoir exclu cet appareil de son domaine privé. À contrecœur, il décrocha.

– Higgins à l'appareil…

Une voix puissante, où perçait un réel mécontentement, retentit dans l'oreille droite de l'ex-inspecteur-chef.

– Ici, Marlow. Où étiez-vous passé, Higgins ? Je vous ai cherché partout ! En désespoir de cause, j'ai pris la liberté de vous appeler chez vous, malgré vos recommandations.

– Du nouveau, superintendant ?

– Je viens de recevoir le long rapport de la police scientifique et des experts qui ont étudié la scène de crime.

– Passionnant, j'espère ?

– Passionnant, passionnant… Beaucoup de verbiage, et une seule conclusion nette : Frances Mortimer a été tuée par balles.

– Rien d'autre ?

– Sur le reste, les experts divergent.

– Et la momie ?

– Pas un mot.

– Pourtant, elle était témoin, voire suspecte.

– Higgins, je vous parle de rapports scientifiques !

– Fournissent-ils des pistes ?

– Aucune. Et vous ?

– J'ai été obligé de rendre un certain nombre de visites pour éclairer des points obscurs.

– Pour ma part, indiqua Scott Marlow, j'ai procédé à de nouveaux interrogatoires de Dobelyou et d'Indira Li.

– Ont-ils modifié leurs déclarations ?

– Non, mais je crois que tout est clair désormais. Nous sommes en présence d'une sombre affaire de vol à laquelle la famille Mortimer et ses domestiques ne sont pas étrangers. Je ne peux croire que Sir John Arthur soit impliqué de près ou de loin, mais il est certain que Frances Mortimer a payé de sa vie son honnêteté. Elle a refusé de cautionner plus longtemps un trafic d'antiquités. Dobelyou s'est affolé. Avec la complicité de Philipp Mortimer, je le redoute, il a tué madame Mortimer. Des objections, Higgins ?

– Ce serait un peu long au téléphone, superintendant. Mais votre théorie a de quoi séduire.

– Quand rentrez-vous à Londres pour m'aider à mettre un point final à cette affaire ?

– Demain, j'espère.

– Un ennui ?

– Une mauvaise grippe. Le climat londonien ne me convient pas.

– Si vous n'êtes pas là demain matin, j'envoie une voiture vous chercher. Nous avons travaillé ensemble, Higgins, nous conclurons ensemble.

– Soyez sans crainte, superintendant. Laissez-moi un jour de répit. À demain, au Yard. Et surtout… ne retéléphonez pas.

— 32 —

Mary entra dans sa cuisine au moment où Higgins raccrochait.

– Votre tisane va être froide.

– Je m'installe dans le salon, Mary. Qu'on ne me dérange sous aucun prétexte. J'ai beaucoup de travail.

Mary resta silencieuse. Malgré elle, elle avait entendu les conversations de Higgins et identifié ses correspondants. Le premier, Watson B. Petticott, était son banquier. Higgins avait probablement fait quelques mauvais placements. Le second, Scott Marlow, replongeait périodiquement Higgins dans l'atmosphère de Scotland Yard, l'arrachant à l'existence normale. Tant que l'ex-inspecteur-chef n'aurait pas rompu définitivement avec cette vie policière, remplie de turpitudes et de scandales, il n'aurait que des ennuis. Mary, une ou deux fois, avait clairement exprimé son opinion sur ce point. Abandonnant Higgins et son « travail », elle commença à préparer le déjeuner tout en jetant un œil sur son journal favori, *The Sun*, où il était question, en première page, de deux crimes abominables, d'un enlèvement d'enfant et de l'agression d'une banque à main armée.

*

* *

Higgins se sentait un peu mieux. Tout compte fait, ce n'était pas si désagréable d'être un peu grippé quand on pouvait se caler dans un fauteuil profond, devant un feu de bois, un verre de *Royal Salute* en main. Bien emmitouflé dans sa veste d'intérieur, Higgins digérait un pot-au-feu, les yeux mi-clos, observant Trafalgar le siamois. Roulé en boule, le félin, menton appuyé sur les pattes avant, avait élu domicile sur un coussin jaune or rempli de duvet. Ce n'était pas un temps à mettre un chat dehors. Un brouillard givrant s'abattait sur *the Slaughterers*. Ce serait bientôt la fin du jour.

Et l'ex-inspecteur-chef s'offrit un plaisir rare : relire les mémoires de son ancêtre qui s'était illustré en s'occupant d'une momie jugée pour meurtre[1].

Au moment de sombrer dans un sommeil réparateur, Higgins éprouva une étrange sensation. Le visage de Frances Mortimer lui apparut, tel qu'il le connaissait d'après les portraits de son précepteur. Ce ne fut qu'une vision fugace, mais Higgins sut qu'il ne pourrait pas s'endormir avant d'avoir fait le point.

– Nous avons du travail, Trafalgar, dit-il au siamois qui dressa l'oreille gauche. Nous allons tenter d'y voir un peu plus clair.

De la poche la plus profonde de sa veste d'intérieur, Higgins sortit le carnet noir sur lequel il avait pris quantité de notes depuis le début de l'enquête. Excluant les idées préconçues, il ne se fiait pas à de simples sensations. Selon la vieille méthode des alchimistes, qui avaient si souvent rempli le trésor des souverains britanniques, Higgins accumulait des faits, des observations, des expériences et attendait que la vérité se fasse jour d'elle-même. Cette grippe

1. Voir *Le procès de la momie*, XO.

était sans doute un signe du ciel. Où, mieux que dans sa demeure, aurait-il pu trier l'essentiel du secondaire ?

Higgins commença par relire trois fois l'intégralité de ses notes. Sa mémoire accomplissait d'étranges opérations où chaque élément prenait peu à peu sa place. Qui aurait comparé le cerveau de Higgins à un ordinateur l'aurait profondément vexé, car il se sentait bien différent d'une machine. En lui existait l'inestimable faculté d'appréciation qu'aucun engin, si perfectionné soit-il, ne posséderait jamais.

– L'essentiel, Trafalgar, c'est de poser les bonnes questions.

Higgins se rapprocha du feu. Dehors, la tourmente se déclenchait. Dans le salon régnait une douce température. Le siamois entrouvrit les yeux, sans changer de position.

– Première énigme : Frances Mortimer elle-même. Qui était-elle, au juste ? Une femme admirable ou une aguicheuse qui profitait de sa beauté pour répandre le malheur autour d'elle ? En ce cas, elle aurait pu être assassinée par un être jaloux, souffrant au point de tuer celle qui causait cette souffrance.

Trafalgar émit une sorte de ronronnement, décroisant les pattes et les recroisant.

– Revenons à une certitude, au départ de toute l'affaire : le meurtre a été commis dans l'annexe du British Museum. On y a mêlé une momie… À moins qu'elle ne soit l'assassin, soit directement, soit par personne interposée. Pourquoi les circonstances du vol de la momie n'ont-elles jamais été élucidées ? Pourquoi n'est-on pas parvenu à identifier le voleur ? Et puis il y a ce gang, avec Dobelyou. Pour tenter une opération pareille, il devait être bien renseigné. Par qui ? Agatha Lillby, Philipp Mortimer, Sir John Arthur en personne, Eliot Tumberfast ou… Frances Mortimer qu'on aurait été obligé de supprimer pour la faire taire ? Impératif absolu : retrouver l'itinéraire de la momie. Je me demande si ce n'est pas la clé du mystère.

Higgins fut obligé de se lever pour mettre une bûche dans l'âtre. Les flammes bondissaient en longs cheveux de feu, le bois crépitait. L'ex-inspecteur-chef s'installa à nouveau dans son fauteuil.

– Vois-tu, Trafalgar, tous les personnages qui ont gravité autour de Frances Mortimer sont plutôt intelligents. Ils ne s'apprécient guère les uns les autres. Certains se haïssent. Pourquoi s'est-elle trouvée au centre de ce tourbillon ? Je les ai répartis en trois catégories. Dans la première, ceux qui aimaient ou admiraient Frances Mortimer : Sir John Arthur, son mari ; Philipp Mortimer ; Eliot Tumberfast ; le vieux précepteur. Dans la seconde, ceux qui la détestaient : Agatha Lillby, la femme de chambre ; Barry, le chauffeur. Dans la troisième, Dobelyou, qui ne semble pas l'avoir rencontrée et J. J. Battiscombe, le veilleur de nuit, qui n'a exprimé aucun avis.

Trafalgar, comme s'il sentait que Higgins approchait d'un carrefour essentiel de son enquête, changea de position. Il se disposa en sphinx, queue et pattes arrière rentrées, pattes avant allongées.

– Dobelyou, Philipp Mortimer, Agatha Lillby, Barry et J. J. Battiscombe n'ont aucun alibi sérieux. Sir John Arthur Mortimer et Eliot Tumberfast ne pouvaient être présents sur le lieu du meurtre, pas plus que le précepteur de Frances Mortimer, qui est impotent. Mais peut-être ces derniers étaient-ils liés, d'une façon ou d'une autre, au gang des voleurs. Peut-être même l'un d'eux était-il la tête pensante de cette bande.

Le siamois sortit ses griffes et les rentra.

– Oui, je sais, j'ai oublié quelqu'un, la petite Indira Li, l'« assistante » de Dobelyou. Que veux-tu, j'aimerais bien la tirer d'un mauvais pas. Mais elle aussi se trouvait dans l'annexe du British Museum lorsque le crime a été commis. Et je n'ai pas le droit de me laisser aveugler.

Higgins aimait particulièrement le début de la nuit, lorsque tout se confondait, quand le ciel et la terre s'unissaient pour préparer la lumière du lendemain. L'aube n'avait de sens qu'en fonction des ténèbres. Il en allait de même dans une enquête criminelle où il fallait entrer dans l'âme d'un assassin, dévorée par de telles ténèbres qu'il devenait capable du pire des actes : donner la mort. Higgins ne s'habituerait jamais à cette idée. En prenant une retraite anticipée, il avait cru échapper à l'univers de Scotland Yard. Mais quel professionnel honnête aurait eu le droit de laisser impuni l'assassin de Frances Mortimer ?

– En bonne méthode, Trafalgar, il est indispensable de s'attacher d'abord au cas de ceux qui ont menti. Qui dissimule de petites choses a souvent de grands méfaits à cacher. Agatha Lillby a menti sur son emploi du temps le soir du crime. J. J. Battiscombe a menti sur son comportement à son poste de veilleur de nuit. Philipp Mortimer a menti par omission. Curieuse trinité : Philipp Mortimer aimait Frances, Agatha la détestait, Battiscombe était neutre. Et les trois membres de cette trinité-là ont un rapport direct avec la clé qui a permis de fermer la porte du bureau où Frances Mortimer a été assassinée. Philipp Mortimer en possédait un double, Agatha Lillby en connaissait certainement l'existence et Battiscombe avait accès au tableau de service où se trouvait une clé de secours. Mais restent encore la momie et le trafic d'antiquités. Il y a plusieurs fils qui s'entrecroisent, Trafalgar. L'assassin a dû jouer sur plusieurs registres, passant de l'un à l'autre, adoptant le masque nécessaire au bon moment.

Le siamois ne quittait plus son maître des yeux. D'expérience, Higgins savait que le chat est l'animal qui permet à son collaborateur – et non à son maître, car jamais chat ne fut disciple de quiconque – de mettre au jour ses intuitions profondes. Higgins ne comprenait d'ailleurs pas pourquoi la présence des félins n'était pas obligatoire dans les locaux de Scotland Yard.

– Venons-en aux caractères, Trafalgar. Sir John Arthur Mortimer : hautain et charmeur en même temps, ambitieux, acharné, assoiffé de pouvoir, sûr de lui, soucieux de sa dignité au point de ne pas vouloir laisser paraître sa peine. Philipp Mortimer : entier, violent, instable, amoureux fou de Frances Mortimer. Eliot Tumberfast : passionné, fougueux, mystique, hypersensible, une véritable vocation pour sa science. Agatha Lillby : tempérament exigeant, qu'elle dissimule pendant ses heures de travail, dévorée par la passion du jeu, de l'argent. Barry : un révolté qui s'estime incompris, un anarchiste, mais aussi un lâche qui n'hésite pas à salir son entourage. J. J. Battiscombe, un fonctionnaire déçu par la vie, un peureux, de la rancœur cachée sous un uniforme. Dobelyou : un voleur qui sait se rendre vulgaire et prétentieux pour faire oublier qu'il a amassé une fortune et trafiqué avec les grands de ce monde, un homme prudent. Le précepteur de Frances Mortimer : un idéaliste qui a trouvé sa déesse, mais aussi un vieillard quelque peu lubrique, l'ange et la bête dans le même être. Indira Li, une charmante jeune fille, mais une voleuse, qui sait jouer de sa beauté. Les voilà tels qu'ils sont apparus, Trafalgar. Mais apparus seulement…

Le siamois déplia ses pattes, se redressa, quitta son coussin, fit quelques pas d'une élégance suprême et sauta sur les genoux de Higgins qui lui caressa doucement le sommet du crâne. Trafalgar ronronna.

– Bien sûr, le mobile du meurtre… le vol ? Un crime passionnel ? Une froide machination ? Une épouvantable erreur ? Un suicide maquillé en crime ? Ou tout autre chose… La réponse est ici, Trafalgar.

Sur les dernières pages de son carnet consacrées à l'affaire Mortimer, Higgins avait noté ce qu'on lui avait dissimulé et ce qu'il avait vu quand même, enregistré les réponses qu'on aurait dû lui faire, les oublis si graves qu'ils devenaient mensonges, les petits détails qui, ajoutés les uns aux autres, formaient des révélations. De toute cette mathématique, de ce creuset d'alchimiste aurait dû sortir le nom de l'assassin, avec une totale certitude.

Ce n'était pas le cas.

Chacun des personnages que Higgins avait évoqués trouvait place dans l'une des cases d'un tableau qu'il avait dessiné. Des flèches les reliaient les uns aux autres selon leurs affinités ou leurs inimitiés. Certes, il restait quelques précisions à apporter, des détails à vérifier, à la suite des dernières informations obtenues. Mais cela ne fournissait rien de vraiment décisif. Tout était là, sous ses yeux, et il ne voyait pas.

Comment ne pas songer à *L'Ode à la momie* de la sublime poétesse J. B. Harrenlittlewoodrof, promise au prix Nobel de littérature et dont les premiers vers évoquaient à merveille la situation :

« Ô corps incertain, foyer de lumière,
monde ténébreux où l'espoir s'achemine,
Toi, mystère accompli des dieux vigilants,
trace l'éternité de tes yeux verdoyants. »

Higgins passa lentement l'index de sa main droite sur chacun des noms, de haut en bas du tableau, puis de bas en haut, et il recommença. Soudain, il ressentit une douleur à la main gauche. Trafalgar l'avait légèrement mordu. Higgins avait sans doute dérangé le siamois en bougeant, à moins que… À moins qu'il n'ait voulu désigner le nom sur lequel le doigt de l'ex-inspecteur-chef s'était arrêté à ce moment-là !

– Ce serait tout à fait extraordinaire, Trafalgar, car il faudrait que…

Higgins se sentait beaucoup mieux. La lumière venait de se faire dans son esprit. Les morceaux du puzzle s'emboîtaient. Tout concordait parfaitement.

Higgins s'accorda une larme de *Royal Salute*. À présent, il connaissait le nom de l'assassin de Frances Mortimer.

— 33 —

C'est vers onze heures du matin que Higgins, bien que fiévreux et manquant d'entrain, pénétra dans un immeuble de Haymarket, à Londres. Cette vieille rue était encombrée par des boutiques de second ordre, kiosques à souvenirs, artisanats d'un goût incertain. Higgins se demandait comment le classique Burberry's et Fribourg and Treyer, le plus ancien marchand de tabac de la capitale, pouvaient survivre dans un tel environnement.

Autant l'extérieur de l'immeuble était lépreux, autant l'intérieur était luxueux. Atmosphère feutrée, candélabres au pied de l'escalier, ascenseur ultramoderne. Les trois étages étaient occupés par l'agence Top-Model dont Higgins avait trouvé l'adresse sur la carte de visite subtilisée chez le précepteur de Frances Mortimer, dans la chambre 215 de l'hôtel Bellevue. La jugeant plutôt insolite et construisant une hypothèse sur ce qu'elle pouvait dissimuler, il était venu vérifier.

Les bureaux de l'agence se trouvaient au premier étage. Higgins dédaigna l'ascenseur et emprunta l'escalier. La porte palière était rien moins que somptueuse, avec ses dorures et son décor d'angelots sculptés dans du stuc. Higgins sonna. Une charmante personne du sexe féminin lui ouvrit. La jolie demoiselle était vêtue d'un tailleur feuille d'automne qui lui allait à ravir. Elle offrit à Higgins un sourire des plus avenants.

– Vous aviez rendez-vous ?

– Pas exactement, mais…

– Cela n'a aucune importance, cher monsieur. Je vais vous conduire au salon bleu où Mme Toppy vous aidera à étudier nos propositions.

Higgins se demanda s'il ne s'était pas aventuré sur un terrain trop délicat, mais la conscience professionnelle lui interdisait de reculer tant qu'il n'aurait pas obtenu un résultat concret. Il fit donc la connaissance du salon bleu, un endroit d'un raffinement exquis, peuplé de gravures françaises du XVIIIe siècle représentant des jeunes filles alanguies dans des paysages de rêve.

Mme Toppy, bourgeoise classique, était assise derrière un bureau en marqueterie.

– Heureuse de vous accueillir dans notre agence, cher monsieur. Puis-je connaître vos desiderata ?

Higgins préféra rester debout. S'asseoir sur une bergère Louis XV ne lui disait rien qui vaille.

– C'est un peu compliqué, chère madame.

Elle eut un sourire entendu, habituée aux clients difficiles.

– Voudriez-vous jeter un coup d'œil sur ce cahier ?

La directrice de l'agence Top-Model ouvrit un grand classeur recouvert de cuir fauve et le proposa à Higgins. D'un doigt habile, elle en tourna les pages, laissant à son visiteur le loisir d'apprécier une succession de photographies. De superbes jeunes femmes vêtues de robes du soir posaient dans des postures assez conventionnelles. Higgins demeurait de marbre.

– Vous ne trouvez rien d'intéressant ? s'inquiéta Mme Toppy.

– Je suis un peu embarrassé, avoua Higgins... Comment dire...

La directrice de l'agence referma le classeur, dévisageant son client par en dessous.

– Vous ne seriez pas... organisateur de spectacles ou quelque chose d'approchant ? interrogea-t-elle.

– C'est exactement ça, approuva Higgins avec un sourire réconfortant. Je recherche une ancienne collaboratrice très douée que j'ai perdue de vue. On m'a dit que votre agence rassemblait les meilleures actrices de Londres. Puis-je vous demander si cette dame travaille bien chez vous ?

Higgins posa une photographie sur le bureau de Mme Toppy. Un visage. La directrice de l'Agence l'étudia avec soin.

– Je ne crois pas, mais ça me dit quelque chose. Les spectacles que vous organisez sont plutôt... privés ?

– Tout à fait, assura Higgins.

Une lueur perverse anima le regard de Mme Toppy. Elle prit un troisième classeur dans le tiroir de son bureau, en tourna les pages, s'arrêta avec un air de contentement et présenta à son client la photographie d'une jeune personne tout à fait dévêtue. Allongée sur un canapé, elle ne dissimulait rien de ses charmes.

– Ne serait-ce pas la... collaboratrice que vous cherchiez ? demanda Mme Toppy.

– C'est bien elle, en effet. Est-elle disponible ?

– Cela pourra sans doute s'arranger, cher monsieur. Si nous parlions d'abord de ma commission ?

*

* *

Après un détour par une pharmacie où il devait procéder à quelques indispensables achats techniques, Higgins prit un taxi pour Scotland Yard.

Quand il entra dans le bureau du superintendant Scott Marlow, ce dernier se débattait avec une pile de rapports administratifs signalant une série d'erreurs dues au circuit informatique. L'humeur de Marlow ne paraissait pas excellente.

– Higgins, enfin ! Alors, qu'avez-vous découvert ?

– Je vous invite au théâtre, superintendant.

– Pardon ?

– Il se joue actuellement à Londres une pièce que nous devons voir. J'aimerais connaître votre avis.

– C'est très aimable à vous, Higgins, mais...

Scott Marlow n'était pas un fanatique de la culture. Il passait la plupart de ses soirées au Yard, occupé à veiller sur la sécurité du Royaume-Uni.

– Rendez-vous à dix-neuf heures au Lyric Hammersmith, King Street. Je suis certain que vous ne regretterez pas votre soirée.

Résister à Higgins n'était pas facile. Scott Marlow céda.

– Comment s'appelle la pièce ?

– Crime et Châtiment.

*

* *

Higgins et Scott Marlow étaient installés au deuxième rang. Le superintendant trouvait le siège trop dur, ne comprenait pas toujours le déroulement de la pièce et n'appréciait guère le jeu des acteurs.

– Mais enfin, Higgins, murmura-t-il à l'oreille de son collègue, pourquoi m'avoir entraîné ici ?

– Attendez la scène suivante, celle de la servante.

Les deux hommes pouvaient échanger des propos sans crainte de déranger l'assistance. L'avant-dernière représentation de *Crime et Châtiment* ne faisait pas recette. Il n'y avait qu'une cinquantaine de spectateurs disséminés dans la salle.

Scott Marlow suivit les recommandations d'Higgins, bien qu'il s'ennuyât ferme. La servante ne demeura qu'une ou deux minutes sur scène, sans prononcer le moindre mot. Le régisseur avait voulu donner un peu de travail à une figurante.

– Fascinant, commenta Higgins.

– À quel propos ? s'inquiéta le superintendant.

– Cette servante… Elle ne vous rappelle personne, même maquillée pour le théâtre ?

– Je ne vois pas. À qui devrait-elle me faire penser ?

Higgins montra à Scott Marlow la photographie qu'il avait déjà utilisée à l'agence Top-Model. Le superintendant ouvrit des yeux étonnés.

– Non, vous croyez vraiment… Ah oui, peut-être, mais pas avec cette coiffure-là. Alors, vous supposez qu'elle…

– Pas de conclusions hâtives, recommanda Higgins. À nous de savoir utiliser correctement ce clin d'œil du destin.

– De quelle manière ?

– Ce sera un peu surprenant, mais j'envisage un processus efficace. À condition que vous m'aidiez, superintendant.

Scott Marlow remua, faisant grincer son fauteuil.

L'ex-inspecteur-chef avait parfois des exigences à la limite de la légalité.

– Je veux bien, Higgins, mais j'aimerais savoir…

– Le nom de l'assassin ?

– Eh bien…

– J'ai une hypothèse sérieuse, superintendant, mais je ne voudrais pas vous influencer. Il est essentiel que vous demeuriez tout à fait objectif et que vous gardiez un œil lucide pendant les heures qui vont suivre.

– Votre... hypothèse nous permettra-t-elle de sauvegarder la morale publique ?

– Sans aucun doute, affirma Higgins. Il ne sera pas facile de faire avouer l'assassin de Frances Mortimer. Je vous propose de réunir tous ceux qui, de près ou de loin, ont été mêlés à cette affaire.

– Une confrontation générale, s'inquiéta Scott Marlow. À propos, j'ai les résultats du laboratoire concernant le revolver, le petit débris que vous avez trouvé dans la cheminée de Sir Mortimer et la terre que vous avez recueillie dans un sachet. Rien de sensationnel. Voulez-vous lire les rapports ?

– Cela va de soi, acquiesça Higgins.

Un personnage en smoking s'approcha du superintendant qui reconnut l'ouvreur du théâtre.

– Monsieur, dit ce dernier, il y a des spectateurs qui se plaignent... Votre conversation...

– Ils ont raison de se plaindre, rétorqua le superintendant en haussant la voix. Cette pièce est exécrable. Venez, Higgins. Nous préférons sortir.

– Rentrons au Yard, proposa Marlow. Vous m'expliquerez la manière dont vous comptez procéder et nous boirons un grog.

– Désolé, superintendant, mais j'aimerais profiter de la voiture de service pour faire une petite expérience.

– Laquelle ?

Dans la main droite de Higgins apparut un oignon, superbe montre des premiers âges de l'industrie horlogère. Marlow la regarda avec curiosité.

– J'aimerais refaire le dernier trajet effectué par madame Mortimer.

Scott Marlow au volant, Higgins tenant l'oignon, les deux policiers se rendirent de King Street à l'hôtel particulier des Mortimer. De là, ils firent un circuit qui les conduisit au National Theatre, puis à l'annexe du British Museum. Pour une ultime vérification chronométrique, Higgins demanda à Marlow de revenir au point de départ.

Ils roulaient en direction de Scotland Yard quand le voyant du téléphone de bord s'alluma. Le superintendant décrocha.

– Ici Marlow, je vous écoute… Qui ?… j'arrive. Non, pas au Yard, directement sur place, je suis tout près.

Il raccrocha et fit demi-tour.

– Le tournant de l'enquête, Higgins. Philipp Mortimer a disparu.

— 34 —

Higgins et le superintendant Scott Marlow arrivèrent à l'hôtel particulier des Mortimer à vingt et une heures quinze. Agatha Lillby, qui guettait l'arrivée de la police derrière une fenêtre, vint leur ouvrir.

– Sir John Arthur Mortimer vous attend dans son bureau.

Higgins remarqua que, malgré une émotion mal contenue, Agatha Lillby était redevenue une femme de chambre impeccable, avec un chignon parfaitement serré. Elle conduisit les deux policiers d'un pas pressé.

Les salutations d'usage effectuées, le professeur proposa des sièges à ses visiteurs.

– Messieurs, je n'ai pas revu mon fils depuis avant-hier matin. Il n'a pas passé la nuit dernière ici. Le fait s'est déjà produit deux ou trois fois, mais il avait coutume de prévenir de son absence. Ce soir, il n'était pas présent au dîner et n'a donné aucune nouvelle. J'ai attendu jusqu'au milieu de cette soirée, et je commence à être inquiet. Aussi ai-je cru bon de prévenir Scotland Yard.

– Vous avez eu raison, Sir John Arthur, intervint Marlow.

– Vous n'avez aucune idée de l'endroit où il aurait pu se rendre ? demanda Higgins.

– J'ai fait téléphoner à son stand de tir et j'ai envoyé Barry à son pub favori. Ses amis ne détiennent aucune information.

– Soyez sans crainte, affirma Scott Marlow. Nous retrouverons rapidement votre fils.

– N'hésitez pas à m'appeler, superintendant. Je crois que je ne dormirai pas beaucoup, cette nuit.

*

* *

Scott Marlow roulait nerveusement.

– Je n'ai pas voulu inquiéter davantage Sir John Arthur, dit-il à Higgins, mais je pense que nous avons une preuve de la culpabilité de son fils. Rongé par le remords, il s'est enfui.

– Possible, répondit Higgins. À moins qu'on ne l'ait supprimé parce qu'il était un témoin gênant.

– Qui voudrait détruire ainsi la famille Mortimer ?

– Il est également possible que Philipp Mortimer ait réellement choisi la fuite… pour des raisons qui lui sont propres.

– Dans ce cas, déclenchons les recherches. Il faut le retrouver au plus vite.

– Pourriez-vous patienter jusqu'à demain soir, superintendant ?

Scott Marlow s'arrêta à un feu rouge. Il se tourna vers son collègue.

– Pourquoi donc ? Auriez-vous une information déterminante ?

– J'ai une petite idée sur l'endroit où pourrait se trouver Philipp Mortimer. Si elle se révèle exacte, je vous le ramènerai demain soir.

*

* *

D'une inclinaison de la tête, Higgins salua la patronne de l'hôtel Bellevue et passa devant elle sans s'arrêter. Il était huit heures du matin. Il monta directement à la chambre 215.

Le précepteur de Frances Mortimer était toujours étendu sur son misérable lit, une couverture sur les jambes. Près de lui, le chevalet couvert d'un drap blanc.

– Je ne vous importunerai pas longtemps, dit Higgins. Depuis combien d'années avez-vous perdu l'usage de vos jambes ?

– Cinq... Vous voulez des preuves ? Vous désirez connaître l'adresse de mon médecin ? Vous voulez consulter mon dossier ?

– C'est déjà fait, répondit Higgins. J'ai besoin de votre aide. Je suppose que vous désirez voir condamné l'assassin de Frances Mortimer ?

Le vieil homme se redressa et regarda Higgins avec des yeux enfiévrés.

– Vous avez identifié ce monstre ?

– Pour y parvenir, l'un de vos tableaux me sera nécessaire. Acceptez-vous de me le vendre ?

*

* *

Dans le bureau du superintendant Scott Marlow, la pendule électronique marquait dix-sept heures trente. Si Higgins ne réapparaissait pas avant dix-huit heures, Marlow serait bien obligé d'utiliser les grands moyens. Sir John Arthur Mortimer l'avait appelé au début de l'après midi.

Le superintendant lui avait assuré que Scotland Yard mettait tout en œuvre pour retrouver Philipp Mortimer.

Higgins était passé au Yard à huit heures quarante, y avait déposé un paquet et était reparti dans une voiture de service avec chauffeur, sans donner d'autre précision que « patrouille de contrôle », avec la bénédiction du superintendant. À l'exception de « bonjour » et « à ce soir », il n'avait prononcé aucun autre mot. Scott Marlow n'avait pas osé l'interroger. Quand Higgins était concentré à ce point, il était préférable de ne pas l'importuner.

Le superintendant était de plus en plus inquiet. Cette affaire Mortimer prenait une tournure désagréable, agrémentée d'un parfum de scandale qui, bien entendu, risquait de se retourner contre la police. Scott Marlow avait déjà été obligé de calmer les rédacteurs en chef de trois grands journaux qui s'impatientaient : le superintendant n'avait-il pas promis l'arrestation imminente du coupable ?

À dix-sept heures cinquante-cinq, Scott Marlow se prépara à mettre en alerte le service de recherche des personnes disparues. À l'instant où il décrochait son téléphone, Higgins réapparut.

– Rude journée, superintendant. J'ai un picotement dans la gorge qui n'annonce rien de bon.

Scott Marlow se leva, très raide.

– Avez-vous retrouvé Philipp Mortimer ?

Higgins s'assit.

– Oui, superintendant.

– Où est-il ?

– Chez lui, dans sa chambre.

– Et… où était-il auparavant ?

– Au seul endroit où il pouvait logiquement se trouver, superintendant. Il n'y avait que trois solutions : ou bien Philipp Mortimer s'était suicidé, ou bien on l'avait supprimé, ou bien il s'était réfugié quelque part. En ce cas, pas de hasard possible.

Scott Marlow s'impatientait. Les explications de l'ex inspecteur-chef ne lui suffisaient pas.

– Mais enfin, Higgins, où se cachait Philipp Mortimer ?

– Dans le Sussex, chez le père de Frances Mortimer.

— 35 —

Higgins et Scott Marlow passèrent le début de la soirée à préparer la reconstitution prévue pour le surlendemain. Le superintendant était chargé de prévenir officiellement l'ensemble des participants. Il avait émis quelques observations lorsque Higgins lui avait exposé sa stratégie, mais acceptait de jouer le jeu, ne possédant aucune solution meilleure.

Scott Marlow avait exigé qu'on ne les dérangeât point, sauf en cas d'urgence. Un inspecteur stagiaire frappa à la porte vitrée du bureau. Furibond, Marlow ouvrit.

– Qu'est-ce que c'est ?

– Un appel de l'extérieur pour l'inspecteur Higgins. Personnel et urgent. La personne n'a pas voulu se nommer. Elle a simplement précisé qu'il s'agissait de l'affaire Mortimer.

– Passez-la-moi dans mon bureau.

Higgins décrocha. Il écouta son correspondant sans mot dire. « J'arrive », conclut-il avant de raccrocher.

– Qui était-ce ? demanda Scott Marlow, redoutant une nouvelle complication.

– J. J. Battiscombe. Il désire faire une révélation.

*

* *

L'ex-veilleur de nuit avait fixé rendez-vous à Higgins dans un pub, le *Museum Tavern*, célèbre pour sa collection de parapluies. Higgins découvrit J. J. Battiscombe en civil, attablé devant une chope de bière brune. Il portait un costume gris croisé, passablement élimé. L'ex-inspecteur-chef s'assit en face de lui.

– Bonsoir, monsieur Battiscombe. Vous semblez fatigué.

J. J. Battiscombe but une gorgée. Sans uniforme, il avait perdu toute superbe.

– Inspecteur, j'ai l'impression que vous me soupçonnez de graves méfaits.

– Dois-je comprendre que vous souhaitez passer aux aveux ?

L'ex-veilleur de nuit s'étrangla. La gorge sèche, il fut obligé de boire à nouveau un peu de bière.

– Un détail m'est revenu, inspecteur ; j'ai pensé qu'il pourrait vous intéresser.

– Ce sont les bizarreries de la mémoire, commenta Higgins. Elle nous fait parfois défaut à des moments importants. Quel est ce détail ?

– Un homme m'a interrogé, au British Museum. Il voulait savoir si Frances Mortimer venait parfois à l'annexe et à quels moments. J'ai refusé de lui répondre, bien entendu. Il prétendait appartenir à une agence de détectives privés. J'ai exigé un document officiel, il m'a montré une carte.

– Vous l'avez gardée ?

– Il n'a pas voulu me la laisser. Mais je n'ai pas oublié les références : agence Holmes, 18 Greek Street.

Higgins se leva. J. J. Battiscombe esquiva un geste pour le retenir.

– Inspecteur… J'espère que vous apprécierez.

– Naturellement, monsieur Battiscombe.

*

* *

Higgins se présenta à l'hôtel particulier des Mortimer un peu avant midi. Agatha Lillby l'introduisit dans le grand salon et le pria d'attendre quelques minutes, car Sir John Arthur recevait deux personnalités du monde culturel. Higgins accepta de bonne grâce, heureux de pouvoir contempler à loisir une magnifique stèle égyptienne du Moyen Empire et un tableau de la Renaissance italienne représentant une jeune femme à son balcon.

Quand Agatha Lillby conduisit Higgins auprès du professeur, un quart d'heure plus tard environ, le nouveau directeur du British Museum ne cacha pas son inquiétude.

– J'espère que vous ne m'apportez pas de mauvaises nouvelles, inspecteur. Philipp est prostré. Il n'a rien voulu dire à propos de sa fugue.

– Rassurez-vous, rien de grave. Permettez-moi d'abord de vous féliciter pour votre nomination. J'ai lu avec intérêt l'article du *Times* sur votre carrière.

– Merci, inspecteur. J'espère que vous serez des nôtres lors de la réception organisée par le Museum pour fêter l'événement.

– Ce sera un grand honneur.

– J'ai également invité le superintendant Marlow qui, de son côté, m'a convié pour demain après-midi à une reconstitution du crime. J'avoue que revivre ces événements…

Higgins déambulait, toujours attiré par les gros dictionnaires de hiéroglyphes.

– Un très pénible devoir, professeur. Mais le superintendant est obligé de procéder ainsi. Il est probable que cette reconstitution ne nous apportera guère d'éléments nouveaux ; néanmoins, la bonne marche de l'enquête nous y contraint.

Sir John Arthur n'avait pas le visage réjoui d'un homme venant d'être élevé à une très haute fonction. Il savait admirablement cacher sa peine, et gardait fière allure, conscient de son rang.

– J'ai pris la liberté de vous importuner en raison d'un curieux événement qui pourrait relancer l'enquête.

– Philipp…

– Non, il ne s'agit pas de votre fils. L'ex-veilleur de nuit de l'annexe, J. J. Battiscombe, m'a fait part d'un entretien avec un détective privé appartenant à l'agence Holmes. Il m'a donné une adresse que lui avait indiquée ce détective. Je m'y suis rendu. Il n'y a aucune agence Holmes à cet endroit, seulement un cabaret satirique d'un goût parfois douteux. Ce détective a menti sciemment, ce qui n'a rien d'étonnant. Ce qui l'est plus, professeur, c'est que quelqu'un menait une enquête sur votre épouse.

Sir John Arthur émit un discret soupir.

– C'est exact, inspecteur. Je suis parfaitement au courant. Cette enquête, c'est moi qui l'ai demandée à l'agence Christie's and Sons. Enquête n'est d'ailleurs pas le bon terme… En réalité, je faisais protéger Frances.

– Elle courait donc un danger ?

– Indirectement… Peut-être aviez-vous raison. C'est sans doute moi qui devais être assassiné à la place de Frances. Je ne voulais pas qu'on m'atteigne à travers elle.

– Avez-vous reçu des menaces précises ?

– Menace est un bien grand mot. Disons que ma carrière a sans doute exacerbé des jalousies. Il y a bien eu un coup de téléphone anonyme que je n'ai pas pris au sérieux et qui avait rendu Frances inquiète. Elle ne voulait pas que je m'expose. Les milieux scientifiques ne comptent pas parmi les plus tendres. Et c'est le soir où Frances était parfaitement protégée…

Higgins parut embarrassé.

– Vous auriez dû me parler plus tôt de ce coup de téléphone et de cette protection.

– Je n'y pensais plus, répondit le savant sans la moindre gêne. Ces détails me semblent tellement futiles, aujourd'hui.

– Je vous comprends, Sir John Arthur. Mais voici au moins un point éclairci. À demain, donc.

*

* *

L'agence Christie's and Sons avait élu domicile dans Savile Row, au sein d'un des quartiers chics de Londres, tout près de Bond Street. Spécialisée dans l'étude de cas obligatoirement discrets, car appartenant à la haute société britannique, Christie's and Sons ne faisait aucune publicité tapageuse. Le bouche à oreille suffisait amplement à sa réputation.

Higgins fut reçu dans un bureau spacieux dont le mobilier était de style Stuart. L'ex-inspecteur-chef ne l'appréciait guère, le jugeant à la fois lourd et maniéré.

Le représentant de l'agence était jeune, alerte, sûr de lui.

– Très honoré de vous recevoir, monsieur. Ne prononçons pas encore de nom, si vous le voulez bien… Discrétion oblige !

Higgins approuva.

– Laissez-moi deviner… Ne viendriez-vous pas pour un divorce ?

– Pas exactement, répondit Higgins. Pour un meurtre.

Son interlocuteur blêmit.

– Nous n'apprécions pas ce genre de plaisanteries. Nous sommes une agence sérieuse, nous avons nos entrées à Scotland Yard et…

– Je viens précisément du Yard, l'interrompit Higgins, j'aimerais m'entretenir avec vous du dossier d'un de vos clients. À titre confidentiel et officieux… À moins que vous ne préfériez l'intervention du superintendant Marlow ?

Le responsable de Christie's and Sons redevint tout miel.

– Je suis à votre disposition, inspecteur.

— 36 —

C'est à la tombée du jour que Higgins et Scott Marlow, accompagnés de deux inspecteurs et de plusieurs constables, entrèrent dans l'annexe du British Museum. Ils montèrent au premier étage où les attendaient, devant le bureau du crime, Sir John Arthur Mortimer, son fils Philipp, Agatha Lillby, Eliot Tumberfast, Barry, J. J. Battiscombe, William W. Dobelyou et Indira Li.

Les deux policiers les saluèrent. Higgins avait un visage grave. Il savait que, parmi eux, se cachait un abominable assassin.

– Messieurs, mesdemoiselles, commença le superintendant Scott Marlow, nous allons procéder à une reconstitution de l'assassinat de Mme Frances Mortimer. Scotland Yard conçoit le caractère éprouvant de cette démarche. Les difficultés rencontrées par l'enquête en cours la rendent néanmoins indispensable. Je vous prie donc de vous prêter de bonne grâce aux instructions qui vous seront données. Nous espérons que votre effort contribuera à faire jaillir la vérité.

Philipp Mortimer avait le dos appuyé à un mur. Il paraissait tout à fait indifférent au monde extérieur. Eliot Tumberfast, les mains croisées derrière le dos, était crispé. Sir John Arthur Mortimer, très élégant, arborait le masque indéchiffrable de l'homme parvenu aux plus hautes responsabilités. Agatha Lillby, portant un imperméable serré à la taille, semblait un peu perdue. Barry, nerveux, ne tenait pas en place. J. J. Battiscombe, raide, immobile, attendait les ordres. William W. Dobelyou, menottes aux poignets, affichait un rictus ironique. Indira Li, tremblante et inquiète, s'était rapprochée de Higgins.

Ce dernier sortit de sa poche son carnet noir et consulta la première page.

– Procédons avec ordre, indiqua-t-il. Allons sur le lieu du crime. Monsieur Battiscombe, voudriez-vous ouvrir la porte du bureau du professeur Mortimer ?

– Moi, inspecteur ? s'étonna l'ex-veilleur de nuit.

– S'il vous plaît.

Hésitant, J. J. Battiscombe se dirigea vers le tableau de service fermé par un cadenas. Il utilisa son passe pour l'ouvrir. Puis il tira le panneau et décrocha la clé correspondant au bureau de Sir Mortimer. La tenant dans la main droite, comme un objet des plus précieux, il hésitait à s'en servir.

– Je vous en prie, insista Higgins avec un sourire d'encouragement. Répétez le geste que vous avez accompli la nuit du crime.

J. J. Battiscombe parut soudain terrorisé.

– Je… je ne peux pas.

– Qu'est-ce qui vous arrive ? demanda le superintendant Scott Marlow.

– Je n'ai pas le courage, avoua piteusement l'ex-veilleur de nuit, baissant la tête.

– C'est ridicule ! Introduisez cette clé dans la serrure et ouvrez ! ordonna Scott Marlow.

Obéissant à un vieux réflexe, J. J. Battiscombe s'inclina devant une autorité supérieure. La clé tourna assez aisément dans la serrure, émettant un léger grincement. L'ancien militaire s'immobilisa de nouveau, n'osant en faire davantage. Excédé, Scott Marlow appuya sur la poignée de porte, poussa cette dernière et rendit la clé à J. J. Battiscombe.

– Raccrochez-la au bon endroit.

L'ex-veilleur de nuit ne se fit pas prier et se débarrassa au plus vite de cette clé qui semblait lui brûler les doigts.

– Entrons, proposa Higgins.

On laissa le passage à Sir John Arthur Mortimer. Lui succédèrent Agatha Lillby, Dobelyou, Barry, Philipp Mortimer, Indira Li, J. J. Battiscombe. Eliot Tumberfast s'arrêta sur le seuil.

– Aujourd'hui, vous avez le droit d'entrer, dit Higgins. Votre patron ne pourra pas vous en tenir rigueur.

L'égyptologue s'exécuta, suivi par Scott Marlow. Higgins passa en dernier et ferma la porte. Puis il pria chacun de prendre place, s'installant lui-même au bureau de John Arthur Mortimer. Le superintendant Marlow préféra rester debout, adossé à une bibliothèque.

En face de Higgins, huit chaises alignées. Eliot Tumberfast, hésitant, choisit celle qui était située à l'extrême gauche. Puis s'installèrent Barry, J. J. Battiscombe, William W. Dobelyou, Philipp Mortimer, Indira Li et Agatha Lillby. Sir John Arthur, légèrement exaspéré, s'assit à l'extrême droite.

– Puisque tout le monde est prêt, expliqua Scott Marlow, nous allons commencer.

– Je ne crois pas, objecta Higgins, pensif.

Le superintendant fronça les sourcils.

– Il manque un témoin essentiel, précisa Higgins. La momie.

Des murmures désapprobateurs s'élevèrent.

– Vous croyez vraiment…

– Tout à fait, superintendant. N'oublions pas que la momie a été accusée de crime. Sa présence est indispensable pour que la reconstitution soit fidèle.

– C'est grotesque, jugea le professeur. Nous sommes entre gens sérieux et n'avons nul besoin de cette mascarade !

– Désolé, répondit Higgins d'une voix ferme. La momie a joué un rôle essentiel dans ce crime. Superintendant, voudriez-vous la faire entrer ?

Scott Marlow ouvrit la porte du bureau, laissant le passage à deux bobbies portant une momie qu'ils soutenaient délicatement sous les aisselles. Bien qu'elle fût un peu rafistolée, elle demeurait toujours aussi terrifiante, avec son visage d'outre-tombe, au faux sourire figé entre la vie et la mort.

– Scandaleux ! protesta Sir John Arthur Mortimer.

Indira Li tourna de l'œil, vacilla et tomba en avant. Philipp Mortimer l'empêcha de faire une mauvaise chute, la rattrapant au dernier moment. Agatha Lillby poussa un cri et mit les mains devant ses yeux pour ne rien voir. J. J. Battiscombe récita une prière de conjuration qu'il avait apprise aux Indes.

– Du vrai théâtre d'horreur, commenta William W. Dobelyou, utilisant un ton ironique pour mieux masquer sa peur.

Eliot Tumberfast, très pâle, avait le regard fixé sur la momie.

– Elle n'a pas été correctement restaurée, jugea-t-il. Il manque des amulettes, il manque…

– Nous avons fait le maximum pour qu'elle soit présentable, rétorqua Higgins.

L'ex-inspecteur-chef se leva et se déplaça jusqu'aux deux sarcophages dressés dans la première partie du bureau. Tous les regards se tournèrent vers lui. Il ouvrit le plus grand des deux. Avec beaucoup de délicatesse, les deux bobbies y déposèrent la momie, trop heureux de se débarrasser de ce macabre suspect. Higgins referma le sarcophage et retourna au bureau du professeur qui, au passage, toisa avec fureur l'homme du Yard.

– Croyez bien, inspecteur, que ce spectacle affligeant indispose toutes les personnes présentes.

– L'assassin de votre épouse se trouve parmi elles.

— 37 —

Indira Li sortit de son bref évanouissement. Les autres semblaient figés. La déclaration de Higgins avait rendu l'atmosphère très pesante. Sir John Arthur lui-même était ébranlé.

– Ce que vous prétendez est particulièrement affreux, inspecteur.

– C'est la triste vérité. Savez-vous que le premier coupable auquel j'ai pensé n'est autre que… vous-même ?

Scott Marlow, qui surveillait les suspects, crut avoir mal entendu. Le visage du nouveau directeur du British Museum parut soudain aussi privé de vie qu'un masque mortuaire.

– Vos paroles sont indignes d'un policier de Scotland Yard, inspecteur.

– Et pourtant, il y a tant de maris qui ont tué leur femme d'une manière ou d'une autre.

– J'aimais profondément mon épouse. C'est sa mémoire que vous insultez. Puis-je également vous rappeler que j'étais souffrant et que je n'ai pas quitté mon domicile le soir du meurtre ?

– C'est l'objection que je me suis faite à moi-même. Il est vrai que Mlle Lillby et M. Tumberfast peuvent témoigner de votre présence, toute la soirée, dans votre hôtel particulier de Mayfair, même si ce dernier le fait à son corps défendant.

Eliot Tumberfast était furieux. S'il n'avait pas eu la malencontreuse idée de se rendre, ce soir-là, chez son illustre patron, ce dernier aurait été suspecté de meurtre !

– J'ai abandonné l'idée de votre culpabilité en interrogeant Indira Li, continua Higgins. Une bien curieuse personne qui m'a ouvert des horizons insoupçonnés.

Indira Li, qui évitait soigneusement les regards de William W. Dobelyou, ressembla davantage à un animal traqué.

– Le cas de Mlle Li m'intriguait, expliqua Higgins, parce qu'elle se trouvait au premier étage, tout près du bureau de John Arthur Mortimer. Complice de vol, certes, mais peut-être aussi criminelle…

– Je n'ai rien fait ! s'exclama la jeune Indienne, en proie à la panique. Je servais simplement d'indicatrice à… à…

– À monsieur Dobelyou, compléta Higgins, dont Scotland Yard, grâce au superintendant Marlow, a retrouvé la trace. Mais vous-même possédez des dons assez rares, mademoiselle, particulièrement celui des métamorphoses. Vous vous déguisiez à merveille pour étudier les villas destinées au cambriolage. Bonne d'enfants, postière, femme de ménage… Vous avez joué de multiples rôles à la perfection. Et si, cette nuit-là, vous aviez pris l'habit d'un assassin ?

Chacun crut qu'Indira allait s'évanouir à nouveau. Mais personne, cette fois, ne se porta à son secours. Il y avait tant de sous-entendus dans les paroles de Higgins que l'on pouvait s'attendre à une accusation formelle, à l'identification d'une meurtrière aussi impitoyable que fragile.

– Il y a plusieurs détails en votre faveur, mademoiselle.

Indira Li respirait avec peine, ne sachant comment se défendre.

– Si les témoignages recueillis sont dignes de foi, vous ne vous occupiez pas du bureau de Sir John Arthur mais de celui des numismates. Et votre degré d'émotivité cadre mal avec un meurtre comme celui là ; je vous crois incapable de manier un revolver avec précision et de tuer de sang-froid. Pourquoi auriez-vous assassiné Frances Mortimer ? Rien ne vous relie à elle. À moins qu'il ne s'agisse d'un geste instinctif, dans un moment de panique. Cela supposerait que M. Dobelyou vous ait confié une arme pour ce cambriolage. Ce n'était pas le cas, me semble-t-il.

William W. Dobelyou se contenta d'accentuer son rictus. Il n'avait visiblement rien à déclarer qui pût innocenter Indira Li.

– Ces petits indices tendraient à vous innocenter, mademoiselle, à moins que vous n'ayez joué un autre rôle et que votre personnage de jeune femme sensible ne soit qu'un leurre.

Dobelyou lui-même fut impressionné par cette hypothèse. Il croyait bien connaître Indira, une esclave sur laquelle il régnait par la terreur qu'il lui inspirait. Mais ne l'avait-elle pas berné, lui aussi ?

– Le vrai coupable, dit Higgins en regardant William W. Dobelyou, c'est vous.

Le chef du gang des antiquaires sembla piqué d'un aiguillon. Il tenta d'écarter les mains pour protester, oubliant qu'il avait des menottes. Scott Marlow vint aussitôt à sa hauteur, craignant qu'il ne portât un mauvais coup à ses voisins.

– Je suis innocent ! Je vous ai déjà dit que je n'avais tué personne.

– Double mensonge, monsieur Dobelyou, assena Higgins. Niez-vous avoir commis un meurtre à Ceylan et avoir fui votre patrie pour échapper à la police ?

– Je le nie ! Je suis parti pour faire des affaires ! Ce que vous racontez est pure calomnie. On n'a jamais rien pu prouver.

Les traits de Dobelyou se congestionnaient.

– Vous êtes coupable de vol et serez condamné pour ce motif. Mais il y a plus grave, monsieur Dobelyou. Le meurtre dont vous êtes soupçonné a été commis avec une arme à feu, comme à Ceylan. De plus, vous avez une réputation d'excellent faussaire, particulièrement habile dans l'art de la fabrication des clés. Vous disposiez bien de celle du bureau des numismates. N'auriez-vous pas fabriqué celle ouvrant le bureau de Sir Mortimer ?

– Il n'y avait rien à y voler ! rugit Dobelyou. Je n'y connais rien, moi, dans ces vieilleries !

– Ne vous faites pas plus bête que vous n'êtes. À votre manière, vous êtes expert en antiquités. Cette momie, notamment…

– Invendable ! protesta Dobelyou. J'ai un certain sens de l'économie de marché, inspecteur. Je connais mes clients, rien que des gens huppés, trop heureux de m'acheter des œuvres d'art introuvables. Je peux donner des noms.

– Celui de Sir John Arthur Mortimer, par exemple ?

William W. Dobelyou fut ébahi. Scott Marlow en relâcha sa surveillance. Le nouveau directeur du British Museum fut si surpris qu'il ne trouva pas les mots pour protester.

– J'ai longtemps supposé, expliqua Higgins, que William W. Dobelyou n'était que le bras agissant du gang. Au dessus de lui, il devait y avoir une tête pensante. Qui aurait été mieux placé qu'un grand savant, connaissant parfaitement l'antiquité et le British Museum, pour en faire sortir de belles pièces et tirer un bénéfice substantiel de ce trafic ?

– Je vous poursuivrai en diffamation, déclara Sir John Arthur Mortimer dont la colère était à peine contenue.

– Ce qui me gêne dans cette hypothèse, continua Higgins comme si le professeur n'avait rien dit, c'est que Sir John Arthur aurait pris de bien grands risques en s'acoquinant avec William W. Dobelyou. Je le vois mal accordant sa confiance à un tel personnage. Ç'aurait été s'exposer, un jour ou l'autre, à un chantage ; mais il y a une autre personne, ici, qui connaît bien le British Museum. N'est-ce pas, monsieur Tumberfast ?

Tout à la satisfaction de voir son patron impliqué dans une affaire de vol qui mettait fin à sa carrière, Eliot Tumberfast fut brusquement ramené sur terre.

– Moi ? Mais je n'ai jamais rencontré ce Dobelyou ! Comment osez-vous imaginer que je lui aurais confié le moindre fragment de papyrus ?

– Vous auriez cédé à une tentation d'ordre financier, indiqua Higgins. Vous n'avez pas une carrière facile, monsieur Tumberfast. Vous avez tout tenté pour entrer dans les bonnes grâces du professeur Mortimer. Le travail acharné, les compétences techniques, bien sûr, mais ce fut insuffisant. Il y eut aussi cette liaison avec Agatha Lillby, peut-être avec le secret espoir de manipuler votre patron. Il ne vous est jamais venu à l'idée de le tuer, monsieur Tumberfast ?

— 38 —

L'égyptologue eut quelque peine à desserrer les mâchoires.

– Il y a eu des discussions d'ordre scientifique entre lui et moi, mais je le respecte !

– Vous le haïssez, monsieur Tumberfast. Et vous n'étiez pas indifférent au charme de Mme Mortimer. Mais elle était riche et vous ne l'êtes pas. Ce n'était pas avec votre salaire d'égyptologue que vous auriez pu la tenter. N'auriez-vous pas négocié quelques pièces, acquis une petite fortune et tenté de la séduire ?

– Je respecte trop l'Égypte ancienne, Inspecteur. Son art appartient à l'humanité, pas à des voleurs !

Dobelyou souriait, s'apprêtant à reprendre la parole.

– Malheureusement, dit Higgins, plus prompt, les accusations portées par Dobelyou contre l'un ou l'autre d'entre vous n'auraient pas valeur de preuve. Ce serait si commode de se décharger d'un crime en inventant une fable.

– Mais je n'ai pas commis le moindre crime ! s'enflamma William W. Dobelyou, se sentant à nouveau sur la sellette. Et moi, j'ai une preuve ! Je ne pouvais pas être à la fois en haut et en bas. J'ai couru à toutes jambes quand j'ai entendu les deux détonations. J'ai arraché le seau des mains d'Indira, pour ne pas perdre le butin. J'ai dévalé l'escalier et heurté le veilleur de nuit avant de m'enfuir. Vous pouvez le lui demander !

J. J. Battiscombe, qui se faisait le plus discret possible, fut gêné d'être mis ainsi en lumière.

– Ce qui pose problème, objecta Higgins, c'est que vous vous connaissiez assez bien, tous les deux. Monsieur Battiscombe, n'auriez-vous pas rencontré Dobelyou en Inde, à l'époque où vous tentiez de… faire des affaires ?

– Je… je ne m'en souviens pas.

– Menteur ! accusa Dobelyou, furieux. C'est moi qui t'ai dépanné, sinon tu serais en prison pour recel d'objets volés ! Tu m'avais promis que tu renverrais l'ascenseur un jour et tu as bien été obligé de le faire ! C'est lui qui m'a indiqué le coup du British Museum, inspecteur.

– C'est faux ! Vous n'allez quand même pas croire ce bandit, ce brigand, ce…

Scott Marlow fut obligé d'intervenir et de calmer Dobelyou qui s'était levé en se promettant d'agresser l'ex-veilleur de nuit.

Higgins s'exprima avec lenteur.

– Vous auriez donc drogué vous-même votre thé, monsieur Battiscombe, pour faire croire que vous dormiez pendant le vol et que vous étiez une victime des voleurs. Ce thé, vous ne l'avez pas bu. Vous avez joué la comédie devant Frances et Philipp Mortimer.

– Non, inspecteur, j'étais assoupi !

– Qui a ouvert la porte de ce bureau, monsieur Battiscombe ? Qui a décroché la clé au tableau de service ?

– Moi, mais…

– Et si vous aviez fait semblant de décrocher cette clé, monsieur Battiscombe ? Ne l'aviez-vous pas dissimulée dans l'une de vos poches ? Vous l'aviez déjà utilisée en refermant la porte derrière vous… après avoir assassiné Mme Mortimer.

– Impossible, inspecteur, j'étais en bas ! Dobelyou m'a bousculé, j'ai même eu ma veste mouillée par l'eau du seau qu'il tenait en main ! Quand je suis monté, Philipp Mortimer m'a vu… C'était bien après les coups de feu !

– Votre innocence repose sur les témoignages de Dobelyou et de Philipp Mortimer, remarqua Higgins, pensif. Et si vous aviez mouillé vous-même vos vêtements ? Si vous aviez utilisé votre remarquable discrétion pour commettre un vol à votre propre compte, sans supposer que Frances Mortimer aurait pu vous surprendre dans le bureau de son mari ? Un ancien militaire comme vous est forcément un bon tireur.

Le visage de J. J. Battiscombe devint pathétique.

– Je vous jure que je suis innocent, inspecteur ! J'ai commis une faute grave, je l'avoue. La vie a été injuste envers moi, je méritais mieux. Le montant de ma retraite est misérable ! Quand Dobelyou est venu me menacer de révéler mon passé, j'ai cru que j'allais tout perdre et je lui ai fait promettre qu'il n'y aurait qu'un vol et que nous ne nous reverrions jamais. Pour le reste, je n'ai pas la moindre responsabilité !

– Qu'en pensez-vous, Barry ? interrogea Higgins en regardant le chauffeur des Mortimer. Vous prétendez bien avoir vu s'enfuir William W. Dobelyou ?

Les traits anguleux du chauffeur se chargèrent d'agressivité.

– Je l'ai vu et bien vu !

– Rien n'est plus sujet à caution que le témoignage d'un auteur de lettres anonymes, dit Higgins, sévère. Vous détestiez Mme Mortimer, n'est-ce pas ?

Barry se renfrogna, refusant de répondre.

– Vous détestez d'ailleurs tous les Mortimer, Barry. Ce sont des riches, ils vous exploitent. Votre patron avait refusé de vous augmenter, je crois ?

– Exact, précisa le nouveau directeur du British Museum. Je n'étais que médiocrement satisfait des services de Barry. Il se plaignait sans arrêt.

– C'est faux ! protesta Barry, dévisageant John Arthur Mortimer d'une manière haineuse. Je suis l'homme à tout faire, chez vous. La voiture, les poubelles, la plomberie... Je n'ai jamais fini. J'étais bien mal payé de mon dévouement.

– Dans ces conditions, pourquoi ne pas être parti depuis longtemps ? demanda Higgins.

Barry baissa les yeux.

– Ça ne vous regarde pas.

– Vous êtes bien mystérieux, Barry. Je me demande si ce n'est pas Mme Mortimer qui vous a retenu.

– Peut-être bien, inspecteur, elle m'a aguiché, elle m'a...

– Taisez-vous, intervint Sir John Arthur. Vous êtes un méprisable individu. Mon épouse m'a parlé de votre conduite inqualifiable à son égard. Nous étions décidés à vous licencier.

Scott Marlow délaissa William W. Dobelyou, beaucoup moins faraud qu'au début de la reconstitution. Il s'approcha de Barry, dont l'attitude lui déplaisait fort. Le superintendant avait une paire de menottes dans la poche gauche de sa veste. Il n'attendait qu'un signe de Higgins pour la passer aux poignets de l'assassin.

– Vous étiez particulièrement attentif aux allées et venues des membres de la famille Mortimer, dit Higgins à Barry et vous les avez tous calomniés.

– Je n'ai dit que la vérité !

– Vous êtes rancunier et vaniteux, Barry, et vous ne supportez pas qu'une femme vous abandonne. Vous avez envoyé une lettre anonyme pour dénoncer la passion d'Agatha Lillby parce qu'elle vous avait quitté. Et si vous aviez assassiné Frances Mortimer parce qu'elle refusait de vous céder… ou parce qu'elle ne voulait plus vous céder ?

– Je vous interdis de parler ainsi ! protesta John Arthur Mortimer. Comment pouvez-vous imaginer que ma femme…

– Ça vous aurait vexé, Sir ? ironisa Barry. Vous aimeriez peut-être que je sois accusé de meurtre ? Mais c'est impossible. Je me trouvais dans votre superbe Rolls, devant l'annexe du musée et j'ai même vu s'enfuir le voleur.

– Vous n'avez malheureusement aucun témoin, indiqua Higgins.

– Comment aurais-je pu monter au premier étage sans être vu par le veilleur de nuit et par Philipp Mortimer ?

– La haine est souvent fort inventive, Barry. Et vous étiez si mécontent de votre salaire ! À force de fouiller dans les corbeilles à papier de Sir John Arthur, vous avez sans doute découvert des renseignements négociables. Je me demande si vous ne les avez pas vendus à un professionnel du vol comme William W. Dobelyou.

– Ça ne tient pas debout ! Je hais les riches, c'est tout. Jamais je ne plaindrai une femme comme Frances. Elle a tout eu, dans cette vie. Moi, rien. Mais je ne porte aucune responsabilité dans ce meurtre.

– Je n'en suis pas si sûr, insista Higgins. Si vous étiez le complice de Battiscombe et de Dobelyou, vous avez mis au point, ensemble, une version des événements et vous vous y tenez.

– Je ne connaissais pas le chauffeur des Mortimer, je le jure ! déclara J. J. Battiscombe. Moi non plus, je ne porte aucune responsabilité dans ce crime odieux !

– Tout le monde cherche une porte de sortie, observa Dobelyou. Et si j'affirmais que j'étais en relation d'affaires avec tous ces messieurs ?

— 39 —

Scott Marlow jubilait intérieurement. On avançait à pas de géant dans la bonne direction. C'était bien un gang de voleurs, dont Higgins identifiait les membres un à un, qui était allé jusqu'au meurtre. Le superintendant voyait assez bien Barry dans la peau d'un assassin.

– Vous aviez au moins deux raisons pour tuer Frances Mortimer, dit Higgins au chauffeur. La déception amoureuse, d'une part, la nécessité impérieuse de la faire taire, d'autre part. N'avait-elle pas compris votre véritable rôle ? Ne désirait-elle pas le dénoncer à son mari et vous faire arrêter ?

Barry se leva, livide.

– Vous êtes devenu fou, ma parole ! Prouvez-le donc !

Le superintendant l'obligea à se rasseoir.

– Agatha Lillby pourrait peut-être nous aider, suggéra Higgins. Barry n'a pas hésité à dévoiler votre secret, mademoiselle.

La femme de chambre des Mortimer se renfrogna.

– Je n'ai rien à dire.

– Ne vous sous-estimez pas, mademoiselle, recommanda Higgins. Une personne aussi passionnée que vous a forcément une vie bien remplie. Malgré vos petits mensonges, nous avons découvert vos goûts secrets pour l'argent. Ne rêvez-vous pas d'une existence fastueuse où vous tiendriez votre vraie place, celle de maîtresse de maison ? Je crois que vous êtes amoureuse de Sir John Arthur Mortimer, mademoiselle Lillby. Vous n'avez jamais osé vous l'avouer. Ce n'était pas un Barry qui pouvait vous satisfaire. En devenant la maîtresse d'Eliot Tumberfast, vous souhaitiez devenir femme d'égyptologue, échapper enfin à votre condition de domestique. Frances Mortimer vous a ravi Sir John Arthur et Tumberfast est tombé amoureux d'elle. Quand Frances Mortimer vous a refusé une nouvelle avance sur vos gages, votre haine s'est décuplée. L'indispensable remboursement de vos dettes de jeu était compromis. C'est à cet instant, n'est-ce pas, que vous avez pris la décision de la supprimer ?

– Supprimer… supprimer qui ? Que voulez-vous dire ?

La femme de chambre des Mortimer laissait errer son regard de Higgins à Scott Marlow, de Scott Marlow à Sir John Arthur, quêtant une aide, un appui. Mais elle ne rencontra que des juges.

– Vous vous trompez, inspecteur, articula-t-elle d'une voix émue. J'ai toujours profondément respecté Sir John Arthur que je considère comme un homme exceptionnel. Je n'ai jamais eu l'impudence de croire que je pourrais devenir son épouse. J'estime, c'est vrai, que le professeur s'est remarié trop vite. J'aimais beaucoup sa première femme. Mais Frances… Non, je ne l'appréciais pas. Pourtant je l'ai fidèlement servie. Personne ne peut prétendre le contraire.

– Vous m'avez quand même menti sur votre emploi du temps, le soir du crime, nota Higgins. Nous connaissons au moins l'un des endroits où vous êtes allée ; et s'il y en avait un autre ? Si vous vous étiez rendue au British Museum ?

– Impossible, j'étais rentrée à l'hôtel particulier de Mayfair bien avant minuit, bien avant l'arrivée du superintendant Marlow. J'ai même vu Sir John Arthur Mortimer et Eliot Tumberfast se disputer.

Higgins eut une moue dubitative.

– Vous les avez vus… Eux ne vous ont pas vue. Ce que vous affirmez ne repose que sur vos propres déclarations, mademoiselle Lillby. Vous avez eu le temps d'aller au Museum, de vous cacher dans le bureau du professeur, de tuer son épouse et de vous enfuir. Ensuite, vous êtes rentrée, vous arrangeant pour ne pas être remarquée par Sir John Arthur et son hôte. Vous vous êtes réveillée fort opportunément à l'arrivée du superintendant Marlow.

– Vous n'avez pas le droit de m'accuser ! cria Agatha Lillby, laissant libre cours à sa fureur. Il n'existe aucune preuve contre moi !

– Comment avez-vous réglé vos dettes, le soir du crime ?

– Avec mes économies, répondit-elle nerveusement.

– Ne serait-ce pas plutôt avec l'argent caché dans le tiroir secret de Philipp Mortimer ? Là où vous avez également trouvé les doubles de clés qui vous ont permis d'accéder au bureau du British Museum ?

– C'est… c'est monstrueux !

Le superintendant Marlow jugea qu'Agatha Lillby avait l'allure d'une redoutable criminelle. Son système de défense était des plus faibles. Elle était incapable de préciser son emploi du temps entre sa sortie du cercle de jeu de Carlisle Street et l'arrivée du superintendant Marlow à l'hôtel particulier de Mayfair. La femme de chambre des Mortimer, telle une accusée prise au piège, se tassa sur elle même.

– Nous parlions de Philipp Mortimer, reprit Higgins. Il a souvent été mis en cause. Je ne l'ai entendu ni confirmer ni infirmer ce que les autres ont prétendu être la vérité.

Toutes les personnes présentes tournèrent la tête vers le jeune homme. Philipp Mortimer demeurait prostré, indifférent à ce qui se passait autour de lui.

– Je crois que vous devriez laisser mon fils en paix, intervint John Arthur Mortimer.

– Ce serait mon vœu le plus cher, répondit Higgins, mais c'est tout à fait impossible. Philipp Mortimer est un jeune homme très sensible. Il avait déjà été affligé d'un mutisme fort gênant pour l'enquête, le soir du crime.

– Je n'avais pu l'interroger, ajouta Scott Marlow.

– Si l'on en croit l'attitude de Philipp Mortimer, continua Higgins, il éprouvait une affection profonde pour sa jeune belle-mère. Sa mort l'a beaucoup ébranlé. Mais il ne faut pas oublier qu'il fut le dernier, avec la momie, à voir vivante Frances Mortimer. Son témoignage, bien que très flou, est d'une importance capitale. C'est lui, également, qui a vu Indira Li sortir du bureau des numismates... Ce que vous confirmez, mademoiselle Li ? Ce jeune homme était bien en compagnie de Frances Mortimer ? Ils se dirigeaient bien vers le bureau du professeur ?

Indira Li hocha la tête affirmativement.

– Vous confirmez aussi, monsieur Dobelyou ?

– Oui, répondit ce dernier d'une voix éraillée.

William W. Dobelyou se rendait compte qu'il avouait ainsi sa présence dans le bureau des numismates, au premier étage de l'annexe du British Museum. Mais cette révélation n'en était plus une.

– C'est Philipp Mortimer qui a donné l'alerte, ajouta Higgins. C'est bien sa voix que vous avez entendue, monsieur Battiscombe ? C'est bien à cause de ses cris que vous êtes monté au premier étage, après la fuite de Dobelyou qui vous avait heurté au passage ?

– Exactement, inspecteur, s'empressa de répondre J. J. Battiscombe.

– Philipp Mortimer s'est donc retrouvé seul devant la porte fermée du bureau où se commettait un crime. Seul… Un certain temps. Par conséquent, il nous faut croire Philipp Mortimer sur parole. Pourquoi pas, s'il n'y avait plusieurs détails bizarres. Vous ne vous entendiez pas très bien avec votre fils, Sir John Arthur ?

– Comment pouvez-vous prétendre cela ? se rengorgea le savant.

– Il ne vous confiait rien de sa vie et ne cherchait aucun refuge auprès de vous. Vous êtes des étrangers l'un pour l'autre, vous évoluez dans des mondes différents. Pourquoi Philipp cachait-il de l'argent ? Quelle était la « vieille histoire » dont il m'a parlé sans vouloii en dire davantage ?

– Une grosse bêtise, répondit William W. Dobelyou. Le gamin avait besoin d'argent pour briller auprès de ses copains. Le père ne voulait pas lui en donner ; alors, il a eu l'idée de voler une statuette. Par relations, il est tombé sur moi… Je lui en ai offert un bon prix.

– Vous a-t-il rencontré ?

– Il ne m'a jamais vu. C'est un de ses copains du pub *Damnation, Dégradation et Mort* qui lui a soufflé l'idée. Un petit racketteur qui travaillait pour moi. Je vous avais prévenu, inspecteur… Vous allez remuer pas mal de boue. Je ne tomberai pas seul.

Dobelyou n'était pas mécontent de lui.

– Vous confirmez, Philipp Mortimer ? demanda Higgins.

Le jeune homme demeura prostré, tel un bloc de pierre.

– Et vous, Sir John Arthur ?

Le professeur était fort gêné.

– Cet incident me paraît d'ordre privé.

– Je ne crois pas, dit Higgins. Il nous faut connaître la vérité sur ce point pour comprendre l'attitude de votre fils. A-t-il dérobé un objet archéologique dans votre bureau du British Museum ?

– Oui, confirma John Arthur Mortimer d'une voix lasse. Je m'en suis aperçu très vite, J. J. Battiscombe m'avait prévenu de la visite étrange de mon fils, un soir où je donnais une conférence publique. Philipp ne s'intéressait pas à l'égyptologie. Je l'ai interrogé et il m'a avoué son geste malheureux, affirmant qu'il avait déjà dilapidé l'argent. Je lui ai interdit de franchir à nouveau le seuil de mon bureau. Frances était au courant.

– Qui lui avait donné la clé, ce soir-là ? interrogea Higgins. Vous, monsieur Battiscombe ?

– J'avais cru bien faire, répondit l'ex-veilleur de nuit. Le fils du professeur, vous comprenez... Mais j'ai prévenu son père !

– Ce que je comprends moins, c'est votre discrétion à ce sujet, monsieur Battiscombe ! Vous avez même oublié d'inscrire la visite de Philipp Mortimer sur le registre des entrées.

– Je... je croyais que l'honorabilité de la famille Mortimer...

– Le faux témoignage est également un délit très grave. Surtout lorsqu'on cache volontairement des éléments essentiels.

J. J. Battiscombe pâlit.

— 40 —

– C'est probablement à cette occasion, reprit Higgins, que Philipp Mortimer a pris les empreintes nécessaires pour fabriquer des doubles de clés. Ne vous a-t-il pas consulté à ce sujet, monsieur Dobelyou, soit directement, soit par un intermédiaire ?

– En aucun cas ! répondit Dobelyou. Je vous ai déjà expliqué que je ne m'intéressais pas aux vieilleries égyptiennes.

– Vous vous contredisez, remarqua Higgins, puisque vous avez vendu un bon prix la statuette dérobée par Philipp Mortimer. Les objets égyptiens sont peut-être plus faciles à négocier que vous ne le prétendiez. Même une momie…

William W. Dobelyou préféra se taire. Il se tourna de côté pour éviter le regard de Higgins qui se leva et s'approcha de Philipp Mortimer. Il lui parla sur un ton presque paternel.

– Vous ne m'avez pas raconté cette « histoire ancienne » qui a fait de vous un voleur et vous a peut-être conduit plus loin encore. Vous étiez un excellent tireur, d'après votre père. Il a été facile de le vérifier à votre stand de tir. Or l'assassin de Frances Mortimer a utilisé une arme à feu. Il y en avait une plutôt surprenante, dans votre belle collection d'armes anciennes. Un revolver moderne, des plus vulgaires. D'où provenait-il, monsieur Mortimer ?

Philipp Mortimer s'obstinait à regarder le plancher. Le superintendant Marlow vint à ses côtés. Il craignait d'avoir compris pourquoi le fils de Sir John Arthur était incapable de se défendre.

– Monsieur Mortimer, vous ne pouvez pas vous cantonner dans ce silence. Vous savez ce qu'il pourrait impliquer.

Le jeune homme leva enfin la tête, comme s'il sortait d'une léthargie.

– Accusez-moi de ce qu'il vous plaira, dit-il en hachant ses mots. Cela m'est égal.

– L'arme du crime n'a pas été retrouvée, indiqua Higgins. Le revolver que j'ai déniché dans votre collection a été remis à Scotland Yard pour expertise. Ce n'est pas lui que l'assassin a utilisé. Pourtant...

Chacun était suspendu aux lèvres de Higgins.

– Pourtant, vous aviez le temps de tuer Frances Mortimer, de sortir du bureau, de fermer la porte à clé et d'appeler au secours. Une parfaite mise en scène pour assassiner une femme que vous aimiez et qui avait refusé une fois pour toutes de vous appartenir.

Philipp Mortimer se métamorphosa. La fureur succéda à l'apathie.

– Encore une phrase comme celle-là, et je vous étrangle !

Scott Marlow empoigna le jeune homme au moment où il se levait pour agresser Higgins.

– Calmez-vous, monsieur Mortimer !

Sir John Arthur était atterré par ce qu'il découvrait. Higgins, toujours aussi calme, commença à faire les cent pas dans le bureau laboratoire.

– Il y a une personne dont je n'ai pas encore parlé : Mme Mortimer elle-même. Certains l'admiraient, d'autres la détestaient. Belle, sensible, intelligente, mais aussi dépressive, inquiète. Je me suis demandé si elle ne s'était pas suicidée. Pour une raison susceptible d'affecter gravement n'importe quelle femme : Frances Mortimer ne pouvait pas avoir d'enfant.

La rage de Philipp Mortimer retomba aussi brusquement qu'elle était montée.

– Inspecteur, releva le professeur, très ému, vous auriez pu avoir la pudeur…

– Désolé, Si John Arthur. Cette information avait une valeur essentielle. Elle aurait été susceptible de tout éclairer… s'il n'y avait eu la momie. Frances Mortimer a bien été assassinée. Mais qui était-elle ?

La question de Higgins fit l'effet de la foudre.

Chacun s'attendait à ce qu'il donne le nom du coupable… et il s'interrogeait sur la victime !

– J'ai recueilli des témoignages divers sur Mme Mortimer, poursuivit Higgins. Je me suis demandé si elle n'était pas mêlée au trafic d'antiquités dans lequel est compromis un certain nombre d'entre vous.

Philipp Mortimer aurait de nouveau tenté de bondir sur Higgins si la poigne de Scott Marlow ne l'avait obligé à se tenir assis. Sir John Arthur se leva et se plaça face à Higgins, l'obligeant à interrompre sa déambulation.

– Cette fois, inspecteur, déclara-t-il avec beaucoup d'autorité, vous allez trop loin. Je vous interdis de salir la mémoire de ma femme.

– Il a raison, approuva Philipp Mortimer. Ces policiers sont des ordures !

Higgins réfléchit un instant.

– Je ne me permettrai de salir la mémoire de personne, et je me dois d'émettre une hypothèse étayée par des indices. Votre épouse n'aurait-elle pas été assassinée parce qu'elle était un témoin gênant ? Ne se préparait-elle pas à dénoncer le chef du gang des antiquaires ? N'aurait-elle pas été la victime d'une machination parfaitement organisée ?

Une vague d'inquiétude traversa l'assemblée. Chacun s'interrogea sur le degré de culpabilité d'autrui.

– Frances était la pureté même ! intervint Philipp Mortimer. Jamais elle n'aurait trempé dans la moindre combine !

– J'ai prononcé le terme de « victime », monsieur Mortimer. En ce qui concerne la pureté de Frances Mortimer, je serais moins affirmatif que vous.

– Comment osez-vous ! s'exclama le jeune homme, de nouveau en proie à une vive exaltation.

– À cause de ceci.

Higgins se rendit au fond du bureau et en rapporta une toile recouverte d'un drap. Il ôta ce dernier. Frances Mortimer, peinte nue par son précepteur, apparut aux yeux médusés de l'assistance. John Arthur Mortimer se détourna. Son fils, au bord des larmes, se cacha le visage dans les mains. Eliot Tumberfast, incrédule, était fasciné par l'incroyable tableau. Barry ricanait. William W. Dobelyou paraissait apprécier. Agatha Lillby était indignée. J. J. Battiscombe regardait ailleurs. Indira Li se mordillait les ongles. Le superintendant Marlow attendait la conclusion de Higgins.

– À présent, dit ce dernier, je vous demande de sortir de ce bureau. Monsieur Battiscombe, voulez-vous prendre place en bas, à l'endroit où vous vous trouviez le soir du crime ? Qu'on emmène Philipp Mortimer près de la porte de l'annexe, William W. Dobelyou et Indira Li dans le bureau des numismates, et Barry à l'extérieur. Puisque Sir John Arthur, Eliot Tumberfast et Agatha Lillby n'étaient pas présents ici le soir du drame, ils attendront dans un bureau du rez-de-chaussée.

– À quoi rime cette nouvelle mascarade ? protesta le professeur. Comptez-vous nous retenir encore longtemps, inspecteur ? Et le superintendant Marlow accepte-t-il de voir ainsi dégradée l'honorabilité de Scotland Yard ?

– Sir…, commença Marlow, fort ennuyé.

– C'est la phase finale de la reconstitution, expliqua Higgins, impérieux. Elle nous permettra de bien comprendre le déroulement du meurtre. Je vous demande encore quelques minutes de patience. Il est tout à fait important que vous preniez place là où vous étiez censés être la nuit du meurtre. Vous n'aurez rien d'autre à faire que d'attendre.

John Arthur Mortimer haussa légèrement les épaules et se plia aux exigences de Higgins. Des Bobbies se chargèrent de Dobelyou, d'Indira Li, leurs collègues surveillant les autres témoins. Higgins et Marlow restèrent seuls.

– Pourquoi ne pas avoir accusé l'assassin ? s'angoissa le superintendant. Ne seriez-vous plus certain de pouvoir l'identifier ?

– Je lui ai laissé une dernière chance de se dénoncer, répondit Higgins. Il ne l'a pas saisie. Vous paraissez soucieux, superintendant ?

– En effet. J'en arrive à soupçonner tout le monde.

– Vous n'avez pas tort, conclut Higgins.

— 41 —

Une dizaine de minutes plus tard, le superintendant Scott Marlow pria les participants à la reconstitution de se rassembler au premier étage, devant la porte du bureau du professeur. Fort mécontent, ce dernier ne cacha pas à Marlow qu'il appréciait de moins en moins ses méthodes absurdes et qu'il parlerait de ces brimades à des personnages influents. Dobelyou ne ricanait plus. Indira Li ressemblait plus que jamais à un animal pris au piège. Eliot Tumberfast, mains croisées derrière le dos, se laissait porter par les événements. Agatha Lillby se rongeait les ongles. J. J. Battiscombe rasait les murs. Barry, la tête rentrée dans les épaules, tentait de se faire oublier. Philipp Mortimer, crispé, fermait la marche.

Ils virent tous Higgins essayant vainement d'ouvrir la porte du bureau de l'égyptologue.

– Je ne comprends pas, dit-il. La clé ne tourne pas dans la serrure.

Certains reculèrent, inquiets. Ils sentaient que quelque chose d'insolite se préparait.

– Quelle est cette nouvelle plaisanterie, inspecteur ? s'enquit John Arthur Mortimer.

Higgins s'affaira. Enfin, un déclic se produisit. La clé

tourna avec un grincement nettement perceptible. La porte s'ouvrit.

– Je m'y étais mal pris. Entrez, et reprenez vos places.

– Pour quelle raison ? demanda le savant.

– Il y a un temps pour le crime, un temps pour le châtiment, déclara Higgins, énigmatique.

– Cette mascarade va-t-elle encore durer longtemps ?

– Si vous voulez bien entrer...

Le professeur s'exécuta. Les autres le suivirent et s'installèrent à leurs places respectives.

Le superintendant Marlow se sentait oppressé. Il n'était pas tout à fait persuadé de la justesse des raisonnements de Higgins. Ce dernier marcha de long en large devant le bureau du fond. On aurait cru qu'il se parlait à lui-même comme un promeneur solitaire.

– Vous êtes tous coupables, à un degré ou à un autre. Vous, John Arthur Mortimer, d'avoir négligé votre fils et de l'avoir contraint à devenir un voleur. Vous, Eliot Tumberfast, d'avoir joué avec les sentiments d'Agatha Lillby. Vous, mademoiselle Lillby, de m'avoir menti et de trop aimer l'argent. Vous, Dobelyou, Battiscombe et Indira Li d'avoir formé un gang de voleurs et d'avoir manipulé un jeune homme un peu trop fragile, Philipp Mortimer. Vous, Barry, d'avoir écrit une lettre anonyme. Petits détails que tout cela, me direz-vous... Alors qu'il y a un assassin parmi vous ! Tous, vous vous êtes comportés de manière condamnable à un moment ou à un autre, et vous ne m'avez guère aidé. Pourtant, j'ai compris... compris qu'un assassin pouvait toucher le fond de la cruauté.

Scott Marlow jugea que Higgins était trop moralisateur, mais il s'était toujours comporté ainsi. Cela lui avait valu des reproches de la part de ses supérieurs hiérarchiques.

– Monsieur Philipp Mortimer, annonça Higgins, continuant à marcher de long en large.

Le superintendant referma sa main droite sur l'acier froid de ses menottes. L'atmosphère devint pesante. Le jeune homme se raidit, prêt à se lever. Son apathie avait disparu.

– J'ai cru un certain temps que vous simuliez, dit Higgins. Mais trois éléments m'ont convaincu de votre innocence. Le premier, c'est le revolver moderne de votre collection d'armes anciennes. Un objet d'une grande banalité. L'expertiste a prouvé qu'il ne s'agissait pas de l'arme du crime ; pouvez-vous m'indiquer sa provenance, à présent ?

Philipp Mortimer s'exprima à contrecœur.

– Un ami que je fréquentais au pub... Vous l'auriez ennuyé avec cette arme. Il ne s'agissait que d'une blague.

– Le deuxième élément, ajouta Higgins, ce sont les clés que j'ai trouvées dans le tiroir secret de votre bonnetière. À priori, elles vous rendaient fort suspect. Mais, en les essayant, il devint clair que la clé ouvrant la porte du bureau de votre père n'avait pas servi la nuit du crime. Vous ne vous êtes pas adressé à un professionnel, Philipp Mortimer, mais sans doute à un autre de vos amis du pub, pour confectionner ces doubles. Votre clé est plutôt mal réussie. Vous avez constaté, il y a un instant, combien il m'a été difficile de la faire tourner dans la serrure. De plus, cette serrure avait été soigneusement graissée par le criminel pour éviter de provoquer le moindre bruit en fermant la porte, alors qu'il se trouvait à l'intérieur du bureau. Je l'ai constaté en faisant tourner une clé dans une autre serrure comparable, mais non graissée : celle du bureau de M. Tumberfast. Votre clé était dépourvue de toute trace de graisse. Les analyses ont prouvé qu'elle n'avait pas servi depuis longtemps.

Scott Marlow soupira. Il avait toujours été certain que Philipp Mortimer ne pouvait être le coupable.

– Mais ce n'étaient là que des indices matériels, renchérit Higgins. J'ai acquis la conviction de l'innocence de Philipp Mortimer en me rendant chez le père de Frances. Chez lui, il y avait une photographie de Philipp dont il m'a longuement parlé. Le fils de John Arthur Mortimer avait une admiration passionnée pour sa jeune belle-mère. Pour lui, elle était l'incarnation vivante de toutes les vertus qu'il recherchait chez une femme. Il la savait inaccessible, mais ne pouvait s'empêcher de l'aimer et a trouvé refuge chez le père de Frances, dans le seul endroit où il pourrait obtenir un écho amical à sa peine. Soyez certain que je la partage, Philipp.

Le jeune homme était ému aux larmes. Il regrettait d'avoir douté de Higgins, le considérant comme un policier sans cœur.

Soudain, l'ex-inspecteur-chef s'arrêta net. Les mains croisées devant lui, à la hauteur du menton. Presque dans l'attitude d'un moine en prières, il déclara :

– Monsieur Eliot Tumberfast, je vous accuse du vol de la momie… et du meurtre de Frances Mortimer.

— 42 —

Un silence glacial succéda à ces paroles. Personne n'osait bouger. Enfin, Eliot Tumberfast remua. Le superintendant Marlow vint se placer derrière lui.

– Vous... vous dites n'importe quoi ! C'est invraisemblable !

– Moins qu'il n'y paraît à première vue, monsieur Tumberfast. Je vais vous expliquer comment vous avez procédé. Vous vous êtes rendu à l'hôtel particulier de Mayfair en taxi, d'après la déposition de plusieurs témoins. C'était le moment précis où Frances et Philipp Mortimer partaient pour le théâtre, conduits par Barry. Cela permettait de préciser l'heure de votre arrivée. Ensuite, vous vous êtes heurté à votre ancienne maîtresse, Agatha Lillby, qui ne vous a pas offert le meilleur accueil ! Mais vous aviez un argument de poids pour exiger de rencontrer votre patron : le dossier concernant la tombe d'Imhotep, qui aurait passionné n'importe quel égyptologue. À propos, monsieur Mortimer, interrogea Higgins en s'adressant à Philipp, avez-vous examiné votre moto le lendemain du crime ? N'avez-vous rien remarqué d'anormal ?

– Un détail insignifiant : elle avait dû être légèrement déplacée par Barry, car je ne calais pas le guidon contre le mur du garage.

– Je ne touche jamais à votre moto, déclara Barry, hargneux.

– Ce détail est essentiel, observa Higgins. Si ce n'est pas Barry, ce que je crois volontiers, c'est donc une autre personne qui aurait déplacé cet engin, ou plus exactement... l'aurait remis en place après l'avoir emprunté. Cette personne aurait commis une petite erreur, ne connaissant pas parfaitement les habitudes de Philipp Mortimer. J'avais été très intrigué en découvrant un casque de motard dans le bureau d'Eliot Tumberfast. Il ne faudrait sans doute pas une longue enquête, monsieur Tumberfast, pour prouver que vous possédez vous-même une moto ou que vous êtes un motard confirmé ?

– C'est exact, approuva l'égyptologue, mais je ne vois pas...

– Bonne idée d'utiliser la BMW K 100 de Philipp Mortimer pour vous rendre de Mayfair au British Museum. Engin léger, 215 kg environ, très puissant, 90 chevaux, 101 km/h en quelques secondes et 215 en vitesse de pointe... la certitude d'éviter les embouteillages et de ne pas être en retard sur votre horaire. Vous êtes parti de Mayfair après qu'Agatha Lillby se fut éclipsée pour se rendre à son cercle de jeu. Vous avez garé la BMW dans l'une des petites rues proches du musée. Après quoi, vous êtes entré dans l'annexe avec un double de clé. J. J. Battiscombe, le veilleur de nuit, dormait à cause de son thé drogué.

– Je vous jure que je n'ai pas vu Tumberfast ! s'exclama J. J. Battiscombe.

– Vous êtes monté au premier étage sans faire de bruit, continua Higgins, indifférent à l'intervention de Battiscombe. À cette heure-là, Indira Li et les autres femmes de ménage étaient occupées au second. Et Dobelyou n'était pas encore arrivé ! Vous avez ouvert la porte du bureau de Sir John Arthur, et vous vous êtes caché dans le plus grand des deux sarcophages, près de l'entrée, quand vous avez entendu arriver Frances Mortimer et Philipp. Pendant qu'elle cherchait le dossier, vous êtes sorti de votre cachette. Vous avez de nouveau utilisé votre clé pour fermer la porte de l'intérieur, sans bruit. La porte avait été préalablement graissée par vos soins. Puis vous vous êtes dirigé vers Frances Mortimer, l'arme au poing, menaçant. Elle s'est enfin retournée et elle vous a vu. Elle a été terrorisée au point de ne pouvoir émettre le moindre cri. Vous ne lui avez pas laissé le temps de vous parler. Vous l'avez exécutée de deux balles en plein cœur.

Très pâle, Eliot Tumberfast s'exprima avec peine.

– Vous ne pouvez pas... C'est inconcevable, abominable... vous...

Le regard sévère de Higgins imposa le silence à Eliot Tumberfast.

– Ensuite, vous avez sorti la momie du second sarcophage où vous l'aviez vous-même cachée après l'avoir volée. Une remarquable idée, en vérité. Qui l'aurait cherchée là ? Cette momie, vous en aviez besoin pour vos expériences scientifiques. Vous l'aviez dérobée dans ce même bureau, un soir où vous travailliez seul dans l'annexe. Vous l'avez opérée, disséquée... C'est pourquoi elle était dans un état pitoyable. Vous l'avez étendue sur le corps de Frances Mortimer, à la fois pour brouiller les pistes et vous débarrasser d'un cadavre bien encombrant. Mais ce fut une grave erreur, monsieur Tumberfast. En voulant égarer l'enquête, vous m'avez offert une piste précieuse : qui d'autre qu'un égyptologue aurait pu voler une momie et l'utiliser comme objet d'expérience ? Qui d'autre, mieux que vous, passionné par le secret de la momification ! Ensuite, votre mise en scène achevée, vous êtes retourné vous cacher dans le grand sarcophage. Tout cela vous avait pris moins de trois minutes. Avant que J. J. Battiscombe, alerté par Philipp Mortimer, n'eût ouvert la porte avec la clé du tableau de service, il s'en était écoulé au moins cinq. Vint alors le moment le plus périlleux pour vous. Vous aviez prévu que le macabre spectacle attirerait toutes les personnes présentes vers le fond du bureau et qu'il capterait leur attention suffisamment longtemps pour vous permettre de sortir du sarcophage et de vous enfuir. Risqué, mais vous n'aviez pas le choix. La facture même de ce sarcophage m'avait beaucoup intrigué. Je m'y étais moi-même enfermé pour savoir combien de temps on pouvait y respirer. Je me suis aperçu que le couvercle de bois était relié à la cuve par des joints pivotants très discrets et parfaitement réglés pour ne point émettre de crissements. De plus, sur le côté, invisibles lors d'un examen superficiel, étaient percés deux trous fort pratiques pour obtenir un peu d'oxygène, dispositif qui n'existe sur aucun des sarcophages exposés au British Museum. En cas de difficulté, vous aviez deux solutions de rechange : ou bien vous réfugier dans votre propre bureau, qui n'a d'ailleurs pas été fouillé le soir du crime, ou bien demeurer caché dans le sarcophage qui n'a pas été ouvert. Le superintendant a exigé, avec raison, que l'on ne touche à rien et surtout pas aux précieuses antiquités rassemblées dans le bureau laboratoire de John Arthur Mortimer. Dernier risque, lors de votre fuite : que quelqu'un vous voie sortir de l'annexe et vous identifie. Mais ce ne pouvait être Barry car vous connaissiez l'endroit où il se garait toujours pour attendre le professeur. Vous avez d'ailleurs pris la direction opposée. Vous avez enfourché la moto, vous êtes débarrassé de l'arme du crime et des gants que vous avez sans doute eu l'intelligence d'utiliser, puis vous êtes rentré à l'hôtel particulier de Mayfair.

– Complètement rocambolesque ! s'écria Eliot Tumberfast, tremblant. Vous avez tout inventé ! D'ailleurs, le témoignage de Sir John Arthur Mortimer m'innocente.

Higgins regarda le nouveau directeur du British Museum.

– Je crois qu'il ne nous a pas dit toute la vérité.

Le savant était ulcéré.

– Je juge vos insinuations particulièrement insultantes, inspecteur. Votre acharnement à accuser Tumberfast est intolérable. Bien malgré moi, soyez-en sûr, il possède un alibi inattaquable. Comment pourrait-il être l'assassin de Frances ?

– D'une certaine manière, dit Higgins avec gravité, vous avez raison car le véritable assassin, c'est vous, John Arthur Mortimer.

— 43 —

– Vous échafaudez invraisemblance sur invraisemblance, inspecteur, répondit le savant, parfaitement maître de lui.

Scott Marlow n'en menait pas large. Une goutte de sueur perla à son front. L'accusation de Higgins ne semblait pas avoir beaucoup troublé le professeur. Le superintendant se demanda si son collègue ne faisait pas fausse route. Mais l'ex-inspecteur-chef, très concentré, reprit sa démonstration.

– Il est vrai qu'Eliot Tumberfast et vous, vous détestiez. Tout vous opposait. Non seulement vos divergences scientifiques, mais aussi le fait que Tumberfast soit tombé amoureux de Frances Mortimer. Je crois même qu'à l'enterrement de Mme Mortimer, le geste d'Eliot Tumberfast, jetant une rose sur la tombe, n'était pas prémédité. Il ne savait pas que j'étais présent. Votre colère offrait une nouvelle illustration de la haine que vous éprouviez à l'encontre d'Eliot Tumberfast. Je souhaite pour vous, monsieur Tumberfast, que cette rose ait été le symbole d'un remords sincère et non un nouvel artifice de comédien. Quoi qu'il en soit, vous avez commis une erreur fatale en volant la momie. Vous étiez si passionné par vos expériences que vous n'avez pas imaginé les conséquences d'une telle imprudence. Votre patron n'a pas mis longtemps à vous identifier comme le voleur, d'autant plus qu'il s'était probablement servi de cette momie comme d'un appât pour vous prendre au piège. Il vous connaissait bien pour vous avoir longtemps observé et savait que vous ne résisteriez pas à la tentation.

– Absurde, intervint John Arthur Mortimer. J'ai moi-même déposé une plainte officielle pour vol.

– Je n'en attendais pas moins de vous, répliqua Higgins. Il est toutefois vrai qu'Eliot Tumberfast était alors totalement à votre merci. Si vous l'accusiez de vol, sa carrière d'égyptologue, ce à quoi il tenait le plus, était définitivement brisée. À l'idée de ne pouvoir vivre sa vocation, un esprit bouillonnant et peu équilibré comme celui de Tumberfast devenait prêt à n'importe quelle concession. Or, vous lui promettiez de le débarrasser de cette encombrante momie s'il collaborait avec vous. J'ai commencé à comprendre qu'il existait une alliance entre vous en étudiant d'un peu plus près le témoignage d'Agatha Lillby. Lorsqu'elle est rentrée de son cercle de jeu, elle avait vu, affirmait-elle, Sir John Arthur Mortimer et Eliot Tumberfast se disputer. Le professeur empêchait Tumberfast de sortir de son bureau. J'ai interrogé les deux protagonistes sur ce moment critique de leur entretien. Leurs récits ne concordaient pas tout à fait. Sir John Arthur se souvenait parfaitement de ce qui s'était passé et son témoignage recoupait celui de Mlle Lillby. En revanche, Eliot Tumberfast était flou, indécis. Tout à fait compréhensible, puisqu'il était déjà parti à ce moment-là ! Cherchez bien dans vos souvenirs, mademoiselle Lillby. Vous avez bien aperçu John Arthur Mortimer, de dos, faisant semblant de se quereller avec Tumberfast, de l'empêcher de sortir...Mais avez-vous vu, réellement vu, Eliot Tumberfast ?

La femme de chambre des Mortimer était très troublée.

– À la réflexion, je ne crois pas… Mais j'ai entendu sa voix. J'ai donc pensé qu'Eliot Tumberfast était bien là.

– Sa voix, c'est un autre problème… En réalité, Eliot Tumberfast avait quitté l'hôtel particulier de Mayfair depuis longtemps. À mon sens, il était déjà arrivé à l'annexe du British Museum bien avant la fin de la pièce de théâtre à laquelle assistaient Frances et Philipp Mortimer. Sans doute avant l'entracte, pour avoir le temps de préparer le meurtre.

– Vous vous égarez, inspecteur, rétorqua John Arthur Mortimer. Vous sollicitez les témoins pour tenter de faire coïncider leurs déclarations avec votre vérité. Mlle Lillby a entendu Tumberfast m'apostropher, c'est un fait. Et que faites-vous de l'appel téléphonique de ma femme, à l'entracte ? Je n'ai pu lui parler longuement, car Tumberfast ne cessait de lire ses élucubrations pour me convaincre. J'ai même été obligé de le faire taire.

– Il me faudrait un autre témoin que vous-même. Frances Mortimer a-t-elle évoqué cet appel téléphonique, Philipp ?

– Oui, répondit ce dernier, bouleversé, ne sachant plus où se trouvait la vérité, horrifié à l'idée que Sir John Arthur Mortimer pût être coupable. Frances s'inquiétait pour la santé de mon père ; elle a effectivement entendu des échos de sa querelle avec Tumberfast.

– Logique, admit Higgins, visiblement satisfait. Je vous ai tendu un petit piège, Sir John Arthur. Votre argumentation repose sur la voix d'Eliot Tumberfast ; une voix que vous avez enregistrée. Dans le bureau de votre hôtel particulier comme dans celui du British Museum, j'ai noté la présence de deux magnétophones. Vous avez eu l'intelligence de ne pas les dissimuler, puisqu'ils servaient effectivement à des enregistrements de nature scientifique, conférences, préparations de dossiers... Je vous ai questionné à ce sujet et j'ai fouillé un peu partout avec l'espoir de retrouver d'anciennes bandes magnétiques. En examinant l'intérieur de votre cheminée, autant par goût personnel que par conscience professionnelle, j'y ai découvert un fragment de bande qui n'était pas entièrement calciné. Les cheminées sont souvent révélatrices dans les affaires criminelles, car les assassins ont fréquemment des indices à brûler. J'ai supposé que vous aviez détruit vous-même des bandes magnétiques pour éviter corbeilles et poubelles de peur que Barry, comme il en avait l'habitude, n'en examine le contenu d'un peu trop près. J'ai confié ce fragment au laboratoire du Yard. Moins de six centimètres, très étroit... Une fabrication dernier cri pour un dictaphone haut de gamme utilisant des bandes miniatures. Exactement l'équipement de vos appareils. Il n'y avait que quelques mots audibles, prononcés par vous-même : « Écoutez-moi, mon cher... », sur un ton plutôt agressif. Vous parliez donc à quelqu'un, ce qui paraît curieux lorsqu'on utilise un tel appareil pour enregistrer des notes à usage personnel. Et si ce quelqu'un n'était autre qu'Eliot Tumberfast ? S'il s'agissait là d'un extrait de scènes de querelles montées de toutes pièces ? Quand Agatha Lillby est rentrée de son cercle de jeu, vous la guettiez. Elle m'avait supplié de ne pas vous révéler son vice, mais je suis persuadé que vous le connaissiez. Vous attendiez le retour de votre femme de chambre, vous saviez qu'elle utilisait la petite porte donnant sur la ruelle. Vous l'avez observée de la fenêtre de votre bureau. Dès qu'elle est entrée, vous avez mis le magnétophone en marche et pris soin de vous montrer au moment où Agatha Lillby empruntait l'escalier pour regagner discrètement sa chambre. Ainsi, elle a bien entendu la voix passionnée et rageuse d'Eliot Tumberfast. Il en fut de même pour Frances Mortimer lorsqu'elle vous a téléphoné. Cette idée-là était particulièrement horrible puisque vous avez utilisé comme alibi votre dernière conversation avec votre épouse. À ce moment-là, Eliot Tumberfast était déjà parti.

– Vous avez une imagination débordante, inspecteur, observa John Arthur Mortimer. Que quelques mots gravés sur un débris de bande magnétique débouchent sur une telle théorie, voilà qui fera sourire n'importe quel tribunal.

– Je crois que vous avez tout prémédité avec beaucoup de minutie. Le choix de la soirée où avait lieu un cambriolage, destiné à entraîner l'enquête sur des chemins de traverse, n'était pas dû au hasard, lui non plus. Je suis persuadé qu'au moins l'un d'entre vous savait que des pièces rares étaient conservées dans le bureau des numismates.

– Moi, avoua Philipp Mortimer. C'était le seul soir où tous les numismates étaient absents en même temps. D'ordinaire, il y en avait au moins un qui travaillait tard le soir.

– Comment l'aviez-vous appris ? demanda Higgins.

– Lors d'un dîner, une quinzaine de jours avant le meurtre. Mon père en avait parlé à table. II avait de nouveau évoqué cette situation exceptionnelle au salon, lorsque Agatha nous apportait un brandy.

Higgins se tourna vers Agatha Lillby dont les joues se teintaient de rouge.

– Vous aussi, mademoiselle Lillby, étiez donc au courant.... au courant de tant de choses ! De la statuette volée par Philipp Mortimer, de ses mauvaises fréquentations, de la filière qu'il avait suivie pour aboutir à un revendeur.

C'est vous, n'est-ce pas, qui avez été la tête pensante de ce vol de pièces rares ? Vous espériez toucher ainsi une forte somme qui vous aurait permis de régler toutes vos dettes de jeu et de jouer encore davantage.

– C'est faux, totalement faux ! protesta-t-elle.

– Nous n'aurons qu'un seul coupable, conclut Higgins. William W. Dobelyou.

— 44 —

Le patron du gang des antiquaires se leva, tel un diable sortant de sa boîte.

– Cette fois, ça suffit ! Je n'ai pas l'habitude de donner le nom de mes indicateurs, mais je n'ai pas envie de payer pour tout le monde ! C'est bien une femme qui m'a contacté par téléphone afin de me mettre sur le coup. J'ai fait vérifier ses indications par Battiscombe. Indira Li a obtenu un remplacement pour être présente sur les lieux et préparer l'opération.

– Comment identifier cette femme ? demanda Higgins.

– Il y avait un rendez-vous prévu pour le partage, deux jours après le vol. À cause du meurtre, j'ai été obligé de fuir. C'est pourquoi j'ai téléphoné à Battiscombe, lui ai demandé d'aller à ma place au rendez-vous et d'expliquer la situation à notre associée. J'ai toujours été correct en affaires.

– À quelle adresse était prévu ce rendez-vous, monsieur Battiscombe ?

L'ex-veilleur de nuit, brisé, avait l'allure d'un chien battu.

– Au 12 Carlisle Street. J'y ai rencontré Mlle Lillby en début d'après-midi.

– Votre franchise est un peu tardive, dit Higgins. Elle ne nous apprend d'ailleurs pas grand-chose, car le superintendant Marlow avait fait surveiller le cercle de jeu clandestin de Carlisle Street. Nous y avons vu arriver J. J. Battiscombe et Agatha Lillby. Les morceaux du puzzle s'assemblaient, mais nous ne savions pas encore s'ils nous mèneraient jusqu'au criminel. Vous avez revu Eliot Tumberfast en privé, mademoiselle Lillby, et lui avez parlé de ce vol fabuleux, de votre future indépendance financière, d'un possible mariage… car vous l'aimez toujours, n'est-ce pas ?

Les déchirements intérieurs de la femme de chambre des Mortimer se lisaient sur son visage.

– Eliot n'est pas un assassin, inspecteur ! Il ne peut pas l'être, je vous l'affirme !

– Hélas ! mademoiselle, cette affirmation ne me suffit pas. Vous avez donné à M. Tumberfast l'heure à laquelle arriverait Dobelyou. Il connaissait le détail du mécanisme de ce cambriolage, contre lequel il a dû vous mettre en garde. Mais John Arthur Mortimer et lui ont constaté avec satisfaction que leur machination prenait forme. Le professeur qui avait su distiller l'information pour que le vol puisse s'organiser et que d'autres fassent figure de criminels possibles…

– Vous me prenez pour un redoutable Machiavel, inspecteur ! s'étonna le savant.

– Pendant un temps assez long, vous êtes demeuré seul dans votre hôtel particulier de Mayfair. Ne vous seriez-vous pas absenté ?

– Je n'ai pas quitté mon bureau de la soirée, M. Tumberfast peut vous le confirmer. De plus, j'étais souffrant. Une mauvaise grippe. Mon médecin traitant m'avait recommandé de garder la chambre.

– J'ai consulté le docteur Matthews, précisa Higgins. Il m'a paru aussi peu doué pour la médecine que pour la peinture, sa véritable passion. Je crois que vous l'avez abusé sans peine, de même que votre entourage. Vous avez joué avec un incroyable cynisme la comédie du mari attristé et m'avez presque fait croire à votre douleur contenue et digne. Je suis pourtant reconnaissant envers le docteur Matthews. Il m'a permis de comprendre les états d'âme de Frances Mortimer. Bien qu'elle détestât l'égyptologie, les sarcophages, les momies, elle vous admirait et vous aimait, Sir John Arthur. Mais vous ne l'avez jamais aimée. Grâce aux portraits peints par son précepteur depuis deux ans, j'ai vu le désespoir se graver sur son visage. Elle savait que son mariage était un échec. Elle savait aussi qu'une séparation serait inévitable.

– J'ai entendu une dispute entre Sir John Arthur Mortimer et son épouse, ajouta Agatha Lillby, qui avait perdu toute superbe. Ça ne pouvait plus continuer comme ça, disait-elle. Mais il n'y a pas eu de conséquences... J'ai oublié cet incident.

Le regard courroucé du savant impressionna Agatha Lillby.

– Vous dites n'importe quoi, Agatha. Votre mémoire est décidément bien curieuse. Qui pourrait s'y fier ?

– Avec tout le respect que je vous dois, rétorqua-t-elle, permettez-moi de vous affirmer que Frances n'était pas une femme pour vous. Regardez-la, nue, indécente, sur ce tableau ! J'en ai honte, je regrette ce que j'ai fait. Mais je suis sûre que c'est à cause d'elle que tout est arrivé.

Higgins avait écouté Agatha Lillby avec attention. Mais c'est vers John Arthur Mortimer qu'il se tourna.

– Pourquoi avez-vous organisé l'assassinat de votre femme ?

La question de Higgins fit régner un climat d'angoisse presque insupportable. Seul le principal intéressé demeura impassible.

– Je n'ai rien à répondre, inspecteur.

– Je vais donc le faire à votre place. Le but de votre existence, c'est la direction du British Museum. Vous étiez prêt à tout pour l'obtenir alors que les candidats sérieux ne manquaient pas. Votre opiniâtreté, vos relations, votre notoriété croissante vous ont permis, il y a trois ans environ, d'entrevoir un possible succès. Triomphe impossible, cependant, sans une importante surface financière que vous ne possédiez plus. Mauvais placements, dettes familiales… La fortune des Mortimer avait fondu comme neige au soleil.

– Ce n'est pas un crime, inspecteur ? ironisa le savant.

– Lors de l'enterrement de votre épouse, poursuivit Higgins, un fait m'a étonné : l'absence de ses parents. J'ai appris que sa mère était décédée cinq ans plus tôt, mais pourquoi son père ne s'était-il pas déplacé pour accompagner sa fille unique à sa dernière demeure ?

– Cette question ne concerne que lui seul, inspecteur.

– Ce n'est pas exactement ce que m'a confié le père de Frances lorsque je lui ai rendu visite dans sa propriété du Sussex, révéla Higgins. Il était tout à fait opposé à son union avec vous, détestant l'aspect calculateur de votre caractère dont Frances, amoureuse, n'avait aucune conscience. Malade, désespéré par la mort tragique de sa fille, il n'a eu ni le courage ni la force de vous affronter lors d'une cérémonie qu'il jugeait plus mondaine que sincère. Il a préféré pleurer sa fille dans la solitude.

– Chacun vit sa douleur comme il l'entend, inspecteur.

Sir John Arthur ne perdait pas une once de dignité.

– Le père de Frances m'a longuement parlé de votre contrat de mariage, continua Higgins. En cas de décès de votre femme, ses biens vous revenaient dans leur totalité. Et Mme Mortimer ne pouvait pas avoir d'enfant… ce que le bon docteur Matthews vous avait sans doute appris dès que Frances Mortimer était devenue sa patiente. La plus grande catastrophe qui pouvait vous frapper, c'était le divorce. Il vous aurait ruiné et brisé vos ambitions. Votre épouse n'avait-elle pas évoqué, de la manière la plus sérieuse, une séparation inévitable ?

– Ridicule, objecta, le savant avec froideur.

– Je ne crois pas, rétorqua Higgins. D'après mon ami Petticott, de la banque d'Angleterre, il est clair que vos capacités financières personnelles étaient réduites au minimum. Vous étiez même incapable d'augmenter Agatha et Barry. Dès votre mariage, une fortune considérable, provenant de Frances Mortimer, avait fait de vous un homme riche.

– Rien de plus exact, inspecteur. On ne tue pas sa femme pour autant.

– Sauf si cette dernière menace de vous quitter en emportant sa fortune et en brisant votre carrière de manière définitive. Frances était désespérée, car elle savait que vous ne l'aimiez plus. Pire, que vous ne l'aviez sans doute jamais aimée. Elle n'avait pas un tempérament à accepter des compromissions. Puisque ce mariage était un échec, il fallait y mettre fin.

– Ma femme et moi n'avons jamais eu la moindre conversation dans ce sens, inspecteur. Nous étions un couple uni.

– Vous avez commis une grave erreur. Un péché de vanité.

— 45 —

John Arthur Mortimer fronça les sourcils. Une ride profonde se creusa sur son front. Il ne voyait pas à quoi Higgins faisait allusion.

– Dans la plupart des affaires criminelles, expliqua Higgins, il faut remonter au point de départ. C'est vous-même qui l'avez indiqué : vous avez demandé à votre épouse d'aller chercher un dossier dont vous aviez un besoin urgent. En raison de votre maladie, vous étiez incapable de vous déplacer. Ce dossier, Frances Mortimer l'avait effectivement trouvé. Les feuillets étaient éparpillés près de son cadavre, et j'ai eu l'occasion de les examiner. Ils étaient consacrés à la tombe du général Horemheb, le successeur de Toutânkhamon. En tant que modeste amateur d'égyptologie, je connaissais quelques-uns des éléments indiqués. Intrigué, j'ai voulu en savoir davantage. J'ai consulté mon ami Mac Cullough, remarquable commissaire-priseur et grand connaisseur de l'antiquité. Bien qu'il n'ait pas les compétences d'un égyptologue professionnel, il a rassemblé en quelques minutes un dossier beaucoup plus complet que le vôtre sur la tombe de Horemheb à Saqqarah. Vous, le grand professionnel, avez omis de soigner ce détail, trop certain que personne ne s'y intéresserait de près. Pourquoi avez-vous demandé à votre épouse d'aller chercher un dossier dont vous n'aviez nul besoin... Sinon parce que vous cherchiez un prétexte pour envoyer Frances Mortimer vers une mort atroce ?

L'érudit demeura impassible

– Sans doute mes assistants avaient-ils mal établi le dossier, inspecteur. Je m'en serais rendu compte quand Frances me l'aurait rapporté. Votre intolérable accusation est toujours aussi peu étayée.

Le superintendant Marlow était de moins en moins à l'aise. Plus le temps passait, plus le professeur semblait sûr de lui.

– J'ai indiqué vos mobiles, reprit Higgins, aussi calme que le savant. Le titre de directeur du British Museum est l'apothéose de votre carrière. Vous avez décidé de supprimer votre femme dès qu'elle vous a annoncé son intention de divorcer. Ce qu'ignore encore Eliot Tumberfast, c'est qu'il a été manipulé par vous. Votre patron vous a menti, monsieur Tumberfast. Vous avez tué pour un faux motif.

– Je suis innocent ! protesta Eliot Tumberfast. Tout ce qu'a déclaré Sir John Arthur est exact.

– Je voudrais évoquer un autre élément de l'enquête... Mon ami Petticott m'a parlé d'un chèque important signé par Sir John Arthur à l'avantage de l'agence de détective Christie's.

– Je n'en ai pas fait mystère, précisa le savant.

– C'était fort habile de votre part, reconnut Higgins. Connaissez-vous cette agence de détectives, monsieur Tumberfast ?

– No... on, bredouilla l'égyptologue.

– Je crois que si, rectifia Higgins. Votre patron vous a parlé de l'enquête menée à propos de son épouse et des filatures qu'il avait ordonnées. Il a cité l'agence Christie's, vous a même montré un dossier... que vous n'avez pas eu le courage de lire tant il révélait d'horreurs sur le compte de la femme que vous aimiez.

– Vous êtes grotesque, inspecteur ! s'irrita le professeur. Je n'ai évidemment pas parlé de cette enquête à Tumberfast ; elle concernait ma vie privée.

– Permettez-moi de penser le contraire, insista Higgins. C'était même le point central de votre abominable machination. Il est certain que vous avez décidé Eliot Tumberfast à tuer votre femme. Vous possédiez assez d'atouts importants pour y parvenir : le chantage à la momie, la promesse de donner à Tumberfast la possibilité d'effectuer les fouilles dont il rêvait... Mais c'était insuffisant pour le transformer en meurtrier. À cet aspect professionnel, si important pour lui, vous avez ajouté la dimension affective. Vous aviez remarqué, depuis longtemps, que Tumberfast était un passionné, un exalté. Surtout, il était tombé amoureux de votre femme. Mais Frances était une épouse fidèle. Le rapport de l'agence de détective vous l'avait prouvé. Elle repoussait les avances de Tumberfast comme celles de tous ses autres soupirants. Vous avez prétendu le contraire et traîné votre femme dans la boue devant Tumberfast. Vous avez même invoqué le témoignage de Barry, votre chauffeur, et d'Agatha Lillby, votre femme de chambre. Vous avez expliqué à Tumberfast que Frances comptait un grand nombre d'amants, l'avez décrite comme une femme légère, frivole, bien éloignée de l'image idéale que s'était forgée Tumberfast. Son rêve s'est brisé. Son amour platonique et passionné s'est transformé en haine. Frances était devenue impure à ses yeux. De plus, en vous quittant, vous le malheureux mari trompé, bafoué, elle ruinait cyniquement votre carrière. Dans ces conditions, vous ne pourriez plus protéger Tumberfast ni lui garantir que ses fouilles seraient organisées. Frances devenait ainsi la plus détestable des créatures, un véritable démon. Il ne restait qu'une solution : la tuer. Et ce ne serait que justice. Le *Livre des morts* des anciens Égyptiens n'indique-t-il pas qu'il faut châtier la femme adultère ?

Livide, Eliot Tumberfast se leva et désigna le tableau où l'on voyait Frances Mortimer nue.

– Et cela ? dit-il à Higgins d'une voix tremblante. Ce n'est pas une preuve de l'immoralité de Frances ?

– Pas le moins du monde, répondit Higgins. Ce tableau est un faux. Son auteur me l'a avoué. Il est prêt à venir en témoigner. Auriez-vous l'amabilité de vous déchausser, monsieur Tumberfast ?

– Pardon ?

Eliot Tumberfast, en proie à la plus vive agitation intérieure, regardait l'ex-inspecteur-chef du Yard sans comprendre.

– J'aimerais que vous essayiez cette paire de chaussures, monsieur Tumberfast.

Le superintendant Marlow posa sur le parquet une belle paire d'escarpins noirs. Étonné, Tumberfast chercha un appui auprès de son patron, qui lui opposa un visage glacial. Tumberfast se déchaussa nerveusement, hésita, glissa ses pieds avec aisance dans les escarpins.

– Voudriez-vous faire quelques pas ? demanda Higgins, aimable.

L'égyptologue, très raide, s'exécuta. Il avait la sensation d'agir comme une mécanique que son esprit ne dirigeait plus.

– Je crois que vous pouvez garder ces chaussures, conclut Higgins. Elles vous vont à merveille. Ne vous rappellent-elles aucun souvenir, monsieur Tumberfast ?

Hagard, l'égyptologue s'immobilisa. Il chercha ses mots quelques secondes.

– Pourquoi... pourquoi me posez-vous cette question ?

– Parce que vous les portiez la nuit du crime. Il pleuvait, souvenez-vous, quand vous avez quitté l'hôtel particulier de Mayfair. Sir John Arthur vous a conseillé de changer de chaussures et vous a présenté cette paire. Quand vous êtes rentré, vous avez repris les vôtres. Il a nettoyé celles-ci, mais ne les a pas jetées. C'est lui-même qui les a rangées dans l'armoire de sa chambre où elles furent prélevées, au titre de pièces à conviction. Or ces chaussures appartiennent à Philipp Mortimer... Vous et lui avez la même pointure, monsieur Tumberfast. Notre petite expérience vient de le prouver. J'ai recueilli un peu de terre, en bordure d'une allée du jardin de l'hôtel particulier et l'ai faite analyser par Scotland Yard. On avait retrouvé quelques traces de cette même terre sur le parquet du bureau de votre patron. Des traces plutôt récentes. Or, il ne s'était pas rendu au British Museum depuis plusieurs jours. C'était quelqu'un d'autre qui avait marché dans l'allée et s'était introduit dans le bureau : vous, monsieur Tumberfast. Sir John Arthur avait tout prévu, là, encore. Ou bien ces chaussures passaient inaperçues, ou bien on s'interrogeait sur leur rangement insolite. Agatha ne manquerait pas d'indiquer que Philipp Mortimer n'était guère soigneux. L'idée viendrait forcément qu'il les avait dissimulées pour un motif inavouable. Mais j'ai cru Philipp J'ai compris que son père était le pire des criminels, qui n'hésiterait pas à faire accuser son propre fils.

Philipp Mortimer considéra son père avec une anxiété mêlée d'horreur. Il n'osait croire à l'effarante déclaration de Higgins.

– John Arthur Mortimer, déclara Higgins avec solennité, je vous accuse, au nom de sa Royale Majesté, d'avoir conçu et prémédité le crime de votre épouse, Frances. Vous avez manipulé votre assistant, Eliot Tumberfast, qui a été le bras agissant de votre machination. Je crois, messieurs, qu'il est temps d'avouer.

Scott Marlow était nerveux à l'idée de devoir passer les menottes aux poignets de l'un des plus célèbres représentants de la vieille noblesse britannique. Eliot Tumberfast était presque pitoyable. Son visage agité de tics nerveux, il perdait le contrôle de lui-même.

– Je suis innocent, gémit-il.

– Il en va de même pour moi, naturellement, affirma le professeur. J'ai un rendez-vous important dans une demi-heure, inspecteur. J'espère pouvoir être libre à temps, après cette lamentable comédie.

Higgins recommença à faire les cent pas. Scott Marlow aurait voulu disparaître dans un trou de souris.

– Bien entendu, observa Higgins, vous êtes indissociables l'un de l'autre. De votre côté, Sir John Arthur, vous ne pouvez avouer qu'Eliot Tumberfast s'est longuement absenté de chez vous, le soir du crime, sans vous rendre aussitôt suspect et complice. Du vôtre, Eliot Tumberfast, vous ne pouvez accuser votre patron, malgré tout ce que je vous ai appris, sans vous désigner aussitôt comme assassin. Un plan génial, Sir John Arthur, reposant sur une cruauté rarement égalée. Et sur la certitude que personne ne pourra obtenir la moindre preuve, même en connaissant la vérité.

– Cette histoire macabre n'a existé que dans votre imagination, inspecteur.

Higgins s'approcha d'Eliot Tumberfast et se plaça derrière sa chaise. Il parla doucement, comme un confesseur s'apprêtant à donner l'absolution.

– Vous avez tenté de me convaincre, monsieur Tumberfast, que certaines momies ressuscitaient. Vous êtes persuadé que les Égyptiens avaient vaincu le secret de la mort… et vous avez raison. Cette momie, que vous avez accusée de meurtre, a été le témoin de votre geste criminel. Elle s'est alliée à Frances Mortimer pour vous accuser devant Dieu et devant les hommes… Car Frances Mortimer n'est pas morte ! Regardez, monsieur Tumberfast, regardez !

Eliot Tumberfast entendit d'abord un léger grincement, provenant de l'endroit où étaient dressés les deux sarcophages. Puis il se retourna. Le couvercle du grand sarcophage bascula. Tumberfast, les yeux hors de la tête, se leva. John Arthur Mortimer, incrédule, s'agrippa à sa chaise. Indira Li s'évanouit, tombant dans les bras de Philipp Mortimer qui ne vit plus rien de la scène. Les autres furent fascinés, à demi morts de peur.

Le couvercle du sarcophage tomba sur le parquet avec un bruit sec. Apparut une momie, aux bandelettes immaculées. Sa tête était celle d'une jeune femme blonde, très belle, aux yeux grands ouverts. Une momie vivante.

Eliot Tumberfast se rua vers elle et s'agenouilla.

– Frances ! hurla-t-il, Frances ! Pardon, pardon, mon amour… Ton mari m'a trompé, il m'a menti ! Je t'ai tuée, moi qui t'aimais tant, moi qui étais certain de ta pureté… Tout est de sa faute, c'est lui l'assassin, je te le jure !

Scott Marlow, ébranlé par la confession publique d'Eliot Tumberfast, qui pleurait autant qu'il parlait, fut bousculé par John Arthur Mortimer qui ouvrit la porte de son bureau et prit la fuite.

– Il faut le poursuivre, s'écria le superintendant. Il va nous échapper !

– Allons, Marlow le rassura Higgins d'une tape amicale sur l'épaule, rappelez-vous : vous avez eu la sagesse de faire garder toutes les issues.

— 46 —

Higgins et Scott Marlow marchaient dans Bond Street. Il pleuvait.

– Vous rentrez bientôt à *the Slaughterers* ? demanda le superintendant.

– Je prends le train dans une heure.

– Quelle histoire, soupira Scott Marlow, encore mal remis de ses émotions.

– Votre conférence de presse s'est bien passée ? s'enquit Higgins.

– À merveille. Les journalistes n'en croyaient pas leurs oreilles. On n'arrête pas tous les jours un pareil criminel... je veux dire : deux criminels.

Higgins remonta le col de son imperméable. Il avait froid et ressentait de nouveau un petit picotement dans l'arrière-gorge. Décidément, le climat londonien ne lui réussissait pas.

– Dites-moi, Higgins, pour le tableau où Frances Mortimer posait... dévêtue, comment aviez-vous deviné que ce n'était pas elle ?

– Je n'ai rien deviné, superintendant. Je n'y ai pas cru. Je ressentais Mme Mortimer comme un être exceptionnel, hors du commun, d'une fidélité et d'une pureté à toute épreuve. Cette certitude m'a guidé tout au long de l'enquête

J'ai cherché à comprendre et j'ai trouvé une carte bizarre dans l'atelier du peintre. Celle de l'agence Top-Model. Cela m'a évité de faire parler ce vieil homme malade ; il avait bien le droit d'avoir ses rêves. Je suis allé à l'adresse indiquée sur la carte. Dans l'un des cahiers que m'a présentés la patronne de l'agence, il y avait des photographies de dames… dévêtues. J'avais montré une photo de Frances Mortimer à Mme Toppy. Elle a cru la reconnaître parmi ses protégées. En réalité, il s'agissait d'une sorte de sosie, avec une once de vulgarité en plus. La dame en question jouait la pièce *Crime et Châtiment.* Elle tenait le rôle d'une soubrette. Sur la photo d'agence, où elle était aussi nue que sur le tableau, cette dame était affublée d'un curieux avantage : deux grains de beauté volumineux au dessus du sein gauche. Ce n'était pas le cas de France Mortimer, d'après les photos de son cadavre, prises à la morgue. C'était donc bien son sosie qui avait posé, « louée » par le précepteur.

– Il me semblait bien que vous aviez une intention cachée en m'emmenant au théâtre, admit le superintendant.

– Je suis allé voir cette jeune personne, continua Higgins et je lui ai proposé le plus beau rôle de sa carrière. Celui d'une momie ressuscitée qui, sans dire un mot, produirait un effet considérable sur son public et ferait avouer un assassin. La dame accepta avec enthousiasme. Ensuite, il ne me restait plus qu'à acheter une grande quantité de bandes chez un pharmacien pour l'envelopper à la manière d'une momie. Il suffisait de faire sortir toutes les personnes soupçonnées du bureau de Sir John Arthur Mortimer, pendant une dizaine de minutes, et d'y faire entrer notre actrice pour qu'elle se glisse dans le sarcophage.

– Mise en scène risquée, Higgins !

– Pas réellement, superintendant. Eliot Tumberfast est un mystique aux nerfs fragiles. Il fallait le préparer, le mettre en condition, lui révéler l'atroce vérité avant de l'affronter à une réalité d'outre-tombe à laquelle il croyait dur comme fer. Un choc comme celui-là abattrait à coup sûr ses dernières résistances.

Le ciel était si bas qu'il faisait presque nuit au milieu de l'après-midi.

– Je ne comprends pas qu'un gentleman comme Sir John Arthur Mortimer…

– Ce n'était pas un gentleman, superintendant. Croyez-vous qu'un homme de qualité puisse haïr à ce point une femme aussi merveilleuse que Frances ?

Scott Marlow s'étonna.

– Haïr ? Il a commandité un crime abominable, mais il l'admirait, me semble-t-il…

– Non. Il était incapable d'aimer ou d'admirer. C'était un homme des ténèbres.

Higgins s'était exprimé avec une sévérité qui fit frissonner Scott Marlow.

– Le monde est souvent mauvais, superintendant. Nous n'y pouvons rien ; pourtant, il faut toujours lutter contre le mal. J'aurais dû résoudre cette affaire beaucoup plus vite, le destin m'avait indiqué le coupable avec clarté. Mais on ne fait pas suffisamment attention aux signes.

– Quels signes ? s'inquiéta le superintendant.

– Frances Mortimer ne s'était-elle pas rendue au théâtre pour voir *Othello*, avant d'être assassinée par un mari diabolique et un amoureux jaloux ? Un Othello double…

– Grâce à nous, la justice a triomphé, affirma le superintendant.

– Il faut l'espérer, répondit Higgins. J'avais promis à madame Mortimer d'identifier son assassin pour que son âme repose en paix. À présent, je peux repartir chez moi. Les humains sont parfois bien tristes à regarder. Heureusement, il y a… des chats, des arbres et des roses.

Scott Marlow, plus ému qu'il ne voulait bien le laisser paraître, regarda l'ex-inspecteur-chef s'éloigner sous la pluie. Il pensa que, tant qu'il y aurait un Higgins, Scotland Yard ne serait pas une police comme les autres.

ŒUVRES DE CHRISTIAN JACQ

Romans

L'Affaire Toutankhamon, Grasset (prix des Maisons de la Presse).
Barrage sur le Nil, Robert Laffont.
Champollion l'Égyptien, XO Éditions.
Le Dernier Rêve de Cléopâtre, XO Éditions.
Égypte, l'ultime espoir. La vie héroïque du grand prêtre Pétosiris, XO Éditions.
L'Empire du pape blanc (épuisé).
Les Enquêtes de Setna, XO Éditions :
    * *La Tombe maudite.*
    ** *Le Livre interdit.*
    *** *Le Voleur d'âmes.*
    **** *Le Duel des mages.*
Et l'Égypte s'éveilla, XO Éditions :
    * *La Guerre des clans.*
    ** *Le Feu du Scorpion.*
    *** *L'Œil du Faucon.*
Horemheb, le retour de la lumière, XO Éditions.
Imhotep, l'inventeur de l'éternité, XO Éditions.
J'ai construit la Grande Pyramide, XO Éditions.
Le Juge d'Égypte, Plon :
    * *La Pyramide assassinée.*
    ** *La Loi du désert.*
    *** *La Justice du vizir.*
La Création du Temple de Salomon, Ebook (uniquement).
Maître Hiram et le roi Salomon, XO Éditions.
Le Moine et le Vénérable, Robert Laffont.
Mozart, XO Éditions :
    * *Le Grand Magicien.*
    ** *Le Fils de la Lumière.*
    *** *Le Frère du Feu.*
    **** *L'Aimé d'Isis.*
Les Mystères d'Osiris, XO Éditions :
    * *L'Arbre de vie.*
    ** *La Conspiration du mal.*

**** Le Chemin du feu.*

***** Le Grand Secret.*

La Naissance d'Anubis ou le Crime suprême (nouvelle), J Éditions.

Néfertiti, l'Ombre du Soleil, XO Éditions.

Pharaon, mon royaume est de ce monde, XO Éditions.

Le Pharaon noir, Robert Laffont.

La Pierre de lumière, XO Éditions :

** Néfer le Silencieux.*

*** La Femme sage.*

**** Paneb l'Ardent.*

***** La Place de Vérité.*

Pour l'Amour de Philae, Grasset.

Le Procès de la momie, XO Éditions.

La Prodigieuse Aventure du Lama Dancing (épuisé).

Que la vie est douce à l'ombre des palmes (nouvelles), XO Éditions.

Ramsès, Robert Laffont :

** Le Fils de la Lumière.*

*** Le Temple des millions d'années.*

**** La Bataille de Kadesh.*

***** La Dame d'Abou Simbel.*

****** Sous l'acacia d'Occident.*

La Reine Liberté, XO Éditions :

** L'Empire des ténèbres.*

*** La Guerre des couronnes.*

**** L'Épée flamboyante.*

La Reine Soleil, Julliard (prix Jean-d'Heurs du roman historique).

Sphinx, XO Éditions.

Toutânkhamon, l'ultime secret, XO Éditions.

Urgence absolue, XO Éditions.

La Vengeance des dieux, XO Éditions :

** Chasse à l'homme.*

*** La Divine Adoratrice.*

Ouvrages pour la jeunesse

Contes et légendes du temps des pyramides, Nathan.
La Fiancée du Nil, Magnard (prix Saint-Affrique).
Les Pharaons racontés par…, Perrin.

Essais sur l'Égypte ancienne

Ces femmes qui ont fait l'Égypte, XO Éditions.
L'Égypte ancienne au jour le jour, Perrin.
L'Égypte des grands pharaons, Perrin (couronné par l'Académie française).
Les Égyptiennes, portraits de femmes de l'Égypte pharaonique (épuisé).
Les Grands Sages de l'Égypte ancienne, Perrin.
Initiation à l'Égypte ancienne, MdV Éditeur.
La Légende d'Isis et d'Osiris, ou la Victoire de l'amour sur la mort, MdV Éditeur.
Les Maximes de Ptah-Hotep. L'enseignement d'un sage du temps des pyramides, MdV Éditeur.
Le Monde magique de l'Égypte ancienne, XO Éditions.
Néfertiti et Akhénaton, le couple solaire, Perrin.
Paysages et paradis de l'autre monde selon l'Égypte ancienne, MdV Éditeur.
Le Petit Champollion illustré, Robert Laffont.
Pouvoir et sagesse selon l'Égypte ancienne, XO Éditions.
Préface à : *Champollion, grammaire égyptienne*, Actes Sud.
Préface et commentaires à : *Champollion, textes fondamentaux sur l'Égypte ancienne*, MdV Éditeur.
Rubriques « Archéologie égyptienne », dans le *Grand Dictionnaire encyclopédique*, Larousse.
Rubriques « L'Égypte pharaonique », dans le *Dictionnaire critique de l'ésotérisme*, Presses universitaires de France.
La Sagesse vivante de l'Égypte ancienne, Robert Laffont.
La Tradition primordiale de l'Égypte ancienne selon les Textes des Pyramides, Grasset.
La Vallée des Rois, histoire et découverte d'une demeure d'éternité, Perrin.
Voyage dans l'Égypte des pharaons, Perrin.

Autres essais

La Flûte enchantée de W.A. Mozart, traduction, présentation et commentaires de C. Jacq, MdV Éditeur.
La Franc-maçonnerie, histoire et initiation, Robert Laffont.

Le Livre des Deux Chemins, symbolique du Puy-en-Velay (épuisé).
Le Message initiatique des cathédrales, MdV Éditeur.
Saint-Bertrand-de-Comminges (épuisé).
Saint-Just-de-Valcabrère (épuisé).
Trois Voyages initiatiques, XO Éditions :

    * *La Confrérie des Sages du Nord.*
    ** *Le Message des constructeurs de cathédrales.*
    *** *Le Voyage initiatique ou les Trente-Trois Degrés de la Sagesse.*

Albums illustrés

L'Égypte vue du ciel (photographies de P. Plisson), XO Éditions et La Martinière.
Karnak et Louxor, Pygmalion.
Le Mystère des hiéroglyphes, la clé de l'Égypte ancienne, Favre.
La Vallée des Rois, images et mystères (épuisé).
Le Voyage aux pyramides (épuisé).
Le Voyage sur le Nil (épuisé).
Sur les pas de Champollion, l'Égypte des hiéroglyphes (épuisé).

Bandes dessinées

Les Mystères d'Osiris (scénario : Maryse, Jean-François Charles ; dessins : Benoît Roels), Glénat et XO Éditions :

    * *L'Arbre de vie (1).*
    ** *L'Arbre de vie (2).*
    *** *La Conspiration du mal (1).*
    **** *La Conspiration du mal (2).*

ON EN PARLE…

« Higgins travaille comme nous le faisons, dans la réflexion. Il écoute, il observe, il relève ce qui est anachronique et incohérent. Ensuite, il réfléchit, analyse et pose les bonnes questions. Depuis trente-trois ans au service de la gendarmerie et de l'IRCGN, c'est ainsi que je forme les enquêteurs et les techniciens qui travaillent avec moi. »

Capitaine THOMAS,
IRCGN.

★

« La recette de Christian Jacq est simple : une intrigue bien construite, des personnages attachants et une écriture alerte. Simple, efficace… On n'a jamais fait mieux ! »

Thierry NIOGRET,
France Bleu Béarn.

★

« Une tradition d'enquête policière où la résolution des crimes commis ne doit rien aux procédés technologiques modernes, mais tout à la sagacité d'un enquêteur, l'inspecteur Higgins, digne héritier des Poirot ou Holmes. »

Nicolas BLONDEAU,
Le Progrès.

★

« Il n'est pas exagéré de dire que le lecteur, littéralement absorbé, mène les investigations au côté de l'inspecteur Higgins. »

Noëlle de SONIS,
La Manche libre.

★

« Le livre est rythmé, l'enquête digne d'un roman d'Agatha Christie. La recette est classique, mais la magie opère toujours. Le lecteur est captivé jusqu'aux dernières pages. »

Franck BOITELLE,
Paris-Normandie.

★

« Christian Jacq mène avec une redoutable efficacité et une délicieuse sophistication un récit bien sombre et bien cadencé. Le lecteur est bousculé par les contre-indices qui jaillissent à chaque page. Il se laisse baigner par l'atmosphère enveloppante du récit. Ambiance crépusculaire et frissons garantis jusqu'à la dernière ligne. »

Véronique EMMANUELLI,
Corse-Matin.

★

« Higgins n'écoute que son bon sens et balaie d'un revers toute précipitation. Poirot et Maigret, ses illustres confrères, usent de la même sagesse. »

Vincent ROUSSOT,
L'Yonne républicaine.

★

« Fidèle à son habitude, Higgins va devoir user de son sens de l'observation, de sa maîtrise de la conversation et de sa perspicacité pour faire toute la lumière. »

Lyliane MOSCA,
L'Est-Éclair.

★

« Des polars à l'anglaise qui respectent à merveille les canons du genre, à commencer par les personnages, très typés… Des romans plaisants et distrayants, qui plus est bien écrits, pour passer le temps en avion, dans le train, ou en cachette au bureau derrière son Mac.

Depuis le paradis des romanciers, sainte Agatha Christie doit considérer avec plaisir la réussite de l'un de ses fidèles continuateurs. »

Philippe LE CLAIRE,
L'Union-L'Ardennais.

★

« Le livre se déguste comme un bon Agatha Christie et on attend avec impatience de découvrir la suite des aventures de cet inspecteur de Scotland Yard qui tient autant d'Hercule Poirot que de l'inspecteur Columbo ! »

Florence DALMAS,
Le Dauphiné libéré.

★

« Un roman fidèle à l'atmosphère et aux retournements de situation, tels que les aime Christian Jacq. Et nous avec. »

Yves DURAND,
Le Courrier de l'Ouest.

★

« Atmosphères troubles, énigmes *a priori* inextricables, personnages hauts en couleur, fausses pistes de tous côtés... Délectez-vous des enquêtes menées de main de maître par l'incomparable Higgins. »

Le Grand Livre du mois.

★

« Délicieusement désuet, mais très moderne en même temps, le héros de Christian Jacq est réellement postmoderne. Réjouissant ! [...] On est enchanté du début à la fin. Avec une régularité métronomique, l'auteur livre ses gouleyantes enquêtes de l'inspecteur Higgins. Du grand art et une belle constance ! On en redemande. »

Bernard CATTANÉO,
Courrier français.

★

« Posé, poli, Higgins a tout du gentleman. Les personnages qu'il croise le sont sans doute moins. [...] Tel un Sherlock Holmes ou un Hercule Poirot, il note tout. Le visible comme l'invisible n'ont pas de secret pour lui. On tente, de rencontre en rencontre, de deviner avec, voire avant lui, le fin mot de l'histoire mais Christian Jacq se joue de nous. Il nous faut, nous aussi, séparer le bon grain de l'ivraie, passer outre les apparences et les évidences. »

Sébastien DIEULLE,
La Semaine de l'Île-de-France.

Achevé d'imprimer sur Roto-Page
par l'Imprimerie Floch à Mayenne
en mai 2021

Dépôt légal : septembre 2016
N° d'édition : 4564/01 – N° d'impression : 98432

Imprimé en France